dtv

Ein Augustmorgen Anfang der Achtzigerjahre: Der 15-jährige Alin wartet mit seinen Eltern an der streng bewachten jugoslawischen Grenze angespannt auf die Ausreise. In der kurzen Zeitspanne, in der sich das Schicksal der Familie entscheidet, erinnert er sich an seine Kindheit im Rumänien Ceauşescus, seine erste Liebe und an eine große Reise mit seinem Vater nach Italien und in die USA, wo die beiden jedoch alles andere als den amerikanischen Traum gefunden haben. Mit viel Humor und in schillernden Farben lässt Catalin Dorian Florescu in seinem autobiografisch grundierten Debütroman die magische Welt der Kindheit aufleben. In bewegenden Geschichten erzählt er vom Leben hinter dem Eisernen Vorhang – und von Menschen, die ihren Traum von einem besseren Leben in Freiheit nie aufgeben.

Catalin Dorian Florescu, 1967 in Timişoara, Rumänien, geboren, lebt als freier Schriftsteller in Zürich. Er ist Psychologe und Suchttherapeut. Seinen Debütroman ›Wunderzeit‹ (2001) wählte die Schweizer Schiller-Stiftung zum ›Buch des Jahres‹, zudem wurde er mit dem Chamisso-Förderpreis ausgezeichnet. Auch für seine weiteren Romane, ›Der kurze Weg nach Hause‹ (2002), ›Der blinde Masseur‹ (2006) und ›Zaira‹ (2008) erhielt Florescu zahlreiche Preise, u. a. den Anna-Seghers-Preis. Sie wurden in mehrere Sprachen übersetzt. Sein jüngster Roman, ›Jacob beschließt zu lieben‹, wurde 2011 mit dem Schweizer Buchpreis ausgezeichnet. Zudem wurde Florescu mit dem Joseph von Eichendorff-Literaturpreis 2012 für sein bisheriges literarisches Werk geehrt und 2013 als korrespondierendes Mitglied in die Bayerische Akademie der Schönen Künste gewählt.
Mehr über den Autor unter: www.florescu.ch

Catalin Dorian Florescu

Wunderzeit

Roman

Deutscher Taschenbuch Verlag

Von Catalin Dorian Florescu
sind im Deutschen Taschenbuch Verlag erschienen:
Zaira (13829)
Jacob beschließt zu lieben (14180)

Ausführliche Informationen über
unsere Autoren und Bücher
finden Sie auf unserer Website
www.dtv.de

2014 Deutscher Taschenbuch Verlag GmbH & Co. KG,
München
© 2001 by Catalin Dorian Florescu
Erstmals erschien der Roman 2001
beim Pendo Verlag, Zürich – München.
Umschlagkonzept: Balk & Brumshagen
Umschlaggestaltung: Wildes Blut, Atelier für Gestaltung,
Stephanie Weischer unter Verwendung eines Fotos von
Trevillion Images/Mark Owen
Gesetzt aus der Palatino
Gesamtherstellung: Druckerei C.H.Beck, Nördlingen
Gedruckt auf säurefreiem, chlorfrei gebleichtem Papier
Printed in Germany · ISBN 978-3-423-14321-9

Meinem wundervollen Vater
und allen anderen Helden meiner Kindheit gewidmet

Das gelbe Zollhaus hat Fenster, und mehrere Türen gehen auf und wieder zu. Vater findet bestimmt einen Ausgang. Den halten sie bestimmt nicht fest. Vater ist großartig, wenn es darauf ankommt. Und jetzt kommt es darauf an. Jetzt sitzen wir nicht im Kino, wir sitzen in der Realität. So sieht sie also aus, die Realität, und Vater kennt sich gut damit aus. Er wird es schaffen, aus diesem Häuschen dort vorne herauszutreten. Er ist zu schlau für sie. Er hat uns schließlich einmal nach Amerika gebracht. Er wird es schaffen, und die Geschichte wird gut ausgehen.

Hier also leisten *unsere Jungs* Dienst. Hier also, am Ende unseres Vaterlandes. *Unsere Jungs*. So nennt sie der *Tagesschau*-Sprecher, und seine Stimme bebt dabei immer. Die Stimme bebt, die Erde kann auch beben. 1977 bebte bei uns die Erde. Wenn aber die Stimme bebt, geht es um höhere Dinge. Das hat mir Mutter erklärt.

»Mein Küken, das ist doch ganz einfach«, hatte sie gesagt. »Wenn du mal später Klassenerster bist und diesen Rascha Mircea überholt hast, dann wird meine Stimme beim Erzählen beben.« Mutter übertreibt gelegentlich. Was sie jedenfalls damit sagen wollte, ist, dass es etwas mit Stolz zu tun hat. Aber Mütter drücken es immer so umständlich aus. Zuerst rufen sie hundertmal »Mamas Küken«, dann erst kommen sie zur Sache. Es ist zum Verzweifeln.

Unsere Jungs bewachen aus der Ferne unseren Wagen auf dem leeren Parkplatz des Grenzpostens. Sie tragen die Schönwetteruniform. Unter dem Hemd schwitzen sie ein bisschen.

10. August. Neun Uhr morgens.

Es sind genau zwei Minuten und dreißig Sekunden vergangen, seit Vater das Auto verlassen hat. Vor genau einer Minute ist er im Haus verschwunden. Da haben sie ihn bestimmt nicht foltern können, in einer Minute. In einer Minute, da können sie nicht einmal fertigpissen, unsere Jungs. Ich habe einmal die Zeit gestoppt: Hosenschlitz auf, pissen, den Willi schütteln, Hosenschlitz zu. Knapp eine Minute. Zuschlagen liegt da nicht drin.

Wir sind am Ende unseres Vaterlandes. Es hat, wie alle anderen Dinge auch, ein Ende. Man kann ihm das Ende früher oder später setzen.

»Früher oder später, da werde ich wahnsinnig«, sagte Mutter.

»Früher oder später, da schlage ich zu«, sagte Vater.

»Früher oder später, da verlasse ich dich.«

»Früher oder später, da verlassen wir dieses Irrenhaus. Wir setzen dem Ganzen ein Ende.«

Wir wählten *früher*.

Wo wir uns gerade befinden, da geschehen Wunder, oder auch nicht, und wenn sie doch geschehen, dann nennen die Erwachsenen das Danach Freiheit. Ich verstehe nicht viel davon, aber eine tolle Sache ist es allemal. Wie der Stolz. Die Freiheit fängt dort hinter der Absperrung an. Bei der gelben Tafel mit der unverständlichen Schrift drauf: Jugoslawien.

Zeit für das fünfte Wunder.

Vater, wo bleibst du?

Rot

Bis heute Morgen haben wir in unserer kleinen Zweizimmerwohnung gelebt. Links und rechts und unterhalb von uns wohnten eine Menge anderer Leute. Einige hielten Katzen, Hunde, Kanarienvögel, Schwiegereltern. Es gab in unserer Nachbarschaft siebzehn Schwiegereltern und zwölf Haustiere.

In diesem unserem Land wohnten wir überhaupt alle eng beieinander. Das stärkte unser sozialistisches Lebensgefühl. Bestimmt. Enger wäre es nur gegangen, wenn wir alle in der gleichen Wohnung gelebt hätten. So aber grenzte der Krach von Vater und Mutter an den Krach der Väter und Mütter meiner Freunde.

Von außen sahen unsere Wohnungen wie kleine beleuchtete Würfel aus, aufeinandergeschachtelt. In ihrem Inneren stritten Erwachsene über weiß ich was. Wenn man ihnen von der dunklen Straße aus zuschaute, hörte man nichts. Vater hingegen wusste es besser, denn er war nebenbei unser Hausverwalter und bekam einiges mit.

»Du möchtest wissen, worum es in anderen Familien geht, wenn sie Krach haben?«, fragte er mich einmal erstaunt. »So genau kann ich es dir nicht sagen. Die holen mich, wenn die Zeit reif ist für Beleidigungen. Dann muss ich mir einiges anhören. Bis ich sie auseinandergebracht habe, habe ich meistens neue Schimpfwörter gelernt. Hurendreck zum Beispiel. Keine Ahnung, was das ist, aber das sagt Negreanu zu seiner Frau, wenn er besoffen ist. Hure, das ist das Mindeste, das muss einfach sein, und er wiederholt es irgendwie genüsslich. Er läuft rot an. Danach wärmt sie ihm die Suppe auf. Dann ist da noch dieses zurückgezogene Akademikerpaar im sechsten Stock. Du weißt schon, welches. Das mit dem ungarischen Familiennamen. Er ist so dünn und dürr, sie trägt diese scheußlichen Hüte mit breitem Rand. Also, er nennt sie Krake. Verstehst du? Krake, mit Tentakeln und so weiter. Was er damit sagen möchte, weiß nur er alleine.«

»Und sie, Vater, wie nennt sie ihn?« Vater stockte kurz.

»Impotent.«

»Hm?«

»Das erkläre ich dir, wenn du ein Mann bist.«

Vater vergisst, dass ich ihn nicht mehr brauche, wenn ich ein Mann bin.

Vorgestern Abend nahm Mutter Abschied von ihrer besten Freundin. Sie erzählte bloß, dass wir für einen Monat in die Berge führen. Sie erzählte nichts davon, dass wir ohne Wohnung bleiben würden. Wie üblich kam sie am Schluss des Gesprächs auf meine Geburt zu sprechen.

»Und da hat der Junge losgeschrien. Hat auf sich aufmerksam gemacht, der Kleine. Und wie. Da merkte man schon, dass es ihm vorbestimmt war, Einzelkind zu bleiben«, sprach Mutter in den Hörer.

Ich lauschte weiter hinter der Tür.

»Nein, der aß Eis, stell dir vor. Draußen regnete es in Strömen. Eine Frau alleine im Krankenhaus, stell dir vor«, fuhr sie fort.

Die sich was vorzustellen hatte, hieß Doina. Sie saß am anderen Ende der Leitung. Manchmal musste auch Mutter sich was vorstellen. Dann ging es um Liviu, den Mann von Doina. Der trieb es mit anderen Frauen. Wenn Mutter so redete, dann bebte ihre Stimme. Vor Wut. Das hatte sie zu erklären vergessen.

Bei meiner Geburt aß Vater viel Eis, Mutter und ich schrien

im Krankenhaus um die Wette. Ich war laut, Mutter war leer. Vater meint, er habe vor Aufregung so viel Eis gegessen, dass er Krämpfe bekam und aufs Klo musste. Das soll's geben.

»Verdammt noch mal. Kannst du mit dieser Geschichte nicht einfach aufhören?«, erwiderte Vater, als Mutter am Telefon davon erzählte.

»Aufhören? Wieso denn? Ist doch lustig. Deine Frau bekommt ein Kind, und du reinigst die Klobrille«, antwortete Mutter spöttisch, nachdem sie den Hörer mit der Hand abgedeckt hatte.

»Hör einfach auf. Was muss der Junge so mit anhören.«

»Er hat längst alles mitbekommen, längst alles. Aber keine Angst, er kann unterscheiden. Er ist intelligent.«

»Kannst du nicht einfach den Mund halten?«

»Den Mund halten? Ich? Ich habe doch nichts getan. Was habe ich denn getan?«, fragte Mutter unschuldig.

Vater schluckte leer. Niemand hatte mich gesehen. Niemand erzählte, ob ich viel Besuch bekam, auf der Neugeborenenabteilung.

Als ich geboren wurde, war es für den ersten Mondflug zu spät. Dabei wäre ich so gerne mitgeflogen. Apollo 11. Armstrong, Aldrin und Collins. Als Armstrong von der Leiter der Apollokapsel herabsprang, erbrach ich den Milchbrei auf die Bluse des Hausmädchens. Vater und Mutter waren am Meer. So wird es erzählt.

Milchbrei ist wohl nichts für Raumfahrer.

Es ist Anfang August, und vorgestern am späteren Abend war die Luft immer noch warm. Die Umrisse unseres Wohnhauses verschwammen, aber die vielen Würfel leuchteten. Es herrschte eine seltsame Ruhe überall. Nachdem ich meinen Eltern eine Zeit lang zugehört hatte, entfernte ich mich bäuchlings wie ein Apache und ging Dorin suchen.

Dorin war mein bester Freund im Viertel. Seine Familie war anders als meine. Meine Eltern sind Intellektuelle. Das ist wichtig bei uns, ob man intellektuell ist oder nicht. Dabei weiß ich, dass der Obergenosse die Intellektuellen gar nicht mag. Vater hat es erzählt. Aber wenn es ums Heiraten geht, ist man besser ein Intellektueller. Schwiegermütter mögen das.

Die Familie von Dorin arbeitete in der Fabrik: Vater, Mutter, Bruder. Nur Nero, der Hund, groß und schwarz, arbeitete nicht. Der hatte seinen Platz auf dem engen Gang vor der Küche. Dorin würde auch in der Fabrik arbeiten. Das sagte auch er selber.

Jedes Mal, wenn ich an der Wohnungstür von Dorin läutete, bellte Nero los. Das wusste ich im Voraus und legte mir die Worte zurecht.

»Nero, ruhig, Nero, ich bin's.« Nero wusste nicht, wer ich war, und bellte weiter. Ich versuchte mich zu beruhigen und läutete wieder. Dann ging die Tür auf. Man hatte keine Schritte gehört, als ob seine Mutter dahinter gewartet hätte. Sie machte die Tür einen Spalt weit auf, ich sah nur ihren Kopf. Wenn sie mich nicht gleich loswerden konnte, zog sie noch einige Male an der Zigarette. Hinter ihr schwebte eine Menge Rauch in der Luft.

»Such ihn, Junge, anderswo. Der ist nicht da. Sag ihm, er soll heimkommen, wenn du ihn findest. Er soll sich um Nero kümmern. Sonst vergifte ich den Köter eines Tages. Sag ihm das.« Dann schlug sie die Tür zu, und man hörte nichts mehr. Sie liebte Nero. Da war ich mir sicher.

Vorgestern Abend fand ich Dorin im Hinterhof. Er versuchte an einen Spielzeugpanzer heranzukommen, den ein Kleiner fest an sich drückte. Als er mich sah, ließ er den schreienden Knirps los und kam auf mich zu. Wir überquerten die Schienen der Straßenbahn durch ein Loch im Zaun, der die Straße teilte, und gingen ins Nachbarhaus hinein. Wir fuhren ins oberste Stockwerk. Von dort aus gelangten wir schnell aufs Dach. Dort war die Stille noch größer und die Dunkelheit noch finsterer. Wir fürchteten uns vor Außerirdischen. Bis man uns vermisst hätte, wären wir wohl schon auf dem Sirius gewesen, die fliegen ja mit doppelter und dreifacher Lichtgeschwindigkeit. Oder man hätte uns für grässliche Experimente benützt und unsere Willis gemessen, uns ins Hirn geschaut, und dann hätte man alle unsere Erinnerungen ausgelöscht. Tolle Aussichten. Danach hätte ich in die Geschichtsstunde gehen und der Madame – so nannten wir unsere Geschichtslehrerin – erzählen müssen, dass ich alle Jahreszahlen zum glorreichen Kampf des Volkes gegen …, gegen …, na, gegen die anderen, die Bösen, vergessen hätte. Und dass sie sich, bitte schön, bei den Außerirdischen beschweren könne. Die hätte mir kein Wort geglaubt, und Vater hätte erneut in die Schule gehen müssen, was aber die Madame, die eine Schwäche für ihn hat, ganz sicher nicht bedauert hätte.

»Auaaah! Kies. Wer zum Kuckuck hat Kies hierhergebracht?«, fragte Dorin flüsternd, als wir uns hinsetzten.

»Ufos«, antwortete ich.

»Ha, Ufos. Was sollen denn die Ufos mit dem Kies anstellen?«, fragte er ungläubig.

»Brennstoff.«

»Brennstoff? Kies? Und die lagern's hier auf dem Dach unserer Nachbarn ab? Wozu?«

»Welteroberung.«

»Und die fangen bei uns an?«

»Sei kein Schaf. Es war ein Witz.«

»Komiker.«

»Komiker, wer's glaubt.«

»Dabei habe ich mich verletzt. Es brennt.«

»Psst, sei still«, flüsterte ich und fügte dann doch noch hinzu: »Was wolltest du von Cibi?«

»Den Scheißpanzer wollte ich. Ist ein ganz schönes Modell. Englisch.«

»Und deshalb hast du den Kleinen wie eine Sparbüchse durchgeschüttelt? Sein Vater hat's doch mit der Flasche. Wenn der es erfährt, da kannst du was erleben. Da läuft er hinter dir her und lässt dich nicht mehr in Ruhe. Bis du aufgibst. Weißt du noch, wie du dich vor ihm auf dem Dach des Kiosks in Sicherheit bringen musstest? Erst als man deinen Bruder mit Nero holte, verzog er sich.«

»Ach, das war doch vor einem Jahr. Mittlerweile kann er keine fünf Schritte mehr machen. Man hat ihn letzte Nacht auf allen vieren gefunden, das Gesicht voller Hundekot.«

»Was?«

»Ja, er ist mit dem Gesicht hineingefallen. Und heute Morgen hat er angekündigt, dass er Nero vergiften wird. Er hat sich in den Kopf gesetzt, dass es Neros Kot war. Er hat es also auf Nero abgesehen und ich auf seinen Sohn. Die Rechnung ist doch einfach.«

Wir schwiegen kurz, dann fiel ihm ein, weshalb wir dort waren.

»Hatten wir nicht vor, uns Weiber anzuschauen?«, fragte er.

»Klar.«

»Wieso quatschen wir dann so viel?«

Wir saßen auf dem warmen, aufgeweichten Teer und hoben vorsichtig die Köpfe über das Geländer. Unsere Augen wurden groß wie Pflaumen. Jenseits der Straße leuchtete unser Wohnhaus wie ein Weihnachtsbaum. Überall waren die Fenster weit offen, ein leichter Wind ging durch die Vorhänge. Dorin zündete sich eine Zigarette an.

»Schau dir mal die vierte Wohnung von links an. Im siebten Stock. Superfrau. Sie läuft gerade ins Schlafzimmer. Könnte spannend werden.«

»Noch besser ist's im sechsten Stock beim Hauseingang B. Die Studentin. Gerade zieht sie die Bluse hoch. Ohh ...«

»Ahh ...«

»Sie tut's doch nicht«, und ich fügte im gleichen Atemzug hinzu: »Seitdem wir vor einem Jahr am Fluss dieses Riesenpech hatten, glaube ich nicht, dass es mal wahr wird.«

»Doch, doch. Mein Bruder hat die ersten Brüste erst mit neunzehn gesehen. Da haben wir noch Zeit, oder?«

»Hol mal das Fernglas raus«, forderte ich ihn auf.

»Schlechte Nachricht, Fernglas njet. Vater war besoffen und ist darauf eingeschlafen«, antwortete er.

»Auf dem Fernglas?«

»Psst. Gebrauche deine Augen, Einstein. Sagt das euer Chemielehrer auch?«

»Nein, der sagt: Gebraucht eure Hirnzellen oder verkauft sie.«

»Hm.«

»Hm.«

»Im fünften Stock tut sich was. Schnell.«

»Wo? Wo? Mach Platz! Platz!«

»Was heißt da *mach Platz*? Das Geländer ist hundertfünfzig Meter lang. Außerdem hat sie die Vorhänge zugezogen. Pech gehabt.«

»Hm.«

Wir schwiegen eine Zeit lang.

»Schau. Die links streiten sich. Die streiten sich, man hört nichts«, meinte Dorin.

»Seltsam. Er ist Leutnant von Beruf«, erwiderte ich.

»Hast du ihn schon schreien gehört? Ich schon.«

»Wetten, er gibt ihr eine Ohrfeige?«

»Wetten, dass er es nicht tut?«

Der Leutnant und seine Frau schrien sich lautlos an. Sie lief von der Küche ins Wohnzimmer, dann ins Schlafzimmer, dann wieder ins Wohnzimmer zurück. Er lief hinterher, packte sie am Arm und schlug auf ihren Bauch ein. Sie fiel aufs Bett. Wir schwiegen. Ich wusste nicht, was sagen. Hatte Dorin die Wette gewonnen? Er hatte sie ja nicht geohrfeigt.

»Schweinerei«, sagte ich.

»Du hast recht«, sagte er.

»Da ist es besser, stumm wie die Grigorescu zu sein. Schau sie an, jedes Mal, wenn wir hier oben sind, sitzen sie in den Sesseln und schauen fern. Die bewegen sich nie.«

»Was, wenn sie tot sind, und man hat sie nicht entdeckt?«

»Hm ... sag mal, streiten deine Eltern auch so heftig?«

»Kommt vor«, antwortete ich. »Oft streiten sie auf eine Art, die ich nicht begreife. Sie werden nicht laut, aber was sie sagen, klingt nach Streit. Und bei dir?«

»Kommt vor.«

In manchen Wohnungen gingen die Lichter aus, in anderen an. Herr Mitrofan kam in seine Wohnung, hängte den Mantel auf, setzte Wasser auf, zündete seine Pfeife an.

»Der ist immer alleine, bei dem läuft nie was.«

»Der ist doch alt.«

»Grüßt nicht.«

Wir setzten uns hin, lehnten uns ans Geländer an. Nach einiger Zeit hob ich den Kopf hoch, manche Sterne flackerten, manche schienen die Farbe zu wechseln.

»Weißt du, wieso die Sterne flackern?«

»Nein.«

»Ich auch nicht. Aber manchmal glaube ich, dass sich irgendeiner bewegt. Dann schaue ich genau hin, und wenn er beschleunigt oder im Zickzack fliegt, na, dann ist es bestimmt ein Ufo. Satelliten können so was nicht. Das weiß ich ganz sicher. Diese Ufos können nachts Menschen von den Straßen entführen, und später löschen sie ihre Erinnerungen aus. Das tun die. Es gibt berühmte Geschichten dazu. Einmal verfolgten mehrere Polizeiautos so ein Ufo die ganze Nacht lang. Das war in Amerika. Das passiert in Amerika oft.«

»Du warst schon in Amerika. Hast du eins gesehen?«

»Klar doch. Passiert dort jeden Tag. Man ist kaum auf der Straße, und schon sieht man Ufos. Meistens muss man aber dazu ganz abgeschieden wohnen. Ich saß im Vorgarten – denn dort haben alle Häuser eigene Vorgärten – und wartete auf Vater, als ich auf einmal, direkt über dem linken Flügel eines Flugzeugs ...«

»Sag mal, ist es wahr, dass ihr übermorgen abfahrt?«, unterbrach mich Dorin.

Ich schluckte leer. Woher wusste er, dass wir in den Westen reisten? Vater hatte gesagt: »Sagt es niemandem, sonst sind wir geliefert.«

Ich war es nicht gewesen, Ehrenwort.

»Dein Vater hat es meinem Vater gesagt. Es heißt, ihr fahrt in die Berge und dann Richtung Süden, ans Meer.«

Das war bestimmt keine Falle. Das waren Vaters Worte gewesen. »Sagt allen, wir fahren in die Berge und dann Richtung Süden, ans Meer«, hatte Vater empfohlen.

»Jawohl, wir fahren in die Berge und dann Richtung Süden, ans Meer«, antwortete ich.

»Und was geht ihr in den Bergen machen?«

Vater hatte gesagt: »In den Bergen schauen wir uns die alten Klöster und die Bergseen an.«

»In den Bergen schauen wir uns die alten Klöster und die Bergseen an. Wollen wir gehen? Es wird kühl.« Ich stand langsam auf.

»Es wird kühl, gehen wir«, erwiderte er.

Unten auf der Straße gab mir Dorin die Hand. Wir gingen zurück zu unserem Wohnblock, diesmal über den Fußgängerstreifen.

»Ich wünsche dir einen schönen Urlaub.«

»Ich dir auch.«

»Wir sehen uns in einem Monat wieder.«

»Bestimmt.«

Er ging in den Hauseingang B hinein, ich in den Hauseingang A. Der Fahrstuhl funktionierte. Gott sei Dank. Acht Stockwerke im Dunkeln hinaufsteigen macht keinen Spaß, wenn man an Außerirdische glaubt.

Unsere Hauseingänge wurden mit Buchstaben bezeichnet, so vergaßen wir das Alphabet nicht. Zum Beispiel *B* wie Bette Davis, *B* wie BB, jene mit dem Schmollmund, ich sah sie im Fernsehen, an einem Freitag. Freitags zeigten sie ausländische Filme. Brigitte Bardot lag auf einer Sonnenterrasse, später fuhr sie in einer Limousine, die Limousine von BB hatte einen Blechschaden, aber glücklicherweise geschah es in Frankreich und nicht bei uns, bei uns konnte man sich den Schaden nicht leisten, man brauchte Beziehungen dafür. Für die Reparatur.

Der Eingang hieß einfach *B*. Ein einziges *B* genügte. Man merkte, dass die Franzosen größere Mühe mit dem Vokabular hatten. Aber sie hatten auch nicht Frau Wygor als Lehrerin. Bei ihr nützten Beziehungen nichts. Frau Wygor war alt, hatte einen Bauch, davor trug sie unser Klassenheft, in dem jeder mit seinem vollständigen Namen aufgeführt war. Daneben standen unsere Leistungen in Ziffern und mit blauer Tinte. Meine Leistung im Fach »Rumänische Literatur und Sprache« ließe zu wünschen übrig, meinte sie vor den Sommerferien zur Klasse. Ich schluckte leer und wünschte sie auf der Stelle weg. Dazu trug sie den richtigen Nachnamen, auf den Buchstaben *W* können wir gerne in unserer Sprache verzichten.

Mit blauer Tinte konnte ich gut umgehen, wenn es galt, meine schulische Leistung zu verbessern. Ich brauchte bloß eine Rasierklinge und eine sichere Hand. Leider klappte es nur beim Diktatheft, das Klassenheft bewachten sie wie *den Hammer* und *die Sichel*. Ich hatte mich schon immer gefragt, ob es *den Hammer* und *die Sichel* wirklich gab, vielleicht vergoldet und unter Panzerglas. So wie es *das erste Fahrrad* und *die erste Dampfmaschine* gibt, gab es vielleicht auch *den Hammer*, mit dem der erste Revolutionär den letzten Reaktionär erschlagen hat. Die Begriffe hatte ich aus dem Geschichtsunterricht, dort brauchte meine Leistung keine Rasierklinge.

Ich hörte, der letzte Reaktionär sei noch nicht tot. Man nannte ihn *Dissident*, und er trug Steine herum, manchmal zwanzig Jahre lang. Mein Vater hatte es gesagt, und auch der Radiosender, den er nachts hörte. Am Tag und außerhalb unserer Wohnung war das Wort Dissident verboten. Mein Vater hat es verboten, und ich hielt mich gerne daran, ich wollte nicht, dass er Steine trug, bei seinen Rückenproblemen.

Einst fragte der Dicke in unserer Klasse – und Dicke gab es wenige, denn nur wenige hatten genug, um dick zu werden –, er fragte, wer der erste Revolutionär überhaupt gewesen sei. Marx sei es gewesen, meinte die Große mit den Zöpfen, die Streberin. Sie kriegte im Winter die meisten Schneebälle ab. Er habe die theoretischen Grundlagen schriftlich niedergelegt, und Lenin habe sie korrigiert und angepasst für die Revolution der Bolschewiken in unserem Bruderstaat. Die gibt nur an, dachte ich, die liest doch nur Enzyklopädien. Enzyklopädien lese ich auch, wenn ich etwas besser verstehen möchte: Bolschewiken, wissenschaftlicher Sozialismus, Kapitalismus. Ich aber gebe nicht an. Und überhaupt, überlegte ich, wie war wohl Lenin zu seiner Rasierklinge gekommen, um die Grundlagen der Revolution zu korrigieren?

Bei mir war es jedenfalls nicht einfach. Einerseits durfte die Klinge nicht zu scharf sein, damit im Diktatheft kein

Loch entstand, wie damals beim Aufsatz über den glücklichen Arbeiter. Ich musste die Seiten herausreißen, den Text samt Fehlern neu schreiben, die roten Striche und Anmerkungen von einem Schulkameraden einfügen lassen, was mich das kleine Modell eines Maserati, das Herzstück meiner Autosammlung, kostete. Zumindest die Note konnte ich mir selber setzen, meinem Wunsch entsprechend. Mutter unterschrieb.

Andererseits musste die Klinge zugänglich sein, denn mein Vater bewachte sie, Marke Gillette, wie unsere Lehrer das Klassenheft. Weder durfte meine Mutter sie für ihre Beine gebrauchen noch ich für das Botanikheft. Da hinein klebte ich die Flora unserer Heimat, manchmal passte nicht die ganze rein, dann musste ich sie anpassen, so wie Lenin die Revolution. Die besten Klingen waren drei, vier Tage alt, mein Vater legte sie jeden Morgen säuberlich zurück auf das feine Verpackungspapier. Dort lagen sie den ganzen Tag. Ich wagte nicht, sie zu berühren.

Wenn die Rückgabe eines Diktats angesagt war und mein Vater eine neue Klinge auspackte, dann schlug ich Wurzeln auf der Türschwelle zum Badezimmer. Wie unsere Flora, die hatte ja auch dem Feind getrotzt, dem Deutschen. Sie hatte sich ihm in den Weg gestellt. So wurde es uns im Geschichtsunterricht beigebracht. Mein Vater, der zittert wegen des Blutdrucks, zitterte dann noch mehr, aber anmerken ließ er sich nur den Stolz, einen solch interessierten Sohn zu haben. Am dritten Tag interessierte mich die Klinge so sehr, dass ich wie er zitterte, doch ich versteckte die Hände in den Taschen und ließ nur den Wunsch erkennen, mich einmal so rasieren zu können wie er und fleißig üben zu wollen, ganz für mich alleine. So gehörte die Gillette-Klinge bald mir, eine zitternde Hand gab sie der anderen.

Wir informierten uns nicht nur im Geschichtsunterricht. *TELEENCICLOPEDIA*, die Informationssendung, kam jeden Samstag um zwanzig Uhr im Fernsehen zwischen der Ansprache des Obergenossen um neunzehn Uhr dreißig und »einer weiteren Folge der amerikanischen Serie *Dallas*« um einundzwanzig Uhr. Uns gefiel sehr, wie die Ansagerin *amerikanisch* sagte. Das hieß: nicht von hier, von dort, woher die Rasierklingen für mein Diktatheft kamen und der fremde Radiosender für meinen Vater. Dort gab es Drama und Whiskey alle paar Minuten und ein Haus, länger als alle unsere vier Hauseingänge A, B, C, D zusammen. Allen gefiel *amerikanisch*. Niemand war auf der Straße, alle waren in den Wohnungen, und es gab nur eine Frage: Wer hat auf J. R. geschossen?

Doch zuvor kam TELEENCICLOPEDIA: Sie zeigte die Fische, wie man sie aus dem U-Boot des Kommandanten Cousteau sah, und die Pyramiden ohne roten Stern darauf. »Vorläufig«, sagte Vater, »denn die Dritte Welt gehört auch bald den Russen. Die Dritte Welt, das ist dort, wo die Menschen noch ärmer sind als wir und wo sich Schlange stehen nicht mehr lohnt.«

Ich fragte mich, wieso ich in der Schule Englisch lernte, wenn die Russen sowieso bald überall sein würden. Und wieso leerten sich die Straßen nicht, wenn am Mittwoch die Ansagerin den russischen Film *Die Rückkehr des Soldaten Aljoscha* ankündigte?

Jedenfalls redete mein Vater viel. Nicht mit meiner Mutter, aber vor sich hin. Das hätte ihm einige schwere Steinbrocken bescheren können. Also sorgte ich vor. Ich sagte in der Klasse, der Obergenosse sei der erste Revolutionär gewesen, er habe ja dafür im Gefängnis gesessen, für die Revolution. Das trug meinem Vater bestimmt einige Pluspunkte ein, mir jedoch das Gelächter der Klasse. Aber ich wusste es besser. Der Obergenosse war doch der Stärkste, der hatte die Revolution ja sitzend gewonnen.

Die Pyramiden.

Seltsamerweise erinnerte mich dieses Wort nicht an die Ägypter, sondern an die schlanken Beine der Geschichtslehrerin, die sie übereinanderschlug, die weichen Waden dicht zusammengepresst. Sie verteidigte das Tor besser als der Torhüter unserer Stadtmannschaft. Die war in die zweite Liga abgestiegen, sie hingegen ließ keine Blicke durch. Was beim Fußball nach der Torlinie kommt, wusste ich. Dann ist der Ball im Netz, und alle schreien: »Tooor!« Bei der Madame wussten wir nicht so genau, was nach den Waden kam. Aber wichtig war es allemal, wenn sie das Tor so verteidigte.

Die Madame war für mich eine Madame, weil sie so was Französisches an sich hatte. Was das war, *was Französisches*, wusste ich nicht. Aber so sagten die Älteren, die sich in diesen Dingen auskannten. Ich glaubte es nicht ganz, denn BB war auch französisch, und die hatte von allem viel. Unsere Madame hatte von allem wenig, an den Hüften wenig, an den Schenkeln wenig, und auch dort, wo sich das Hemd der Mädchen wölbt. Um hindurchzusehen, hatten wir Brillengläser mit Quecksilber gebastelt, die Älteren meinten, die würden Stoff durchsichtig machen. Nur bei Madame wagten wir nicht, sie aufzusetzen, außer der eine, Tarhuna, der sonntags auf dem Gemüsemarkt Zigaretten und Jeans Marke Levi's verkaufte. Aber der meinte, er habe nichts gesehen, wahrscheinlich trage Madame einen BH aus Blei. Das war bestimmt gelogen, denn Blei ist schwer und giftig, wir haben in der Chemie nachgefragt, Madame hingegen war leicht und ohne Makel. Ihre weiße Bluse war zuoberst aufgeknöpft. Manchmal kriegte ich rote Wangen davon.

Es hieß, Madame habe ein Herz für meinen Vater. Ich hatte nur ein Herz, und das schlug für Ariana. Auch mein Vater hatte nur eins, aber wofür sein Herz schlug, wusste ich nicht. Nicht für Fußball, nicht für Karriere, nicht für meine Mutter. Vielleicht wird es so mit der Zeit: Das Herz schlägt dann einfach.

Vater war unter anderem Verwalter unseres Wohnblocks. Sein Büro für die Verwaltungsarbeit war oberhalb unserer Wohnung, auf dem flachen, geteerten Dach. Es hieß, manche Frauen hätten sich mit ihm eingeschlossen. Ob das wahr ist, weiß ich nicht. Zum Abendessen kam er pünktlich.

An den lauwarmen Sommerabenden, wenn im Fernsehen die russischen Filme liefen, kamen die Leute, um die Wohnungsmiete zu bezahlen. Sie nahmen den Fahrstuhl und fuhren acht Stockwerke hinauf. Wenn der Fahrstuhl nicht wollte, gingen sie zu den anderen Hauseingängen, fuhren hinauf und kamen dann übers Dach in Vaters Büro, Hauseingang A. Ein richtiger Strom von Menschen, in zwei Richtungen, wie die Meeresströme in der Geografie, oben warm und unten kalt.

Die Mieter, die zu meinem Vater gingen, fluchten über die »verdammten Fahrstühle«, und dann gingen sie über zu den Autos, den Straßenbahnen, den Kühlschränken und so weiter. Offenbar funktionierten sie alle nicht in unserem sozialistischen Land. Und wenn sie funktionierten, wurden sie ausgeführt. Wer diese Geräte erfunden hat, hat nicht mit den Fluchwörtern unserer Sprache gerechnet.

Wir hielten die Balkontür offen und hörten mit. Über das Dachgeländer hinweg schwebten Gott, weibliche Genitalien und Haustiere in unsere Wohnung herein, getragen von kräftigen männlichen Stimmen. Auch ich wurde in der Schule mit Haustieren verglichen, mit Vorliebe mit Ochsen, also wusste ich, dass es nicht schmeichelhaft war, als Ochse zu gelten. Was die weiblichen Genitalien mit dem kaputten Fahrstuhl zu tun hatten, verstand ich nicht. Auch nicht, wieso sie Gott bemühten, wenn etwas nicht lief, da dieser gar nicht lebt und somit nichts kaputt machen kann. Das steht in unseren revolutionären Grundlagen, in jenen, die Lenin angepasst hat.

Die Leute, die vom Büro meines Vaters weggingen, fluchten auch. Meistens fluchten sie über die Kürzungen von Strom, Wasser und Heizung, die Vater ihnen zuvor angekündigt hatte. Sie fluchten nicht anders, jedoch weniger und nur so nebenbei.

Manchmal, nachdem alle Leute heimgegangen waren, klopfte es an die Bürotür meines Vaters. Es war der Milizmann unseres Viertels, und er erkundigte sich nach der Gesundheit von Vater. Was er eigentlich wissen wollte, hatte etwas mit dem Leben unserer Nachbarn zu tun. Manchmal läutete der Mann sogar an unserer Wohnungstür. Vater blieb höflich.

Bei uns wurde oft das Wasser abgestellt. Dann klopften alle an die Röhren. Je höher man wohnte, umso heftiger klopfte man. Manchmal, wenn wir es vorher wussten, füllten wir alle Gefäße auf. Manchmal reichte der Druck nicht bis zu den höheren Stockwerken. Dann läuteten die Telefone, dann ging ich in den fünften Stock duschen und meine Mutter in den sechsten, um Suppenwasser zu holen. Mutter sagte, Vater solle sich nichts bieten lassen, er solle das Wasserwerk anrufen. Vater rief an.

Als ich mich von Dorin verabschiedet hatte und in die Wohnung kam, fand ich Vater und Mutter in der Küche. Sie spielten das Flüsterspiel, wie es alle Erwachsenen in unserem Land kannten. Einer redet, so leise er kann, der andere schreckt alle paar Minuten auf und macht *psst, psst*. Das soll angeblich gegen fremde Ohren helfen. Ich wusste, dass sie unsere Abreise besprachen. Sie taten das seit einiger Zeit ununterbrochen. Noch ein Tag lag dazwischen. Ein ganzer langer Tag, und weil ich mir für diesen letzten Tag einiges vorgenommen hatte, ging ich früh ins Bett.

In der Nacht träumte ich davon, dass *er* tot war. Die miese Ratte, die meinen Liebesbrief an Ariana gestohlen und ihn der hässlichen Geografielehrerin mit dem gleichen Vornamen zugesteckt hatte. Er war sogar mausetot und begraben unter einem Konservenregal. Ich schaute hin und steckte eine Konserve in die Tasche. Ich flog dann durch ein Fenster in unsere Wohnung hinein und sah Vater und Mutter, die leise miteinander sprachen. Ich wusste, dass sie Verbotenes besprachen. Dann war der Traum zu Ende.

Das Verbotene war bei uns das, was sie nie in der *Tagesschau* brachten. Die Erwachsenen drehten dann das Radio lauter, oder ihre Stimmen wurden leiser. Was sie sagten, hatte damit zu tun, dass es in unseren Geschäften nur zwei, drei Konservensorten gab, auf vielen Metern ausgebreitet. Oder dass andere Völker, die Schweizer zum Beispiel, viel mehr als wir hatten. Obwohl es von allem so viel gab, herrschte immer Ordnung, und sie verloren nie die Übersicht.

Die *Tagesschau* berichtete immer über andere Dinge: über die Chormusik, den Führer, die Ernte. Es war die Ernte, die in den Konserven war, von denen der Dieb in meinem Traum erschlagen wurde. Die *Tagesschau* fing immer pünktlich um neunzehn Uhr dreißig an, so pünktlich wie die Schulglocke, auf die beiden war Verlass. Um neunzehn Uhr einunddreißig schaltete Vater für gewöhnlich den Fernseher aus. Strom sparen, hieß es, aber ich wusste es besser: Er mochte das Gesicht des Führers nicht. Er sagte es oft mit leiser Stimme, immer dann, wenn ich weggehen musste. Aber die Türen hatten Ohren, und das waren meine. Ich wusste auch, dass mein Vater gut und lange fluchen konnte und dass er dabei nie den Faden verlor. Wenn er aus der Küche kam, hatte er einen Kopf, der so rot war wie das Tomatenmark auf sechs Meter Länge, unter dem der Verräter in meinem Traum lag. Könnte Gesichtsrot töten, dann wäre der Führer tot, mausetot sogar, und mein Vater ein Mörder wie ich in meinen Träumen.

Dabei wäre die Angelegenheit mit der *Tagesschau* einfach zu lösen gewesen. Es hätte genügt, meine Mutter zu den Schweizern zu schicken, die sie mit ihrem Lieblingssatz »Du sollst keine Geheimnisse vor mir haben« überzeugt hätte, ihre geheimen Dinge, die sie immer ordnen mussten, unserer *Tagesschau* zu verraten. Dann hätte die *Tagesschau* darüber berichtet, mein Vater hätte es erfahren und wäre nicht mehr in der Küche rot angelaufen. Ich hätte endlich die *Tagesschau* zu Ende sehen und herausfinden können, wie sie die Tomatenernte in die Büchsen füllten, durch die der Briefedieb in meinem Traum starb.

Es war nicht einfach, in einer Familie aufzuwachsen, die so viel Strom sparte. Zum einen konnte man nie zu Ende fernsehen. Zum anderen ging das Licht nach einem unbekannten Zeitplan aus, den nur mein Vater kannte. Dann wurde Radio gehört, denn dort wurden die Geheimnisse der Schweizer in unserer Landessprache erzählt. Ich glaube, dass auch andere Eltern Strom sparten, denn in unserer Nachbarschaft gingen die Lichter nach dem gleichen Zeitplan wie bei uns an und aus.

Ich hatte einmal einen Freund gefragt, was sie denn machten, im Dunkeln. Er antwortete: »Karten spielen. Und was macht ihr?«

»Wir schauen euch zu«, antwortete ich.

Karten spielen war bei uns eine Art Volkssport, man brauchte dafür ein Radiogerät, den Daumen und den Zeigefinger, um den gewünschten Sender zu suchen, und dann ging das so: Zwischen zehn Uhr abends und Mitternacht war das Ohr meines Vaters mit dem Lautsprecher verwachsen. Er filterte die Stimmen aus der Geräuschsuppe heraus, die Suppe kam aus dem All, und ich fragte mich oft, wie sie in unser Wohnzimmer fand. Am Gerät gab es kleine grüne Punkte, die tänzelten, so wie die Stimmen sprachen. Wenn Mutter aus dem Opernhaus heimkam, durfte sie sich nur in den Sendepausen bewegen, sie wusste Bescheid und stellte alles schon am Nachmittag bereit.

Am Dienstag und Freitag durfte ich länger aufbleiben, dann war die politische Sendung dran, und die Stimmen aus dem All sagten, der Führer sei schlecht und die Ernte auch und so ziemlich alles, von dem man uns in der Schule beibrachte, dass es gut sei. Vater nickte zustimmend. Doch Vater ging schon lange nicht mehr in die Schule, er wusste nicht, dass der Führer für unser Wohl im Gefängnis gewesen war und sich persönlich tagtäglich um die Ernte kümmerte, die in die Büchsen hineinkam. Vater lief viel lieber rot an, wenn er den Obergenossen hörte.

Wenn die politische Sendung kam, froren wir alle ein, wo wir gerade waren. Vater mit dem Pullover über dem Kopf, Mutter mit dem Teller in der einen und dem Geschirrtuch in der anderen Hand und ich auf der Kloschüssel. Manchmal blieb ich bis zu einer halben Stunde drauf, denn die Badezimmertür quietschte, und die Spülung spülte zu laut, es wurde noch keine für politische Sendungen erfunden. Nach einer halben Stunde atmete mein Vater wieder ein, Mutter stellte den Teller ab, ich spülte runter, dann kommentierte Vater, und ich freute mich, so einen klugen Vater zu haben, der so kommentieren konnte wie die Lehrer in der Schule. Manches, was er sagte, ergab für mich keinen Sinn, da ich nirgends auf der Straße Dissidenten sah, und die Ernte war sicher nicht so schlecht wie ihr Ruf, wenn damit so viele Konserven gefüllt werden konnten.

Mutter sagte früher oft, dass Vater dafür sorgen solle, dass wir aus dem Land ausreisen könnten. Es sei die reine Irrenanstalt.

Über die Irrenanstalt wusste ich nichts, aber ich war der

Meinung, dass Vater weiterreden sollte. So hätten er und Mutter ein Gesprächsthema gehabt und hätten sich nicht immer zwischen Abendessen und der politischen Sendung im Wohnzimmer böse Blicke zugeworfen. Den miesen Kerl hingegen, der meinen Brief gestohlen hatte, hätte ich liebend gerne erschlagen. Oder noch besser, man hätte ihn zu den Schweizern schicken sollen. Die hätten dann sehen können, was sie mit ihm anfangen wollten.

Ich erwachte unruhig. Das war kein Wunder nach einem solchen Traum. Noch ein Tag, dann wäre Mutter zufrieden. Wir würden die Irrenanstalt verlassen haben.

Am Abend würde ich Ariana treffen.

Es war Sonntagmorgen.

So wie an warmen Sommerabenden herrschte Ruhe in der Stadt. Auf den Straßen war mehr Schatten als Licht, aber das Licht holte auf.

Der Sonntag roch bereits am Morgen nach den Zwetschgenknödeln von Großmutter, und ich fühlte schon ihre Handflächen auf meinen Wangen, wenn sie mich am Mittag begrüßen würde. Ich wollte nur schnell vorbeischauen, denn es war der letzte Tag vor der Abreise, und ich hatte mich noch vom Zentralpark und von Ariana zu verabschieden.

Vater war frühmorgens weggefahren. Nicht zum ersten Mal in letzter Zeit. Er hatte nachts immer wieder Gepäck weggetragen, hatte sich jedes Mal leise aus der Wohnung herausgeschlichen und war dann langsam zum Auto gegangen. Das hatte ich von unserem Balkon aus beobachtet. Er hatte sich bemüht, langsam zu gehen, wie ein Mann, der nichts zu verbergen hatte und nur zufällig zu später Stunde unterwegs war.

»Ich muss mich bemühen, wie ein Mann zu gehen, der nichts zu verbergen hat und nur zufällig zu später Stunde unterwegs ist. Sonst denunziert uns womöglich jemand, und sie nehmen unseren Wagen und den Anhänger unter die Lupe«, hatte er gesagt.

»Und dann?«, hatte ich gefragt.

»Und dann was?«

»Was geschieht dann?«

»Wenn sie alles entdecken, was ich darin versteckt habe, kannst du deinen Vater alle zwei Wochen im Gefängnis besuchen und ihm Lebensmittel mitbringen. Weißt du, unsere Gefängnisse sind nicht wie jene Gefängnisse der Amerikaner, mit Fernseher und so weiter.«

»Vater, würdest du dort sterben?«

Vater war verwirrt.

»Sterben? Keine Ahnung. Aber Prügel würde ich bekommen. Und wie.«

»Was würden sie dir denn für eine Strafe geben?«

»Weiß nicht, einige Jahre bestimmt, aber das wäre nicht alles. Du und Mutter hättet's auch schlecht. Alle würden es wissen und euch meiden. In der Schule hättest du Probleme damit und Mutter im Opernhaus. Jede einzelne eurer Bewegungen würde beobachtet werden. Aber ich höre lieber auf damit, Genosse, sonst bekommst du nur Angst.«

»Vater, würden uns Doina und Liviu auch meiden?«

»Gut möglich, gut möglich, man würde es ihnen zumindest empfehlen. Sie würden's bedauern und tun, vielleicht. Vielleicht auch nicht. Auf Menschen ist eh kein Verlass, wenn es um Prognosen geht. Ach, lass uns nicht an das Schlimmste denken.«

»Ich glaube nicht, dass das Schlimmste wirklich eintrifft, wenn man daran denkt. Ich habe auch schon gedacht, dass Ariana …«

»Ariana? Aha! Da ist die Katze aus dem Sack. Deshalb ist unser Genosse so anders in letzter Zeit.«

Vater strahlte wie ein Maikäfer, und das war mir peinlich. Ich schluckte leer.

»Ariana ist eine Schulkameradin ...«

»Hm.«

»Ja, ehrlich, nur so eine Schulkameradin ...«

»Hm.«

»Hm.«

»Habt ihr schon ...?«

»Vater, hör auf!«

»Gut, in Ordnung.«

Wir schwiegen, und Vater schaute mich dauernd von der Seite an. Auf jener Seite lief mein Ohr rot an. Das hat was mit Scham zu tun. Mutter hatte es mir erklärt. Wie immer umständlich.

»Vater, erzähl mir lieber, wer die Oros sind!«

»Die Oros? Bekannte. Halten den Mund. Gute Menschen. Sie wollen selber raus. Ungarnstämmige. Sie wohnen am Stadtrand und haben einen gut abgeschirmten Garten.«

»Bringst du unser Gepäck immer zu ihnen?«

»Ja. Dort bastle ich an unserem Anhänger herum, am doppelten Boden, weißt du? Am letzten Tag, da muss ich ihn nur noch füllen.«

»Vater, hast du Angst?«

Inzwischen war Mutter ins Zimmer gekommen. Man redet nicht über Angst in Anwesenheit von Frauen. Deshalb wohl gab mir Vater darauf keine Antwort.

Ich schaltete den Fernseher ein. Am Sonntagmorgen zeigten sie immer *Daktari* oder *Flipper*. Danach kam die Armeesendung. Die schauten alle freundlich in die Kamera hinein, und man hatte gar keine Angst vor der Uniform. Wir hatten eine tolle Volksarmee mit strahlenden Gesichtern und sauberen Panzern. »Unsere Jungs setzen sich ein«, sprach ein Leutnant ins Mikrofon. Es war ein anderer Leutnant als derjenige mit der Faust im Bauch seiner Frau. »Heute, zwei Wochen vor unserem Nationalfeiertag, setzt die Armee alles daran, um die letzten Vorbereitungen für das große Fest des Volkes erfolgreich abzuschließen. Die Forderungen des geliebten Führers sollen vollständig erfüllt werden. Unsere Armee kümmert sich darum: um die Ernte des Volkes, die Straßen des Volkes und um sein gesamtes Wohlergehen. Sogar für die Gesundheit der Menschen sorgen unsere Jungs.« Es folgte ein Dokumentarfilm über den Einsatz junger Offiziere im Gesundheitsdienst.

Ich wurde in einem Land geboren, in dem die Gesundheit der Genossen Priorität hatte. Genossen waren alle, die untereinander gleich waren. Ein bisschen gleich zumindest. Jene, die es nicht waren, waren nicht unter uns. Dissidenten zum Beispiel.

Auf die Gesundheit wurde geachtet. Es wurde regelmäßig marschiert und gesungen, gesungen und »Es lebe hoch!« gerufen, »Es lebe hoch!« gerufen und die Ernte eingebracht und dann weiter marschiert. Es gab bestimmte Tage, an denen mehr marschiert wurde als sonst. Der Geburtstag des Obergenossen, der Tag der Arbeit, der nationale Feiertag, da hatten wir uns von der faschistischen Besetzung heldenhaft befreit. Die Faschisten waren andere als wir. Sie kamen aus dem Westen, wir wollten sie nicht, da erhoben wir die Waffen gegen sie. Das erzählte unsere Geschichtslehrerin. Die mit dem komischen Funkeln in den Augen, wenn Vater zum Elternabend ging. Wenn das große Fest des Volkes losging, marschierten zuvorderst die Kleinen, genannt Heimatfalken, danach wir, die Pioniere, dann die Armee, dann die Sportler, dann die anderen. Die Stadt duftete nach gebratenem Fleisch, und an langen Holztischen feierten jene, die schon marschiert waren.

An unserem Nationalfeiertag war ich immer besonders glücklich. Wegen des Bratenduftes, der zu unserem Fenster aufstieg. Ich lief auf den Balkon, meine Nasenflügel dehnten sich wie diejenigen des braven Stieres Ferdinand, wenn er Blütenblätter riecht. Blut mag er nicht. Ich liebe Zeichentrickfilme. Auf der Hauptachse, die den Nordbahnhof mit dem Opernplatz verband, waren die schmalen Tische mit weißem Papier überzogen, das Papier hatte grüne Senfflecken. Braune Bierflaschen. Marschiert wurde entlang der Hauptachse, vorbei an der marmornen Tribüne gegenüber dem Zentralpark.

Wir versammelten uns immer rechts davor und zogen nach links. Auf der Tribüne saßen wichtige Genossen, auf ihrer Höhe flatterten die Fahnen heftig, und es wurde »Hurra!« und »Hoch lebe die Partei!« gerufen. Danach gingen wir wieder auseinander. Ich eilte immer nach Hause, um die Jagdflugzeuge im Fernsehen zu sehen. In der Hauptstadt marschierte nämlich die Armee, die Soldaten hoben alle gleichzeitig das linke Bein, dann das rechte Bein, und auf Höhe der Tribüne drehten alle den Kopf in die Richtung des Obergenossen. Die Gewehre hielten sie vor der Brust, sie schienen Spielzeuge zu sein. Die Panzer hatten Lichtflecken von der Augustsonne, die blendeten. Es sah alles so federleicht aus. So hatten wir bestimmt auch die Faschisten vertrieben.

Die Fahnen in der Hauptstadt waren rot. Parteifahnen.

Aus dem nachfolgenden Menschenzug lösten sich immer zwei Heimatfalken, sie liefen die Haupttribüne hinauf und überreichten dem Obergenossen und seiner Frau Blumensträuße. Er freute sich darüber und winkte dem Volk zu. Er nahm einen von ihnen auf den Arm.

Die Haupttribüne in der Hauptstadt war viel höher als unsere. Alles war anders. Dort wohnte der Obergenosse. Es wurde erzählt, dass er unsere Stadt mied, weil wir zu progressiv waren. Dabei ließen wir ihn besonders laut hochleben. Doch der Obergenosse war auch ein viel beschäftigter Mann, gerade an solchen Feiertagen fiel es uns deutlich auf. Er besuchte unermüdlich Fabriken, landwirtschaftliche Kooperativen, Institute und zeigte den Weg für uns auf, damit wir auch in Zukunft so glücklich sein würden wie bisher. Denn hätte Liviu Zeit für Seitensprünge gehabt, wenn der Obergenosse nicht für alles andere gesorgt hätte? Und wäre Vater durch das eine Fabriktor hinein und durch das andere wieder hinausgelaufen, wenn *er* nicht alles erledigt hätte? Vater und Mutter sparten viel Zeit dank des Obergenossen, doch sie nannten ihn einen Lump. Er war wohl wirklich einer, denn auch andere Eltern nannten ihn so und auch der Radiosender, den Vater abends hörte.

Letztes Jahr zeigten sie im Fernsehen eine Direktübertragung aus unserer Stadt. Ich sah Tarhuna, der zog zum zweiten Mal an der Tribüne vorbei. Er meinte vor dem Umzug, wichtig sei nur, dass Anca ihn sehe. Anca ist ein Mädchen, und wenn sie in der Schule an uns vorbeiging, lief Tarhuna rot an.

Es war nicht ungewöhnlich, dass man mehrmals marschierte. Wer nichts Besseres zu tun hatte, ging über Umwege zum Sammelpunkt zurück, griff sich das Bild eines wichtigen Genossen oder eine kleine Papierfahne mit einem dünnen Holzstiel und zog von Neuem los. Ein Kreislauf.

Die Stimme im Fernsehen lobte immer den Einsatz des Volkes.

Vater erwiderte, dass der Einsatz des Volkes bei der Suche nach Bananen, Kartoffeln und anderen Lebensmitteln wirklich bemerkenswert sei. Denn wo man etwas Brauchbares fand, war eh ein Geheimnis, und man konnte nicht davon ausgehen, dass es immer der Gemüsemarkt oder der Lebensmittelladen war.

»Es gehört zum Spiel, nie genau zu wissen, wo man was findet«, bemerkte Vater. »Manchmal lohnt es sich, Bananen beim Bäcker und Brot beim Altwarenhändler zu suchen. Einmal sah ich auf dem Nachhauseweg eine lange Menschenschlange vor einem Buchladen. Ich reihte mich ein und wartete geduldig, denn vielleicht war irgendein gutes Buch zu haben. Seit Langem hatte es nichts Aufregendes mehr gegeben, und für ein weiteres Werk des Obergenossen hätten die Leute kaum Schlange gestanden. Nach über einer Dreiviertelstunde Warten trat ich endlich auf die Türschwelle des Geschäfts. Ich streckte den Hals und versuchte zu entdecken, um was für ein Buch es sich handelte. Doch stattdessen sah ich den alten Buchhändler mit hochgekrempelten Ärmeln in der Mitte seines Ladens stehen. Er hatte die wenigen Buchexemplare, die er sonst verkaufte, beiseitegeschoben, und um ihn herum türmten sich kistenweise Kartoffeln. Die Leute füllten ihre Taschen, bezahlten und verließen das Geschäft durch den Hinterausgang. Deshalb hatte ich niemanden herausgehen sehen. Kartoffeln konnte ich aber nicht gebrauchen, denn unsere Speisekammer war voll davon. Vor einigen Wochen waren nämlich in unserer Stadt Unmengen von Kartoffeln aufgetaucht. Fleisch, Eier, Mehl und Zucker hingegen waren Mangelware.

Ich fluchte also laut und wollte weggehen. Doch dann packte ich ein Buch des Obergenossen, zahlte schnell, nahm es unter den Arm und lief davon. Zu Hause riss ich es in Stücke und spuckte auf das Foto auf dem Umschlag. Aber zuerst zog ich die Vorhänge zu, damit mich keiner von nebenan sehen konnte.«

Mein Vater erzählte auch schmunzelnd, dass eigentlich alles rund liefe in unserem sozialistischen Vaterland. Wir marschierten im Kreis, und sein Arbeitsweg in die Fabrik schließe sich zu einem Kreis. Hier rein, dort raus. Beim Milchkauf seien sechs Menschen dreimal im Kreis gegangen. Es gab nur einen Liter pro Mal.

Mein Vater ist ein lustiger Mann.

Bei uns drehte sich vieles ums Fernsehen. Vater wurde wütend bei den Reden des Obergenossen, und Mutter kamen die Tränen, weil Sue Ellen aus der Fernsehserie *Dallas* trank. Früher hatte unser Hausmädchen Tränen in den Augen, wenn ein armes Bauernmädchen geschwängert wurde. Oder wenn eine Liebe zerbrach, weil sie von den Eltern nicht akzeptiert wurde. Ich bekam früher einen Schreikrampf, weil ein Rehjunges sich verlaufen hatte, und als die Löwin dahinterkam, rief ich: »Achtung, Kleiner, Achtung! Renn weg! Schnell!« Aber es hörte mich nicht und starb. Ich warf mich an die Brust von Vater und heulte. Das erzählt Vater, und er sagt noch, ich hätte Pflaumenaugen dabei gehabt. Später bekam ich jedes Mal einen Steifen, wenn Rita, eines der Hausmädchen, den Fernseher einschaltete. Dafür musste sie barfuß auf das Bett steigen, sich auf die Zehenspitzen stellen und sich strecken. Der Rock rutschte nach oben. Ich liebte ihre Waden und ihre Füße. Meine Liebe ging so weit, dass ich sehnsüchtig darauf wartete, dass sie uns wieder einmal besuchte, denn zu jener Zeit, als ich einen Steifen bekommen konnte, hatten wir kein Hausmädchen mehr. Wenn sie kam, schaltete ich schnell das Gerät aus, lief zurück zum Lehnstuhl, beruhigte mich – es klappte nicht oft – und rief sie ins Wohnzimmer. Sie wusste mittlerweile, was ich wollte, und ging direkt zum Fernseher, zog ihre Schuhe aus und tat alles genau so, wie ich es mir wünschte. Dann lief sie schmunzelnd hinaus. Ich wartete einige Minuten und schaltete ihn wieder ab. Das Spiel ging von vorne los.

Und dann war da noch der Fußball. Vor zwei Monaten, im Juni, schoss Paolo Rossi die Tore für Italien, und ich war stolz, dass er seine Tore in unserem Fernseher, Marke Grundig, schoss. Der kam aus Deutschland und zeigte die Weizenfelder gelb und die Tomaten rot. Den hatte Mutter auf einer Konzertreise gekauft. Sie wollten ihn ihr am Zoll abnehmen, nachts läutete das Telefon, Vater zog sich an und brachte uns die Farben ins Haus. Vater hatte *Beziehungen*. Aber ich durfte es niemandem sagen, damit man sie ihm nicht wegnahm.

Man konnte bei uns nicht einfach so Geld ausgeben. Man brauchte dafür Beziehungen. Dann konnte man Eier kaufen, oder man bekam eine andere Wohnung. Deshalb sind Beziehungen eine Form von Geldverwaltung. Das sagte mein Vater. Mehr sagte er nicht, sonst stieg sein Blutdruck, und er brauchte dann Beziehungen für die Medikamente.

An jenem Abend saßen wir auf Klappstühlen, auf dem breiten, schwarzen Dach, und sprangen auf, wenn Rossi in unserem Fernseher Tore schoss. Auf diesem Dach sprangen wir auf, auf anderen Dächern andere. Die Männer fluchten auch, wie wenn sie die Monatsmiete zahlen mussten, aber irgendwie großzügiger und breiter, dazwischen Kommentare, Ausrufe. Schade, dass unsere Geschichtslehrerin nicht dabei war. Dann hätte sie gesehen, wie schön es ist, wenn man Tore schießt. Wenn die Tore kamen, schrien wir auf. Bei solchen Höhepunkten könne man nicht anders, meinte Vater.

Schon als ich klein war, saßen Mutter und Vater manchmal bis Mitternacht im Wohnzimmer und schauten sich einen Sexfilm an – dass sie so heißen, wusste ich, weil ich besonders gute Ohren für das Geflüster der Erwachsenen habe. Wenn die Höhepunkte kamen, sprangen sie nicht auf. Sie schwiegen weiter. Sexfilme schauten sie sich auf fremden Sendern an. Unsere Nachbarn, die Jugoslawen, zeigten sie. Dann geschahen seltsame Dinge in unserem Fernseher. Sie geschahen in Fremdsprachen, aber das schien Vater nicht zu stören. Ich glaube, Sex ist eine wunderbare Sache. Man redet dann in einer Fremdsprache miteinander.

»Guckt auch der Obergenosse zu?«, fragte ich Dumitrescu vor zwei Monaten. Sein Vater war auch Milizmann, aber der ging nicht zu den Leuten nach Hause, der ließ die Leute zu sich kommen. Das wusste ich, aber ich meinte, was Vater und Mutter taten, würde auch für den Obergenossen nicht schlecht sein, also fragte ich. Dumitrescu erstarrte, so wie Herr Matei vom dritten Stock erstarrte, wenn er den Hexenschuss hatte. »Na, guckt er oder guckt er nicht?« Dumitrescu atmete nicht. Ich dachte: »So kriegt man also Leute tot. Jetzt lässt mich der alte Dumitrescu zu sich holen. Schade, dass Vater nicht sein Hausverwalter ist.« Aber niemand kam, und ich war ein bisschen enttäuscht, dass ich nicht Dissident werden konnte. Dann wäre ich nach Jahren der Gefangenschaft heimgekehrt und hätte mit Vater über Politik gesprochen.

Seltsam. Die Frage hatte ich einige Zeit vergessen, aber vor zwei Monaten ist sie mir wieder eingefallen. Vielleicht ist das so mit den großen Fragen und den kleinen Köpfen: Sie finden darin keinen Platz und bleiben auf der Strecke. Nach Jahren wacht man eines Tages auf und fragt sich: Aber der Obergenosse, gilt das im sozialistischen Aufklärungsbuch auch für ihn? Und wenn nicht, wie kam der zu seinem Sohn? Vielleicht ist die Geschichte mit Mariae Empfängnis doch wahr, aber dann gäbe es auch Gott, und der Obergenosse hätte eine Verbindung zu ihm. Zu Gott jedoch kann man keine Verbindung haben, der ist tot oder so ähnlich.

Nach den Höhepunkten in unserem Fernseher stand ich nicht mehr hinter der Glastür, dann kroch ich leise ins Doppelbett zurück, dort, wo ich als Kind neben Mutter lag und nun neben meinem Vater schlief. Bevor er zu Bett kam, masturbierte ich. In meinen Kopfbildern hatte ich dann eine Beziehung zu Ariana. Dann waren wir beide im Fernseher, und niemand schaute zu.

Bevor ich einschlief, schlug ich immer die Decke unter

meine Füße. Ich wickelte mich darin ein wie in einen Schlafsack. Man kennt die Geister nicht, die erscheinen, wenn man das Fernsehgerät ausschaltet.

Gestern um die Mittagszeit ging ich auf die Straße, stieg vor dem Bahnhof in den Bus und fuhr bis zum Opernplatz. Ich besuchte Großmutter. Es sah bei ihr wie in einer Baumhöhle aus. Die Wohnung war eng, schattig, und überall hing der Geruch von Mehlspeise. Großmutter rief freudig mehrmals meinen Namen, nahm mein Gesicht in ihre Hände und küsste mich.

Sie war eigentlich nicht meine Großmutter. Meine richtige Großmutter starb vor vielen Jahren im Krankenhaus, und Mutter ging es schlecht, wenn sie daran dachte, dass sie zu spät ins Krankenhaus kam. Sie sagte: »Dir soll das nicht passieren, mein Küken, sonst bereust du es das ganze Leben lang. Irgendwann, wenn du erwachsen bist, wirst du meinen, du kennst deine Eltern gar nicht. Aber du wirst sie nicht mehr kennenlernen können, weil sie tot sein werden.«

So redete Mutter, und mir war es unangenehm, aber ich sagte nichts, sonst hätte sie gedacht, das *Irgendwann* habe schon angefangen.

Großmutter hatte eine Nase wie eine Hexe, spitz und gebogen wie die der Hexe in *Der Zauberer von Oz*, und die Wände ihrer Wohnung waren bedeckt mit Bücherregalen und wunderbaren, alten gebundenen Ausgaben. Französisch. Stendhal, Balzac, Zola, Proust, Hugo und viele Namen, die mir fremd waren.

Sie nahm mich bei der Hand und brachte mich ins Wohnzimmer. Sie trug kühlen Sirup auf einem silbernen Tablett herein.

»Vom Land, Kleiner, vom Land. Eine ehemalige Schülerin hat ihn mir heute früh gebracht. Sie besucht mich jedes Mal, wenn sie in die Stadt kommt. Und ich habe ihr gesagt, wie toll, ich habe einen Enkel, der mich gleich besuchen wird, so kann ich ihm was Gutes anbieten.«

Großmutter hatte sehr viele Beziehungen, vielleicht mehr als Vater, alles ehemalige Schüler. Offiziere, Ingenieure, Direktoren. Sie schauten manchmal vorbei, ließen ihre Fahrer auf der Straße warten, tranken mit ihr einen Sirup. Wenn sie vorher anriefen, kochte sie etwas. Es gab hin und wieder auch einen süßen Wein dazu. Ich hörte einmal, sie hätten alle großen Respekt vor ihr.

»Großmutter, deine Knödel sind doch was Gutes.«

»Schmeichler. Ich weiß, ich weiß schon, dass sie dir schmecken, nur Geduld.«

Sie drehte den Kopf und starrte auf einen Stuhl. Nach einiger Zeit fuhr sie fort: »Weißt du noch, wie er dort saß? Stundenlang, allein, schaute zum Fenster hin. Hell und Dunkel, das konnte er noch wahrnehmen. Hell und Dunkel. Ich saß manchmal hier und schaute ihn an. Er spürte es immer, schmunzelte nach einiger Zeit, streckte die Hand nach mir aus. So saßen wir hier, bis es dunkel wurde.«

»Großmutter, wie war Großvater? Ich weiß noch, wie er mich auf seinen Schoß nahm, mich mit der einen Hand fest umklammerte und sich mit der anderen auf seinen Stock stützte.«

»Ja, ja. Dein Großvater liebte dich sehr. Er hat immer geschimpft, wenn du kamst und das Essen nicht bereit war. ›Lizi, Lizi‹, rief er. ›Dein Enkel kommt bald, und du vertrödelst immer noch Zeit. Hast du ihm seine Lieblingssuppe gekocht? Hast du? Das letzte Mal schien er mir abgemagert zu sein.‹ Und er war aufgeregter als sonst. Ich hörte immer, wie er herumging, ich hörte seinen Blindenstock. Dein Großvater war sehr eigensinnig. Ein Esel manchmal. Aber ein Gentleman.«

»Ein Gentleman?«

»Jawohl, galant und aufrichtig, das muss man ihm lassen. In den frühen Dreißigern, da war er reich. Holzfabrik. Als deine Mutter klein war, da wohnte sie in einer herrlichen großräumigen Wohnung mit alten Möbeln, Teppichen und Bildern. Sie hatten Bedienstete. Dann kamen die Kommunisten, diese Würmer, und enteigneten jeden. Das brach ihn nicht. Auch die Erblindung nicht. Oder der Tod deiner richtigen Großmutter. Nichts brach ihn, er wurde von Mal zu Mal sturer und unzugänglicher.«

»Großmutter, stimmt es, dass Großvater mit Geistern sprach?«

»Großvater war ein feinstofflicher Mensch. Feinstofflich, verstehst du das?«

»Nein, nicht ganz.«

»Das hat was mit dem Inneren eines Menschen zu tun. Mit der Fähigkeit, Dinge zu sehen, die anderen verborgen bleiben. Er redete oft darüber, über diese Wesen. Die sind überall. Als Blinder sah er sie vielleicht besser als wir. Weißt du, als Großvater erblindete, da fuhr er in die Schweiz. Die war schon damals berühmt, und auch unser Land war ein bisschen wie eine kleine Schweiz. Die Kindermädchen kamen aus Paris. Jedenfalls fuhr er hin und lernte in Dornach die Anthroposophie kennen.«

»Genau, die Anthroposophie. Darüber haben Vater und Mutter gesprochen. Und Mutter war immer dagegen.«

»Stur wie dein Großvater. Cornelia wollte nicht, dass man dir was darüber erzählt. Sie verbot es uns. Sie sagte, das Kind soll mit einem freien Kopf aufwachsen. Dabei hat in diesem Land keiner einen freien Kopf.« Großmutter machte mit der Hand eine abschätzige Bewegung und verzog den Mund. Sie legte die Hände auf den Tischrand, stützte sich darauf und stand auf.

»Freien Kopf, ha, dass ich nicht lache.« Sie lief schleppend in die Küche, wo sie weiter mit sich selber redete.

Sie hatte wieder in Hugo nachgeschlagen. Auf Zola lag

dicker Staub, nicht aber auf Hugo. Den Hugo brauchte sie oft. Das Sofa, links vom Esstisch, hatte Risse, sie waren mit einem Plaid überdeckt, in meinem Rücken schlug die Balkontür auf und zu. Neben dem Sofa und auch darauf lagen Bücher. Der Teppich war übersät mit Brotkrümeln, Großmutter wischte sie immer mit der Handfläche vom Tisch. »Seitdem ich nicht mehr gut sehe, bin ich großzügiger geworden«, sagte sie dann.

Ich stand auf und ging langsam umher. Ihre Porzellantassen standen seit Jahren am selben Ort und auch der Teller mit dem Madonnabild darauf, den Vater in Rom gekauft hatte. Er lehnte an einigen Büchern, links und rechts stützten ihn Zweig und Dostojewski. Ich hörte eine Fliege im Raum. Bei uns gab es immer viele Fliegen. Die fühlten sich als Einzige wohl. »Nur diese Fliegen, diese verrückten Fliegen, wollen nicht ausreisen«, meinte Mutter dazu.

Auf dem schmalen Tischchen zwischen der Bibliothek und dem Durchgang zum Badezimmer und Schlafzimmer stapelten sich die Manuskripte von Großvater.

»Ich war seine Augen. Ich war seine Augen«, sagte Großmutter gelegentlich. »Ich habe alles für ihn getippt. Alles. Mich mit dieser alten Schreibmaschine abgemüht.«

Dann drückte sie immer auf eine Taste. »Hörst du dieses Geräusch? Trocken. Das ist die Fortsetzung des Gedankens.«

Die Schreibmaschine stand an ihrem alten Ort. Ich drückte auf eine Taste. An meiner Fingerkuppe blieb Staub hängen. Auf dieser Schreibmaschine hatte mir Großvater vor vier Jahren, nach Vaters und meiner Rückkehr aus Amerika, das Tippen beigebracht.

Die Reise nach Amerika …

Unterwegs mit Vater

Der Zug machte *tadam-tadam*. Ich hätte ihm andere Worte beibringen können anstelle des *tadam-tadam*, aber ich hatte keine Zeit. Unser Aufenthalt in Belgrad war zu kurz dafür. Also entschied ich mich, auf unsere Koffer aufzupassen, während Vater den Zug nach Italien suchen ging.

Es war 1976, und die zitternden Hände meines Vaters hatten vor Kurzem im Büro des Polizeikommandanten den Pass in Empfang genommen, der uns zu einem Aufenthalt in Italien zwecks medizinischer Abklärungen berechtigte.

Erstes Wunder.

Der Polizeikommandant hatte Bescheid gewusst. Er hatte Vater persönlich in sein Büro geführt und seiner Sekretärin gesagt: »Aber Mädel, Herr Teodorescu ist schließlich mein Hausverwalter.« Hausverwalter haben Macht: Sie reden mit Milizmännern. Ich war am Ende des Passes aufgeführt, mit Foto. Dafür wurde ich im Fotoladen dreimal gekämmt, und zweimal gab mir Großmutter einen Kuss. Der Polizeikommandant hatte noch mit dem Handrücken über meine Wange gestrichen.

Da waren wir also in Belgrad. Das sind jene, die Sexfilme senden, dachte ich, aber ich behielt den Gedanken für mich. Vielleicht wussten sie nicht, dass Mutter und Vater zuschauten, jenseits der Grenze. Ich dachte auch an den Obergenossen, und er tat mir leid, weil er einige Zeit ohne Vater auskommen musste. Dann kam Vater und packte Brot, Käse, Tomaten, Salami von zu Hause aus. Ich hätte fast geglaubt, es sei Samstag und wir seien in unserem Wohnzimmer. Mutter ließ uns nicht hungern. Ich erwischte ein Sandwich von Vater. Er streicht mehr Butter drauf. Bügeln kann er auch.

Vater hatte wirklich den Zug mit der richtigen Sprache gefunden. Der rollte sanfter und war anders als unsere Züge. Unsere Züge setzten sich ruckartig in Bewegung, als ob ein anderer in sie hineingefahren wäre. Dann machten alle Leute drinnen einen Schritt nach hinten. Wer *alle Leute* sind, hatte ich auf einer Reise zu den Großeltern gesehen. Da waren Soldaten, wie die im Fernsehen, welche die Wasserkraftwerke bauen und entschlossen unser Vaterland verteidigen. Die Soldaten im Zug waren besoffen gewesen und hatten von einer Maria gesungen, die schmale Hüften hatte und die sie jede Nacht unter der Linde trafen. Das war ein Volkslied. Dann gab es Bauern, die rochen auch so.

Wenn bei uns die Züge nach einigen Metern ruckartig wieder anhielten, zerbrachen Eier in geflochtenen Taschen, leere Bierflaschen rollten auf dem Boden herum, und alle machten einen Schritt vorwärts. In unseren Zügen saßen Erwachsene fest und fluchten. Sie fluchten so, wie wenn sie die Miete zahlen mussten. Sie fluchten über Züge, Fahrstühle, Autos, Haushaltsgeräte, über ihre Frauen und die Frauen anderer.

Der Zug nach Italien war anders. Er glitt sanft über die Erde, wie die Hand meiner Mutter über meine Stirn, wenn ich Fieber hatte. In Venedig legte Vater seine Krawatte ab. Damit hatte er die ersten Menschen im Westen, die wir treffen würden, beeindrucken wollen. Sein Hemd war durchgeschwitzt.

Sechs Stunden Wartezeit für den Zug nach Rom. Ich nahm Vaters Hand, unsere Augen waren zu klein für das, was wir sahen. Die *Tagesschau* hatte es nie gezeigt, doch Vater schien es gewusst zu haben. Vielleicht der fremde Radiosender. Wir hatten Läden erwartet, auf deren Regalen

Lippenstifte und Kaugummis lagerten. Die brachten Rückkehrer immer mit, wenn sie zu Besuch kamen.

In Venedig gab es keine Straßen und keine richtigen Gehsteige. Bei uns zu Hause saßen Zigeunerinnen am Straßenrand und gaben kleinen Kindern die Brust. An ihren Fußsohlen klebte Staub, denn Zigeuner gehen barfuß. »Ihr Wohnzimmer ist die Straße. Deshalb sind sie auch so laut. Sie sind nämlich bei sich zu Hause«, hat Vater einmal erklärt. Wenn sie nicht gingen, dann saßen sie und hielten die Hand auf. Ich habe nie was reingelegt, ich habe alles für Spielzeugsoldaten, amerikanische, Panzer und Artillerie gebraucht. Zigeuner waren an sich gesund. Nur wenn sie saßen, vergaßen sie es. Dann erblindeten sie, hatten eine lahme Hand oder ein Bein zu wenig. Die Leute gaben manchmal was, danach fluchten sie darüber. Dann fluchten sie über die Fahrstühle, dann über die Züge.

Zigeuner sind stolze Menschen. Man darf sie nie »Zigeuner« nennen.

In Venedig gab es hingegen Wasser und Brücken im Überfluss und schöne Häuser, die nannten die Italiener *palazzi*. Ich wollte es mir merken, um Mutter zu beeindrucken. Und es gab eine Brücke, die hieß Seufzerbrücke. Dort nahm mich Vater auf den Arm. Ich sah sein verschwitztes Haar im Nacken, mein feuchtes Hemd klebte an seinem. Mein Bein tat weh, der orthopädische Schuh zog es nach unten.

Meine Krankheit war keine, die wehtat. Ich konnte trotzdem gehen, so wie der Onkel mit dem Alkoholproblem. Der ging jeden Morgen von selbst in das Schnapslokal. Dreihundert Meter weit. Am Abend wurde er heimgetragen.

Was meine Krankheit tat, tat sie auf geheimnisvolle Art. Die Muskeln wurden schwächer, man trug schwere, steife Schuhe, und in der Nacht legte man hin und wieder eine Schiene an. Meine Krankheit trug den Namen eines Menschen. Charcot-Marie. Keine Zahlen. Keine Buchstaben. Dann würde sie schon nicht so schlimm sein.

In Venedig gab es nur den Verdacht auf die Krankheit. Dies war ein anderer Verdacht, als wenn man im Verdacht stand, Dissident zu sein. Dann wurden die Gesichter ernst, und die Türen gingen hinter einem zu. Man kehrte einige Jahre später nach Hause zurück. Auch bei dem anderen Verdacht, dem Verdacht auf die Krankheit, wurden die Gesichter ernst. Aber dann streichelte der Polizeikommandant einem über die Wangen, und ich und Vater hatten gemeinsam einen Pass für Italien.

Es war nicht die Krankheit, die wehtat, sondern der Schuh. Vater wusste es, er lockerte die Schnürsenkel, schob die Hand in den Schuh und massierte den Fuß.

Rom.

Von hinten sah Vater wie ein italienischer Schauspieler aus. Ein berühmter. Ich hatte einen Film mit einem Vater gesehen, dem das Fahrrad gestohlen worden war. Er war hinterhergelaufen, das Fahrrad blieb gestohlen, sein Rücken wurde krumm. Dann war die traurige Musik losgegangen. Mein Vater sah auch ohne Musik schön aus und ein bisschen so, als ob ihm das Fahrrad gestohlen worden sei.

Vater war überhaupt ein schöner Mann. Auch von vorne. Kerzengerade, schmal, angegraute Haare, tolles Lachen und so weiter. Darauf stehen die Frauen. Auch Mutter war manchmal immer noch schön. Manchmal nicht, dann stand sie schwer da, als ob die Schwerkraft um sie herum stärker sei als um andere. Schwerkraft ist eine Kraft, die schwer macht, außer wenn man sich liebt oder auf dem Mond ist. Dann ist sie kleiner.

Vater strahlte nicht vor der Stazione Termini, dem römischen Bahnhof. Er hatte achtzig Mark bei sich und eine

Adresse. Es war Freitagnachmittag, ich setzte mich in den Raum *per la mamma ed il bambino*, Vater ging suchen.

Vater fand. Väter finden immer, Kinder müssen nur warten, dann geht die Geschichte gut aus. Als Vater nach Stunden zurückkam, hatte ich Italienisch gelernt, nicht alles, einige Worte, die klangen wie bei uns zu Hause. Ich würde mich in Rom gut fühlen.

Vater war verschwitzter als zuvor, doch er lächelte. Die Hand zitterte nicht. Ich wusste dann, Väter schaffen's immer. Auf dem Tisch lagen Kärtchen: »Die einen, die links, sind zum Essen. Die anderen zum Schlafen«, sagte er, und ich dachte: Wetten, das hat der Vater im Film, der mit dem Fahrrad, nicht geschafft, Essen und Schlafen in drei Stunden zu besorgen. Aber das war ja auch ein Schwarz-Weiß-Film, dort hatten sie nicht einmal für Farben Geld.

Vater hatte einige Monate vor unserer Abreise den Farbfernseher heimgetragen. Bislang war die Welt in unserem Fernseher schwarz-weiß gewesen, auch die Ernte, die Generalversammlungen der Partei, der Obergenosse. Dann kam der Grundig ins Haus, und das Gesicht des Obergenossen bekam Farbe. Vater hielt das nicht aus, er sagte, da könne man sich die Farbe schenken und dass es seine Rache sei, seine Art, etwas zu bewirken. Dann stand er stramm vor dem Bildschirm, schaute dem Obergenossen in die Augen und drehte langsam die Farbe aus.

Was mein Vater bewirken wollte, wusste ich nicht genau. Das sagte er nur, wenn die Küchentür hinter mir geschlossen war. Als Hausverwalter war er gut. Wie er als Ingenieur war, wusste ich nicht, er verbrachte zu wenig Zeit damit und erzählte zu wenig.

In Rom gab es in der Dämmerung viele Farben. Es war wie bei uns zu Hause, wenn die Sonne am Nachmittag zwischen den Wohnblocks hindurchschien und wir Kinder schulfrei hatten. Oder wie auf unserem Schulhof, dem mit den alten Platanen. Von jeder Farbe gab es etwas. Nur Erwachsene sehen schwarz-weiß. Wir Kinder nie.

Im kleinen Zimmer roch es wie zu Hause. Es roch nach einem Freitagabend, im Fernsehen ein Film, *ausländisch*, ich, Vater und das Hausmädchen zusammen im Wohnzimmer. Mutter hatte freitags immer Orchesterprobe.

Dieses Zimmer war also *italienisch*. Dieser Stuhl, dieser Schrank, diese Geräusche auf der Straße waren *italienisch*. So wie in den Filmen am Freitagabend. So hatte der Mann, dem das Fahrrad gestohlen wurde, gelebt. Vielleicht waren wir im Fernsehen, und Mutter schaute zu.

Vater hatte den Käse und die Brötchen ausgepackt, die mit mehr Butter hatte er mir gegeben. Vater war gegangen, um sich zu orientieren. Ich dachte, wenn Vater orientiert ist, ist es gut, und ließ ihn gehen. Ich lag mit dem Gesicht nach oben, eine Fliege drehte Achter, die war Vater gleich aufgefallen, er sagte: »Wie wenig Fliegen die haben.« Ich hielt ein Brötchen in der Hand, die Butter lag ranzig im Mund, ich strich die Butter mit der Zungenspitze auf den Gaumen, es war die Butter von zu Hause, ich versuchte so lange wie möglich nicht hinunterzuschlucken.

Ich drehte mit dem Blick Achter im Raum, der Schuh drückte nicht, die Augen fielen zu.

Die *pensione* befand sich an der Via Cesare Balbo unweit der Kirche Santa Maria Maggiore. Dort wohnten wir seit zwei Monaten. Der Hauseingang hatte Steinplatten, wenn man eintrat, war es wie im Baumschatten zu Hause, im Park mit dem weißen Vaterlandsmonument.

Das Monument stellte Soldaten dar wie diejenigen Spielzeugsoldaten, mit denen wir Kinder in den Erdfurchen und im Gras des Hinterhofes spielten. Keiner wollte der Russe sein. Amerikaner waren sehr beliebt, wir nannten uns John oder Jack. Amerikaner kommen immer, wenn es fast zu spät ist, und befreien. Sie landen in Frankreich, weil ihnen die französischen Mädchen gefallen, ihre Offiziere sind ganze Kerle, die sagen »Dort lang!« oder »Achtung, zu Boden!«. Dann befreien sie Europa.

Uns befreiten die Russen. Die kamen aus Sibirien, und wenn sie tanzten, bekam man Angst. Das sagte Vater, er hatte sie erlebt, unten an der Donau, man hatte vor ihnen die Mädchen versteckt, die Haustiere fanden sie, im Wald. Die Deutschen hatten zuerst angeklopft, bevor sie die Lebensmittel mitnahmen.

Keiner wollte der Russe sein. Vater sagte, das sei gut so, das sei unsere Rache an den Bolschewiken. Wir aber stritten weiter, da wir ohne Russen keinen Feind hatten, und ohne Feind konnten wir nicht spielen. Den Deutschen zu spielen machte wütend. Der wurde doch immer geschlagen.

Im Eingang der *pensione* war es angenehm kühl. Die Haustür war ein richtiges Portal, hoch und schwer, ich musste mich mit meinem ganzen Gewicht dagegenstemmen. Jenseits der Straße war eine hohe Steinmauer, obendrauf Palmenspitzen. Ministerium. An der Mauer klebten große Plakate. Darauf wurde geworben. Menschen aus dem Fernseher warben für Sachen, die bei Signora Maria auf den Mittagstisch kamen: Grissini, Olivenöl, Spaghetti, Minestrone, Wein, Tomatensoße. Alles war frisch und schmeckte vorzüglich, auf den Plakaten. Mittags konnten wir uns bei Signora Maria davon überzeugen. Es wurde auch für den Esstisch, auf den die Minestrone aus dem Werbebild kam, geworben. Und für die Stühle und die Kleider von Francesco und Paolo, die Söhne der Signora, und für den Fernseher, in dem die Menschen waren, die warben. Ich dachte, in Italien würden Menschen ohne Werbung nichts essen. Sie hätten nichts, um sich hinzusetzen, und wären unbekleidet.

Bei uns zu Hause war keine Werbung nötig, um Menschen dazu zu bringen, etwas zu essen. Die Menschenschlangen waren lang, Vaters größte Angst war, ohne Beziehungen aufzuwachen. Wer ohne Beziehungen aufwachte, der musste früh los und sich warm anziehen. Vater pflegte Beziehungen mit Scheinwerfern, mit Autoersatzteilen, mit Laternen. Fabrikarbeiter brachten sie ihm, einen Teil behielten sie für die eigene Beziehungspflege. So beschaffte Vater meinem Onkel, meiner Tante und unseren Hausmädchen Arbeitsplätze, verschaffte ihnen eine Niederlassung in der Stadt und eine Wohnung. Uns beschaffte er ein Auto, Möbel, Fleisch und einen Pass für Italien. Im Grunde genommen sei der Sozialismus sehr menschlich, sagte Vater. Er verbinde die Leute, bringe sie miteinander in Kontakt. Im Westen seien die Menschen darauf angewiesen, sich zu mögen, um sich aufzusuchen. Bei uns nicht. Man gehe mit dem Scheinwerfer vorbei. Wenn Vater so sprach, hatte er ein Lachen drauf wie ein italienischer Filmschauspieler. Einer mit Geld.

Mir erschien die Werbung überflüssig. Ich hätte lieber für Vater geworben, der den Weg zu Signora Maria gefunden hatte und von *Amerika* sprach.

Das Kellerzimmer neben der Wohnung der Flumians hatten wir drei Tage nach unserer Ankunft in Rom, an einem Montag, bezogen. Am Freitag war Vater viele Kilometer gegangen, bis er das Hilfswerk fand, dessen Namen er in der Tasche trug. Er bekam Ess- und Wohnbons. Am Montag dann konnten wir in die *pensione* einziehen.

Vater erzählte, dass es in Rom viele Hilfswerke gab. Sie halfen gegen Hunger und Kälte und brachten Menschen nach Amerika. Darin arbeiteten Väter und Mütter, die keine Kinder hatten, um sie auf dem Arm zu tragen, wenn die Füße schmerzten. Sie halfen einfach Fremden. Es gab Hilfswerke für alle. Für Juden und Armenier, für Kinder mit Familie und Familien ohne Kinder, für Russisch-Orthodoxe und Griechisch-Orthodoxe, für Reformierte und Baptisten.

Religion ist eine starke Sache. Wer eine hatte, der hatte seine Bons in der Tasche. Noch stärker war es, Dissident zu sein. Dann hatte man nicht nur Bons, man konnte auch schneller nach Amerika fliegen.

Vater war kein Dissident. Dissident sein hieß, mit dem Milizmann nicht in der eigenen Küche über die Nachbarn zu reden und in einem Gefängnis Steine zu tragen, am besten einige Jahre lang. Dissident sein hieß auch, ständig einen *Begleiter* zu haben. Dann machte auch das Telefon zweimal *klick* nach dem Gespräch.

Vater und ich mussten warten, bis sich eine stärkere Sache ergab als das Dissidentsein, um nach Amerika zu kommen.

Es war Sommer, und es war heiß. Das braune Leder an den Schuhspitzen der orthopädischen Schuhe war abgewetzt, es sah nicht schön aus. »Kein Problem«, sagte Signora Maria. Ich müsse nicht gleich heiraten mit meinen zehn Jahren. Vater sagte, der Schuh müsse auch für Übersee halten.

Was Väter sagen, ist klug, außer wenn sie Mütter am Tisch böse anschauen. Nicht der Tisch aus der Werbung. Bei uns zu Hause wirbt jeder für sich, man nennt es Beziehungspflege. Wer heute Beziehungspflege macht, der pflegt morgens sein neues Auto oder den neuen Wohnzimmertisch. Ohne Beziehungspflege gibt es nur lange Listen und noch längere Wartezeiten.

Der rechte Schuh drückte, der Fuß darin schwitzte. Links von mir, hundert Meter entfernt, einmal um die Ecke, ging die Via Cavour hinunter zum Forum Romanum und zu dem riesigen weißen Vaterlandsmonument. Es wurde *Die Schreibmaschine* genannt. Weil ich wegen des kaputten Leders am Schuh nicht Ball spielen konnte, saß ich auf einer niedrigen Betonmauer vor dem Haus und lehnte an dem schwarzen Metallgitter dahinter. Ich schaute nach links, da kam nichts. Durch ein offenes Fenster hörte man die Radionachrichten. Man hatte Bilder vom Mond empfangen. Mit komischen Buchstaben auf Steinen. Man fragte sich, ob es Außerirdische waren. Und Mao war gestorben. Ich schaute nach rechts, ganz hinten ging der Gehsteig durch ein Haus hindurch, das Haus war alt, in der Tiefe waren Gewölbe und Katakomben, im Innenhof spielten am Abend Francesco und Paolo Volleyball. Im engen Durchgang, gegenüber dem Eingang zu den Untergründen, stand in einer Nische eine kleine bemalte Statue aus gebranntem Ton. Man nannte sie *Madonna* und bekreuzigte sich manchmal davor. »*Madonna*« sagten Italiener auch, wenn sie überrascht waren. Wenn sie wütend waren, sagten sie »*porco Dio*«. Dann hatte man sich so richtig aufgeregt.

Plötzlich kam von rechts Anna. Diese Anna war *italienisch*, mit schmalen Fußgelenken und brauner Haut. Unter dem Hemd wuchs was. Was wuchs, war gefedert wie das Bett von Signore Giovanni, wenn man darauf sprang. Anna war vierzehn, ich senkte den Blick.

Als ich dann nach einiger Zeit die Augen wieder hob, traf ich mit dem Blick den Nacken von Anna. Der war dicht vor mir, die Haut glatt wie Papier. Meine Arme gingen unter ihren Brüsten hindurch, unten tat es weh vom Motorradsitz. Die Straßen waren leer, und ich trug eine große Sehnsucht in mir. Die Sehnsucht war, die Hände zu füllen mit dem, was aus dem Hemd wuchs, und an zu Hause zu denken. Der Gegenwind trieb Rot auf mein Gesicht, das Atmen fiel schwer, meine Augen waren klein, ich sah alles durch das Gitter meiner Augenwimpern.

Ihre Hüften waren schmal, und sie war die Enkelin des Pensionsbesitzers. Der wohnte zuoberst, unter dem Dach. Sie hatte gesagt: »Drehen wir eine Runde?«, und ich wusste nicht, wie man eine Runde dreht, aber ich überließ mich ihr, so wie ich mich Vater überließ, beim Rundendrehen auf der Welt.

Auf der Piazza Venezia fuhr sie zweimal im Kreis, und sie sagte, von dort oben habe Benito gesprochen. »Dort oben« war ein schmaler Balkon, unser Balkon zu Hause war größer, und Benito war einer mit Glatze, der laut sprach und ständig »*popolo italiano*« sagte. Wenn Benito nichts sagte, stemmte er die Arme in die Hüften, presste die Lippen zusammen und schaute entschlossen drein. Entschlossen dreinschauen zieht immer, das hätte ich Vater empfehlen können. Dann hätte er nicht mehr zwei Hemden am Tag gebraucht, gegen den Schweiß, und das Zittern hätte aufgehört. Dann hätte er sich vor den amerikanischen Botschafter gestellt und gesagt: »Hören Sie mal!« Dann wären wir in Amerika gewesen.

Benito trug schwarze Hemden gegen die Schweißspuren. Am Schluss hatte er ein Loch darin. Bei uns gab es keinen wie ihn. Unser Obergenosse hatte noch volle Haare, wenn er laut wurde, war er nicht entschlossen, und wenn er entschlossen war, hatte Vater den Fernseher ausgeschaltet.

Fontana di Trevi. Darin gehen blonde Frauen baden, und wenn sie »Marcello« rufen, ziehen Männer in Anzügen ihre Schuhe aus und folgen ihnen. Das habe ich einmal in einem Film gesehen. Vater und Mutter hatten bereits Tage zuvor darüber geredet und auch die Eltern vieler meiner Freunde. Wir hatten uns nämlich alle darüber gewundert, dass an jenem Abend das Wohnzimmer für uns gesperrt sein würde. Aus dem Tonfall der Erwachsenen hatten wir geschlossen, dass es etwas Besonderes war. Doch unsere Neugierde war umso größer, und wir besprachen, wie wir das Verbot umgehen konnten. Die meisten gaben auf, weil sie keine Lösung sahen. Ich jedoch hatte die besseren Karten: die Glastür, die zum Schlafzimmer führte. Am Abend machte Vater auf langweilig und schickte mich früher ins Bett. »Kommt eh nichts Gutes. Ein alter italienischer Film«, doppelte er nach, und er schien auch daran zu glauben. Er fügte hinzu, er habe den Film bereits vor Jahren auf dem jugoslawischen Sender gesehen und sei arg enttäuscht gewesen. Vater vermied zu erwähnen, wieso er und Mutter es sich dann im Wohnzimmer so bequem machten. Punkt halb elf ging es los. Einige Minuten später kauerte auch ich hinter der Tür, doch nach einiger Zeit schlief ich ein. Im Film war Marcello gerade im Trevibrunnen baden gegangen. Mein Kopf schlug gegen die Tür, und ich erwachte wieder. Doch es war zu spät: Vater stand vor mir. Er lachte, nahm mich in die Arme und trug mich ins Bett. Es gab keine Strafe.

Anna und ich saßen am Brunnenrand. Der Wind trieb uns Wassertropfen ins Gesicht. Das Gesicht Annas war feucht, sie strich mit dem Handrücken darüber. Dann strich sie damit über mein Gesicht. Das tat sonst nur Vater. Auf dem weißen Stein lag Schwärze. Große, breite Spuren wie Flüsse in Südamerika, die zusammenfließen. Anna sagte, das sei wegen der Zeit. Die Zeit kommt und macht schwarz. Dann wäscht man sich nicht mehr, dann ist man alt.

Vater war nicht alt. Sein Lachen war weiß, und er trug keine Schwärze im Gesicht. Er hatte ein bisschen Speck an den Hüften, graue Haare und eine Narbe an der linken Wade. Er sagte, er habe die grauen Haare von der Armut bekommen.

Zehen sehen immer ulkig aus. Annas Zehen waren lang und schmal, und sie bewegten sich hinauf und hinunter. Sie waren flink und lustig, man hätte gerne mit ihnen spielen mögen. Im klaren Wasser der Fontana sahen sie wie zehn goldene Münzen auf dem Wassergrund aus. Annas Zehen hatten Leben. Meine Zehen hatten kein Leben. Die Krankheit mit dem Menschennamen hatte es ihnen genommen. Sie lagen nebeneinander wie verzauberte Dornröschen. Wenn die Beine wehtaten, massierte sie Mutter mit Essig. Dann wickelte sie warme Tücher darum.

Annas Waden schlugen Löcher ins Wasser, fast wären

ihre dunklen Haare blond geworden, und ihre Brüste hätten sich verdoppelt. Dann hätte ich mich *Marcello* rufen lassen, und ich hätte sie *Weib* genannt. Weiber sind Frauen, die ersticken junge Männer zwischen ihren Brüsten. Mütter sind keine Weiber.

Anna gab mir eine kleine Münze, um sie über meine Schulter ins Wasser zu werfen. Sie sagte, es würde mich nach Rom zurückbringen. Ich warf die Münze und dachte: *Amerika*.

Zum Abschied zog Anna den Schlüssel aus der Zündung. Wenn so etwas in Filmen geschieht, dann heißen die Frauen Maria und die Männer Giuseppe. Sind es teure Wagen, heißen sie anders. Vornehmer. Der Mann sagt »*aspetta*« und wirft den Zigarettenstummel zu Boden, zerdrückt ihn mit der Fußspitze und stürmt auf die Frau los. Sie hebt sich auf die Zehenspitzen, dreht den Kopf zur Seite und lässt ihn nach hinten fallen, als ob er ganz schwer wäre. Küsse sind schwer, sie machen Frauen einen schweren Kopf. Küsse sind fünfzig Kilo schwer, wenn sie für den Abschied sind, und ganz leicht, wenn sie Mütter geben. Danach schläft man gut. Wenn die Küsse kommen, in denen die Zunge die Hauptrolle spielt, hat man schon ausgeblendet. Dann schläft man spät ein. Wäre ich größer gewesen, so hätte ich einen vornehmen Namen gehabt, und ich hätte Anna »*aspetta*« zugerufen. Ich sagte nichts, und wir gingen auseinander.

Signore Giovanni war nicht beunruhigt, dass ich so lange weg gewesen war. Er fuhr Fahrrad im Wohnzimmer, saß im Unterhemd auf dem Sattel und trat auf der Stelle. Der vordere Teil des Fahrrads ging rauf und runter, das war gut gegen kleine Herzen. Signore Giovanni hatte ein Herzproblem, so wie mein Onkel ein Alkoholproblem und ich ein Muskelproblem hatten. Aber das Fahrrad, das half nur ihm. Gegen Schnaps kommt so was nicht an. Sonst hätte ich dem

Onkel später aus Amerika ein Fahrrad für die Wohnung geschickt. Signore Giovanni war schweißgebadet und freundlich, als ich in die Kellerwohnung kam. Über dem Fernseher hing ein Bild mit der Madonna. Sie hielt ein Kind in den Armen. Das Kind war fett und hatte Augen wie ein Erwachsener. Später würde es am Kreuz hängen, hatte mir Pietro, der Nachbar, erklärt. Im Fernsehen war ein Schreiben der Brigate Rosse. Die kämpften dafür, dass in Italien alles so werden sollte, wie es bei uns war. Manche Worte hörten sich wie zu Hause an, wenn Parteitag war.

Am Parteitag war die *Tagesschau* länger, und Vater hatte schlechte Laune. Der Obergenosse sprach dann vom wichtigen Schritt in Richtung Kommunismus, das aber hob Vaters Stimmung nicht, er meinte, der Obergenosse solle seine wichtigen Schritte auf dem Mond machen. Aber ich dachte, auf dem Mond könne man keine wichtigen Schritte machen, dort fehle der Kapitalismus, um ihn zu überholen. Dies wiederholte der Obergenosse ständig in seinen Fernsehreden. Und er fügte jedes Mal hinzu, dass wir uns vom Imperialismus nicht bremsen ließen. Mir kam alles wie auf der Autobahn vor: Wir überholten den Kapitalismus, vereint beschleunigten wir auf dem Weg zum Sozialismus und ließen uns vom Imperialismus nicht bremsen. Wenn der Obergenosse so sprach, war alles klar, und alle klatschten.

Die Kapitalisten jedoch waren nicht so schlimm wie die Imperialisten. Das wusste ich, weil Vater es mir mit einem großen Schmunzeln erklärt hatte. Sie waren bloß unglücklich, weil sie im Gegensatz zu uns die Produktionsmittel nicht besaßen. Die Imperialisten machten auch andere unglücklich. Das Schönste an den Parteitagen war aber, dass Vater und Mutter sich nicht stritten. Dann hielten sie zusammen gegen den Obergenossen.

Signora Maria hingegen war sehr beunruhigt. Sie stand auf der Türschwelle zur Küche und sagte ein paarmal »*Ma-*

donna«. Das schien sie zu beruhigen. Neben dem Türrahmen hing das Foto der Hochzeit von Signore Giovanni und Signora Maria. Rundum blätterte Farbe von der Wand ab. Solche Fotos kannte ich, es gab sie bei uns in Schubladen, beim Onkel und der Tante und in den Schlafzimmern der Eltern meiner Freunde. Wenn Erwachsene heiraten, sehen sie überall glücklich und zufrieden aus. Die Frau hält den Arm des Mannes, und sie vergessen die Produktionsmittel.

Ich schaute Signora Maria an und hörte sie nicht. Ich dachte, ich würde Anna heiraten und mit ihren Zehen spielen, und alles würde gut ausgehen, mit meinem Bein. Vater würde die Parteitage führen und Mutter ihm dabei den Arm halten. Dann würden Signora Maria und Signore Giovanni, Paolo und Francesco zu uns ziehen und aufhören, Kapitalisten zu sein. Signore Giovanni würde mit dem Onkel Fahrrad fahren in der Wohnung, vielleicht würde es sogar helfen.

Dann kam Vater in die Wohnung.

Wenn Väter am Abend heimkehren, dann haben sie am Tag gearbeitet. In amerikanischen Filmen geben sie ihren Ehefrauen am Morgen einen Kuss, danach verdienen sie Geld. Kommen sie heim, rufen sie »*Hi, honey*«, und der Braten schmort noch genau fünf Minuten im Ofen. Wenn sie gut gewesen sind im Geldverdienen, ziehen sie alle in ein Haus mit Vorgarten ein und lassen sich die Morgenzeitung von einem Jungen auf einem Fahrrad vor die Haustür werfen.

Vater schleppte einen großen Sack auf dem Rücken, hinter ihm kam Pietro, der Nachbar. Pietro war blond und blauäugig, seine Haut war braun und gegerbt, er hätte Seemann sein und Moby Dick gejagt haben können. Pietro kam auf mich zu und streifte mir mit der linken Hand durch die Haare. Das fühlte sich gleich an wie beim Milizmann. Es fühlt sich immer gleich an, wenn man gestreichelt wird. Nur Mütter können anders. Dann ist ihre Hand wie Bienenfüßchen auf Blütenblättern. Vaters Hand war schwerer. Wenn er mich streichelte, war es, als ob ein Elefant vom Baum fiele. Dabei hat Vater keine großen Arbeiterhände. Der Handrücken ist leicht behaart, und die Finger sind schlank und gepflegt. Die Erde an den Fingerkuppen aus seiner Jugend hat sich ausgewaschen.

Ich hatte Pietro gern. Er war zahm. Wild war er nur zu seiner Frau. Pietro hatte Vater Arbeit gegeben. Er hatte gesagt: »Marius, lass uns Kleider und Möbel herumfahren. Dann trinken wir einen Cappuccino und essen eine Wassermelone.« Vater fand Gefallen an der Idee. Jeden Morgen stiegen sie um sechs in einen großen langen Lieferwagen und trugen zwölf Stunden lang dieses und jenes von hier nach dort und zurück. In der dreizehnten Stunde war die Pasta auf dem Esstisch von Signora Maria dran.

Wenn man den kühlen Eingang durchquert hatte und die Treppe ins Untergeschoss gegangen war, dann war rechts die Wohnung von Pietro. Seine Frau glich Sophia Loren, wenn man ihren Hüften zuschaute, wurde man seekrank. In der Mitte wohnte die Familie Flumian, links davon war ein dunkler Korridor, hinter der Tür mit der Nummer eins wohnten wir. Pietro hatte Vater einen Wecker geschenkt. Wenn der läutete, ging Vater hinaus und kam nach zehn Minuten feucht zurück. Er zog sich still an, sein Abschiedskuss roch nach der Seife aus der Werbung. Vater brauchte keine Frau, um den Vor-der-Arbeit-Kuss zu geben. Er hatte mich.

Den Cappuccino tranken Pietro und Vater in der Bar. In der Bar waren viele Spiegel und Flaschen auf Regalen, und es war von den Geräuschen her verwirrend. Man ging hinein und rief: »*Un cappuccino per favore, Sandro.*« Die Barbesitzer heißen meistens Sandro. Dann ging die Kaffeemaschine los, das Besteck klirrte, und es wurde einem plötzlich wohl.

Nach der Arbeit war es in Italien anders als in den amerikanischen Filmen. Man grüßte zuerst Sandro, bevor man »Ciao, amore« sagt. Pietro aber ging immer in die Bar, nachdem die Stimmen in seinem Wohnzimmer wieder leiser wurden. Dann trank er keinen Cappuccino.

Als Vater hereinkam, stieg Signore Giovanni vom Fahrrad und wischte sich mit einem Tuch den Schweiß von der Stirn. Signora Maria trocknete sich die Hände an der Küchenschürze und setzte an, meinem Vater die Geschichte meines Ausreißens zu erzählen. Vater hatte den Sack auf den Boden gestellt und wollte mich streicheln. Wenn Väter das tun, ist Vorsicht geboten. Die Hand schlägt einen Bogen durch die Luft, man sieht sie kommen, man weiß nie, wie hart der Aufprall sein wird. Je nachdem, was einer angestellt hat, hat die Wange manchmal eine größere Anziehungskraft. Dann gibt es einen starken Aufprall, und man glüht.

In diesem Augenblick stellte Pietro seine übliche Frage: »Na, Süßer, wann ist die Hochzeit?« Zum ersten Mal liebte ich ihn dafür.

Vater war abgemagert. Er aß das, was ihm in die Hände fiel und was Pietro bezahlte. Am Abend saßen wir gemeinsam im Wohnzimmer der Familie Flumian, aber er wollte nicht zur Last fallen und nahm wenig auf den Teller. Signora Maria hatte es bemerkt, aber sie konnte ihn nicht überzeugen, dass Zur-Last-Fallen nichts Unangenehmes war. Vater verstand nur die Hälfte, die andere Hälfte übersetzte ich ihm. Wenn ich gut im Übersetzen war, war Vater gut orientiert.

Zur-Last-Fallen ist nicht gut. Das erzeugt Mitleid. Wenn Menschen mit einem Mitleid haben, dann werden die Stimmen weicher, und es wird »Ärmster« gesagt. Manche hatten wegen der Krankheit Mitleid mit mir, aber es störte mich nicht, weil sie es Vater und Mutter sagten. Ich kriegte die Streicheleinheiten.

Weil ich nicht wollte, dass Vater zur Last fiel, begleitete ich ihn auf die Ämter und zu den Hilfswerken. Wir saßen lange nebeneinander auf leeren Korridoren. Vater hüstelte oft. Wenn Vater das tat, dann war er aufgeregt. Wir saßen in Amtszimmern, vor Pulten mit Papieren darauf, wir hielten unsere Hände im Schoß, die Schreibmaschine machte *klick-klick*. Beim Abschied gaben mir die Beamten sanfte Klapse auf die Wange. Es war so wie beim Polizeikommandanten: Es ging schnell vorbei.

Ich fiel Vater bestimmt nicht zur Last.

Das Wohnzimmer war rund, und kein Fenster ging zur Straße. Die Fenster waren in den Schlafzimmern. Deshalb brannte das Licht dauernd. Wir saßen um den Wohnzimmertisch herum. Dieser war zugleich Esstisch. Der Sack, den Vater gebracht hatte, war in eine Ecke gestellt worden.

Paolo, der jüngere Sohn von Signora Maria, war von der Arbeit heimgekehrt. Paolo hatte blasse Haut, war oft verlegen und arbeitete für den Papst. Der Papst hatte Kontakte nach oben. An Feiertagen sprach er Grüße in vielen Sprachen aus. Das verband die Völker. Es war ein bisschen wie der Klassenkampf. In unserer Sprache hatte der Papst noch nie etwas gesagt. Paolo ging jeden Morgen zu Fuß zum Vatikan. Drei Kilometer. Seine Beine waren gesund. Paolo war eine Art Heiliger. Wenn er mich ansprach, war alles weich und freundlich.

Am Tisch roch es gut. Für die Italiener roch es nach Zuhause. Für mich und Vater roch es nach gutem Essen. Wenn es nach Zuhause riecht, hat man schöne Bilder im Kopf und schöne Gefühle im Bauch. Man schaut in die Weite und vergisst, was man tun wollte.

Alle redeten. Dann hörte ich deutlich Vaters Stimme. Sie sagte, der Papst sei schlecht, und alle schwiegen. Ein Heuchler, und alle schwiegen. Überflüssig, und alle schwiegen.

Als Vater aufhörte, hüstelte Paolo, und Signore Giovanni schaute weiter auf seinen Teller. Pietro hatte einen Blick wie Diamanten im Licht. Er legte einen Arm auf Vaters Schulter und klopfte mehrmals darauf. Ich verstand nicht, was Vater gegen den Mann in Weiß hatte. Ich dachte, vielleicht weil der auch so eine Art Obergenosse war. Ich wusste, wenn der im Fernsehen gewesen wäre, hätte Vater die Farben abgedreht.

Der Fernseher lief, und sie zeigten gerade den Mond. Niemand schaute hin. Dann hörte man den Aufzug im Treppenhaus, und die Türen wurden beiseitegeschoben. Kurz danach trat Francesco ein.

Es kam mir vor, als ob an jenem Tag die Erwachsenen Theater spielten. Es geschah immer etwas im entscheidenden Moment. So wie in den Theaterstücken, die zu Hause dienstags gezeigt wurden. Wenn sich darin zwei küssten, konnte man sicher sein, dass an der Tür geklopft wurde. Die Tür stand frei auf der Bühne, und ich fragte mich, wieso jemand anklopfen musste, wenn so viel Platz zum Durchgehen war. Das Paar war dann sehr überrascht und versuchte, die Kleider zu glätten und die Krawatte zurechtzurücken. Wenn die Tür aufging, stotterte man.

In Stummfilmen war es wieder anders. Da saß Charlie Chaplin mit einer Dame auf dem Sofa und umarmte sie oder so, als der Ehemann mit komischem Schnurrbart, ohne anzuklopfen, hereinkam. Anklopfen hätte auch nichts genützt. Charlie hätte nichts gehört, denn es war ja ein Stummfilm. Das wussten Ehemänner und traten ohne Warnung ein. Dann kamen die großen Gesten und die dramatische Klaviermusik. Zuvor war die Musik weich wie Watte gewesen. Die Dame griff sich an den Busen und legte dann einen Arm auf die Stirn. Sie fiel in Ohnmacht, und Charlie stolperte über Stühle. Wenn er geschickt war, verabreichte er dem Ehemann Fußtritte in den Hintern. Sie zeigten den

Film am Sonntagmorgen im Kino, wir Kinder lachten, bis der Bauch wehtat. Das Bauchweh kommt oft in den schönsten Momenten, nie, wenn man vor einem Diktat steht.

Francesco kam herein, und alles atmete aus. Paolo stand auf und stellte den Fernseher lauter. Francesco war groß und schön. Ein bisschen wie Vater. Wenn Francesco mich in die Arme nahm, meinte ich, auf einen Baum zu steigen. Francesco hatte keine Verlobte, das beunruhigte Signora Maria. Er war enttäuscht worden, hatte Vater von ihr erfahren. Wie das ging, wusste ich nicht, denn nur schlechte Noten machen enttäuscht, doch Francesco hatte die Schule hinter sich. Ich fragte Vater. Er sagte, man könne von vielem enttäuscht werden. Zum Beispiel von Frauen. Francesco war von einer Frau enttäuscht worden, die hatte ihn vor der Hochzeit verlassen. Alles war bereit gewesen: die Kleider, das Essen, die Einladung. Der Priester hatte das Datum festgelegt. Als Francesco erfuhr, dass sie weggelaufen war, ging er in die Kirche und setzte sich auf eine Bank. Als er herauskam, da war er ein anderer. Das spüre eine Mutter, hatte Signora Maria meinem Vater gesagt. Meine Mutter spürt immer, wenn ich krank bin und wenn das Bein wehtut.

Ich hoffte, dass mich nie ein Mädchen enttäuschen würde, sonst würde ich ein Leben lang unverlobt bleiben und ein anderer werden.

Nachdem alle Francesco begrüßt hatten, nahm Vater den Sack und schüttelte ihn, bis er leer war. Da lag nun ein Berg von Kleidern auf dem Boden. Die Farben hätten auch für den Papst gereicht. Der trug ja sonst nur Weiß. Vater sagte: »Für euch«, und es war wie Weihnachten. »Zuerst das Kind«, sagte Signora Maria, und augenblicklich wurde ich ausgezogen und angezogen, dann auf einen Stuhl gestellt, um bewundert zu werden. Ich war geblümt und gelb oben, der Kragen war breit, unten trug ich schöne neue Jeans.

Nur die Schuhe waren die alten, aber sie ließen sich gut verstecken unter den Hosenbeinen. In der Schule wären sie vor Neid erblasst.

Sie drehten mich hin und her, mehrmals, mir wurde schwindelig. Sie berieten, was mir besser stand, das Gelbe mit Blumen oder das Rote mit Streifen. Wenn Erwachsene so etwas beraten, nehmen sie es ernst. Ich musste gerade stehen, ruhig sein, die Arme strecken, mich drehen, ein paar Schritte gehen. Es wurde geflüstert, gerufen, am Hemd gezogen, Ärmel gerollt. Sie räusperten sich, griffen sich ans Kinn oder ans Ohrläppchen, zogen die Augenbrauen zusammen, gingen einen Schritt vor, einen Schritt zurück, führten Selbstgespräche.

Sie entschieden sich für das Gelbe, und Francesco nahm mich wieder in die Arme. Ich spürte sanft die Baumäste um mich herum und glitt an der Rinde herab. Er setzte mich langsam ab. Francesco wusste Bescheid. Wenn man ein Muskelproblem hat, da wird alles langsamer. Nur der Atem wird bei Anstrengung schneller. Signora Maria nahm mein Gesicht in ihre Hände und gab mir einen Kuss auf die Stirn. Sie sagte: »Jetzt werden alle Mädchen schwach.« Ob sie etwas von Anna ahnte?

Dann verteilten Pietro und Vater die anderen Kleider. Pietro griff mit kräftigen Händen nach einzelnen Stücken, manche gab er Vater weiter. Sie standen beide vorne, mit dem Rücken zum Eingang, und hielten die Kleider hoch, als ob sie in der Luft festgenagelt wären. Sie musterten alles, berieten kurz, und schon hatte Signora Maria die weiße Bluse – »schlicht und elegant, für die ältere Dame« – bekommen. »Für die Kirche, wenn die Söhne heiraten«, sagte Pietro, doch alle schwiegen. Pietro wusste nicht, dass Francesco ein Leben lang unverlobt bleiben würde und dass sein Bruder zu scheu war, um eine andere Affäre als die mit dem Papst zu haben. Das ist nicht von mir, das ist von Vater, so etwas sagte er manchmal, bevor er das Licht in unserem Zimmer ausmachte.

Wenn man Affären hat, hat man Angst, man könne Kinder bekommen. Wenn man verlobt ist, kommen bald die Kinder. Wenn man verlobt ist und Affären hat, dann hat man auch ein schweres Gewissen. Ein schweres Gewissen kann man nicht wiegen, es ist nicht soundso viele Kilo schwer. Ein schweres Gewissen macht, dass man sich nicht mehr in die Nähe des anderen traut. Vielleicht hatten Mutter und Vater ein schweres Gewissen.

Signore Giovanni hatte eine eingefallene Brust und schmale Schultern. Er lief leicht gebeugt. Das war nicht vom Fahrradfahren in der Wohnung, das war von der Zeit. Unter dem neuen Pullover schien Stroh zu sein, nicht Fleisch. Signora Maria drückte seinen Kopf seitlich gegen ihre Lippen. Sie küsste ihn auf die Schläfen und sagte: »Giovanni, schau, dass du mir nicht davonläufst.« Wir lachten. Dann wurde Kaffee hereingetragen. Vater und ich gingen spät schlafen.

Wir lagen auf unseren Betten, ich oben. Die Lampe gab mehr Schatten als Licht. Die Decke war dreißig Zentimeter von meiner Nasenspitze entfernt. Ich hatte gemessen. Links war ein Riss, zwanzig Zentimeter lang und mit vielen Ausläufern. Wie die Flüsse in Amerika. Wie der Mississippi. Darauf waren Huck und Tom geflüchtet, auf einem Floß, und auch der Sklave Jim. Dort hinten, beim Heizungsrohr, war die Insel, da hatte man sie gesucht, mit Fackeln und so. Ich schloss ein Auge, dann das andere, und die Landschaft sprang hin und her. Der Raddampfer zog vorbei, die Strömung wurde schneller, die Augenlider wurden schwer. Plötzlich fragte Vater: »Wo warst du heute Nachmittag?« Vater wusste also über Anna Bescheid. In solchen Momenten wünschte ich, Vater verstünde gar kein Italienisch. Vielleicht musste ich jetzt auch wie Huck und Tom flüchten.

Sie hätten mich bestimmt gesucht, mit dem Lastwagen vom Seemann und auf dem Fahrrad von Signore Giovanni. Der Papst hätte – auf Paolos Bitten – von seinem Fenster in vielen Sprachen zur Suche aufgefordert. Wenn man mich endlich gefunden hätte, dann wäre ich Millionär in Amerika gewesen, und Vater hätte es mir verziehen.

Und wieder war es wie im Theater. Als ich den Mund aufmachte, um von Anna und dem Motorradfahren zu erzählen, fiel draußen eine Tür laut zu. »Das ist Pietro«, sagte Vater, »der geht in die Bar. Hat sicher Krach mit seiner Frau.« Dann schliefen wir ein.

Einige Tage später ging Vater in ein Sexkino. Ich hörte, wie er Pietro davon erzählte. Sexkinos gab es an der Piazza della Repubblica. In der Mitte spritzte Wasser aus der Fontana, am Rande spritzte es auf der Leinwand. Das ist nicht von mir, das ist von Pietro. Unter den Arkaden der Piazza della Repubblica liefen Männer schneller als sonst. Sie liefen am Kinoeingang vorbei, dann machten sie kehrt, als ob sie sich an etwas erinnert hätten. Das, woran sie sich erinnert hatten, führte sie ins Kino hinein. Sie schauten weder links noch rechts, um es nicht zu vergessen. Vater hatte sich an jenem Tag auch an etwas Wichtiges erinnert.

Links und rechts vom Kinoeingang klebten Plakate mit Frauen darauf. Die Plakate waren bunt, und die Frauen hatten große nackte Brüste. Jede Frau hatte zwei davon. Jene Frauen waren keine Mütter. Mütter haben keine solchen Brüste, auch wenn es danach aussieht. Mütter streicheln weich über die Wangen und geben Gutenachtküsse.

Ich stieg langsam die Treppe hinauf, links hielt ich mich am Geländer fest, rechts an der Mauer. Drittes Stockwerk. Pause, um zu atmen. »Wenn die Muskeln nicht wollen, dann müssen die Lungen wollen«, hatte Pietro einmal gesagt.

Eine Woche nach der Rundfahrt mit Anna hatte mich Signore Giovanni am Morgen zu sich gerufen. Er war Hausmeister in der *pensione*, so wie Vater zu Hause Verwalter unseres Wohnhauses war. Aber Vater war Herrscher über unseren Wohnblock, und er sprach mit dem Milizmann. Signore Giovanni war zu krank, um noch viel reden zu können. Bei ihm wollte das Herz nicht mehr. Der Besitzer wollte mich kennenlernen, sagte er mir. Der wohnte beim anderen Aufgang, zuoberst, in einer großen Halle mit Säulen und Schäferhund. Und mit Anna. Ich dachte: Das war's dann. Jetzt habe ich Anna geschwängert, und ich werde Schwiegersohn. Das ist so in Italien. Wenn es ernst wird, wird man zum Essen eingeladen, und man ist im Handumdrehen Schwiegersohn. Dann hat man Schwiegereltern und Pflichten. Aber ich war erst zehn und zu klein für Pflichten, und überhaupt hätte mir Vater wahrscheinlich den Hintern versohlt.

Ich beschloss, im schlimmsten Fall davonzulaufen. Wie Tom und Huck. Da würde es ihnen bestimmt leidtun. Oder ich wäre Dissident geworden und hätte mich verhaften lassen. Nach Jahren wäre ich – abgebrüht und gefeiert – entlassen worden. Vor dem Gefängnis hätten Fotografen gewartet, und Anna.

Fünfter Stock. Hinter der Tür hörte ich Rex. Wenn ein Hund Rex heißt, dann hat man besser Angst davor. Die Tür war hoch und bestimmt schwer zu öffnen. Gut so. Klingel. Mit Löwenkopf. Im Maul der Knopf. Der Diener schaute mich an und kämmte meine Haare mit den Fingern durch. Wer sich einen Diener hält, ist ein Klassenfeind. Aber das behielt ich lieber für mich, wegen Rex. Hunde sind überall auf der Welt blöd.

Wir saßen in einem hohen, langen Raum mit Steinboden. Hell. Licht kam von rechts. Viel Licht. Der Tisch war lang wie in den Märchen mit Königen. Der Prinz wird darin vom skrupellosen Kavalier zum Kampf gefordert, danach bekommt er die Prinzessin. Rex lag neben mir, die Pfoten gerade, der Bauch ging auf und ab, das Maul war weit offen, und er sabberte. Die Zunge fiel seitlich hinab. Wenn ich ihm mit dem schweren Schuh einen Tritt in den Unterkiefer gegeben hätte, hätte er sie sich abgebissen. Rex leckte meine Hand, ich hätte sie nur noch einseifen müssen.

Der Großvater von Anna saß am anderen Tischende. Ich sah nur den Kopf deutlich. Der leuchtete von der Glatze. Männer mit solchen Glatzen sind Lehrer, und man tut gut daran, sich in Acht zu nehmen.

Der Mann gegenüber stand kein einziges Mal auf. Er redete leise und tief, und Rex leckte mir weiter den Handrücken. Die Minestrone dampfte. Durch den Dampf fanden die Worte zu mir, klar und deutlich. So klar und deutlich, dass ich erschrak, weil ich nicht wusste, ob ich antworten musste. In so einer Halle redete vielleicht nur der Hausherr. Besser so. Da konnte ich mich auf die Suppe konzentrieren. Rex leckte rechts meine Hand, links löffelte ich die Suppe.

Die Stimme sagte »Anna«. Anna sei ein Kind der Freiheit. Ich dachte, jetzt geht die Falle zu, und wenn ich Vater sehe, bin ich verheiratet. Anna sei mit den Rolling Stones und mit Urlaub in Griechenland aufgewachsen, fügte die Stimme hinzu. Sie habe alles bekommen, wie alle »Kinder Italiens«. Eine »Generation von Dummköpfen«, und »bei Mussolini sei das anders gewesen«. Anna sei »lebendig« und »fröhlich«, aber »faul und »ziellos«. »Ziellos« wiederholte der Großvater zweimal. Der Schuh drückte wieder, und ich spürte ein Ziehen, wie immer, bevor der Schmerz kam. Ich dachte: Deshalb also die lange Einführung. Weil Anna faul und ziellos ist; und jetzt kann ich nicht mehr anders, als mich mit der faulen Anna zu verloben. Ziellos sein war schlecht. Das kannte ich aus der Schule. Faul sein war noch schlechter.

Die Stimme sagte, sie wisse, dass ich und Vater aus dem Sozialismus kämen, und unser Land sei ein tolles Land und der Obergenosse ein großer Mann. Er habe den Russen die Stirn geboten, 68 in Prag. Er sei ja nicht einmarschiert wie alle anderen. Den Russen sei nicht zu trauen, aber der Sozialismus sei eine gute Sache, im Sozialismus könne man bestimmt was nach der Schule, nicht wie Anna und ihre Freunde. Die könnten nur Motorrad fahren und Zuckungen kriegen beim Tanzen. Nicht einmal mehr mit Rex ginge sie spazieren.

Als ich und Rex den Blätterteigkuchen mit Kirschen aufgegessen hatten, wurde die Stimme sanft und rief mich zu sich. Ich hatte mindestens zehn Meter vor mir, ich setzte meinen besten Gang auf. Wenn ich wollte, dass niemand mein Muskelproblem sah, dann machte ich das so: Ich versuchte, den Fuß ganz korrekt vor den anderen zu stellen und die Hüfte zu versteifen. So wurde das Hinken weniger. Wenn man hinkt, wackelt die Welt beim Gehen, und das Bild vor Augen ist immer leicht schief.

Die Stimme bekam ein Gesicht, das Gesicht bekam Falten und einen Haarkranz rundherum. Der Großvater von Anna schaute meine Beine an.

»Wieso hinkst du?«, fragte er.

»Das weiß ich nicht. Das weiß Vater«, antwortete ich.

»*Poverino.*«

Er hob die rechte Hand vom Tisch und legte sie auf meinen Kopf.

»Hauptsache, deine Gedanken sind klar«, sagte er.

Ich verstand es nicht, denn wir Kinder haben immer klare Gedanken. Wir wissen genau, wofür wir ein Lufthansa-Flugzeugmodell eintauschen wollen und was wir für ein Risiko eingehen, wenn wir im Absenzenheft die Unterschrift der Eltern fälschen. Erwachsene bringen die Gedanken durcheinander. Ich nahm mir vor, Vater zu fragen.

Das war's. Ich war draußen und unverlobt. Ich ging die Treppe ohne Pause hinunter. Anna stieg vor dem Haus gerade vom Motorrad. Sie hatte schöne, schlanke Waden, der Fußknöchel war schmal. Vater sagte, am Fußknöchel erkenne man die Klasse einer Frau. Was man dort nicht erkenne, könne man weiter oben suchen, sagten ältere Jungen. Anna ging auf mich zu und blieb vor mir stehen.

»*Ciao.*« Die Stimme war ein bisschen träge, aber das gefiel mir sehr.

»*Ciao.*«

»Kommst du von Großvater?«

»Ja.«

»Was wollte er?«

»Er hat viel geredet.«

»Was anderes kann er nicht. Sagte er auch, dass ich faul bin und so weiter?«

»Hmhm.«

»Glaubst du's ihm?«

»Hm.«

»Macht nichts. Du bist noch jung. Hat es dir gefallen, die Rundfahrt?«

»Sehr!«

»Und was hat dir am meisten gefallen?«

Ich wollte sagen, dass mir am besten ihre Handfläche auf meinem Gesicht gefallen hatte. Oder ihre Hüften. Oder ihre Fußgelenke. Oder ihre Zehen. Aber ich war rot angelaufen, und das Herz pochte so stark, als ob es im Hals wäre.

»Aaaaalles.«

»Dann ist ja gut. Weißt du, schade, dass du nicht älter bist. Dann wärst du mein Freund, und wir würden Motorrad fahren und uns küssen.«

Ich schwieg, und mir war irgendwie schwindelig. Jedes Wort, das nun kommen würde, wäre bestimmt wie Honig. Sie schwieg und kam näher. Jede Sekunde würde sie sich an mich schmiegen, mich dann zu sich hinziehen und leidenschaftlich küssen. Mit Zunge und allem Drum und Dran. Und ich würde mich wie John Wayne fühlen oder wie Clark Gable. Dann würde ich schneller ein Mann werden. Jede Sekunde würde es geschehen. Wie sind wohl die Küsse von Frauen? Warm? Und was müsste ich tun? Was würde Humphrey tun? Aber der hatte ganz dünne Lippen und ich volle. Da gleichen sich die Küsse bestimmt nicht.

Nach einigen Minuten standen wir auf. Anna nahm meinen Kopf in ihre Hände.

»Locker bleiben.«

Sie gab mir einen Kuss mit geschlossenem Mund.

Ich sah Anna nie wieder.

Zu Hause fuhr Signore Giovanni Fahrrad im Wohnzimmer. Er blickte zu mir hinüber und sagte: »*Ciao*.« Signora Maria trocknete sich die Hände an der Küchenschürze ab, dann wollte sie wissen, wie alles gelaufen war. Ihre Augen funkelten. Beim *Alten* zu Hause war sie nie gewesen.

Ich erzählte von der Halle, den Säulen, dem Licht, dem Tisch, dem Essen. Ich erzählte nichts über Anna, über Mussolini und das Schütteln beim Tanzen. Beim Abendessen wurde der Fernseher ausgeschaltet, und ich musste nochmals erzählen. Die Halle, die Säulen, der Boden, die Fensterwand, die Bilder, der Diener, der Tisch, das Besteck, das Essen. Ich erfand auch. Später tat es mir leid. Signore Giovanni erzählte, der Alte sei eigenartig, er gehe kaum aus der Wohnung, der Diener gehe mit dem Hund spazieren und rede nicht. Aber Anna fanden alle reizvoll.

Nach dem Essen nahm mich Pietro in die Arme und stellte mich auf einen Stuhl. Signora Maria sagte: »Lass mir das Kind in Ruhe!«, aber sie und Vater waren vergnügt, und ich wollte das Beste tun, damit es so bleibt. »Fluch doch mal, Kleiner, in unserem römischen Dialekt!«, rief Pietro.

Ich schaute um mich, zog Luft ein, alles wurde ruhig, ich

legte los. Sie hatten es mir beigebracht, also riskierte ich keine Ohrfeige. Fünf Minuten lang, danach ging das Lachen los, und ich war zufrieden. Francesco setzte mich vorsichtig auf die Erde. Dann streichelte er meinen Hinterkopf, und Vater gab mir einen Klaps auf den Hintern.

Er strahlte, seine Augen waren schön, seine Zähne und sein Adamsapfel waren auch schön. Einmal erwachsen, würde auch ich einen solchen Adamsapfel haben, der beim Lachen so lustig auf- und absprang.

Sonntags stand Vater später auf. Er zog seine Pyjamajacke aus und ging um neun Uhr ins Bad. Ich lief ihm hinterher. Das Bad war kahl und dunkel. Hinter einem kleinen Fenster lag ein enger Luftschacht.

Vater rasierte sich nass. Er drückte weiße Paste auf den Pinsel und verteilte sie dann aufs Gesicht. Die Paste schäumte auf, Vater sah aus wie der Weihnachtsmann mit kurzem Bart. In der Mitte waren die Lippen rot.

Solange Vater sich rasierte, saß ich am Rande der Badewanne und stützte mich auf die Arme. Hinter mir wurde es warm vom einlaufenden Wasser. Vater ließ mir sonntags immer ein Bad ein und kontrollierte regelmäßig die Temperatur. Ich durfte den Badeschaum hineintun. Der Badeschaum war in einer schmalen Flasche mit Blumen drauf, die hatte uns Signora Maria geschenkt. Wenn er aus der Flasche herauskam, war er flüssig und grün, im Wasser wurde er zu Wolken. Vater wusch mit kaltem Wasser die letzten Schaumspuren aus dem Gesicht, schaute sich prüfend im Spiegel an, sagte: »Schlaf mir nicht ein, bei dem Duft!«, und ließ mich alleine. Die Wolken im Wasser dufteten wie Blumen. Ich zog mich aus und stieg vorsichtig in die Badewanne. Ich wollte möglichst wenig Wolken töten.

Die Wolken lagen um mich herum wie um einen Berggipfel. Wenn man auf einem Berggipfel in den Wolken feststeckt, dann friert man und stirbt manchmal dran. Mir war heiß, und ich machte Vokalübungen, bis ich mich an das Wasser gewöhnt hatte: »Aaaa, Uuuu, Iiii.« Beim *A* waren die Beine im Wasser, beim *U* kam mir das Wasser bis zum Bauch, beim *I* bis unter die Schulter. Nach einigen Minuten kam Vater herein, um meine Haare zu waschen. Zu Hause machte das Mutter, Vater machte es nur, wenn Mutter Konzert hatte. Vater wusch meine Haare mit dem tollen Shampoo für feines Haar, Johnson. Er wusch auch meine Ohren damit, das mochte ich nicht, aber Kinder brauchen saubere Ohren, um alles mitzukriegen, was Erwachsene sagen. Ich hielt die Augen geschlossen und sah durch die Augenwimpern hindurch. Ich sah die Risse in der Wand, oben links in der Ecke, und den Schimmelpilz.

Wenn Vater meine Haare wusch, brummte der Kopf. Er kam mir wie eine Sparbüchse vor, die man heftig schüttelt, um nachzuprüfen, ob etwas drinnen ist.

Sonntags band Vater mir meine Schnürsenkel. Er bekam es besser hin als ich. Die zwei Schleifen waren dann symmetrisch. Ich saß auf dem Bettrand, Vater kniete vor mir und zog zuerst das Hosenbein hoch. Auf Vaters Schultern waren Schuppen, ich entfernte sie. Ich tat so, als ob ich ihm auf die Schultern klopfte. Nachdem er mit dem Binden fertig war, zog er die Hosenbeine über die Schuhe.

Vor dem Hauseingang nahm Vater meine Hand. Er ging langsam. Väter wissen Bescheid. Wir schlugen die Richtung zur Via Nazionale ein, in den Straßen war es ruhig. Die Ruhe war hoch und breit, und wir gingen mittendurch.

In den Schaufenstern sah man alles, was man brauchte, um glücklich zu sein. Vater wurde glücklicher, je näher wir dem Geschäft für Haushaltsartikel kamen. Seine Augen funkelten. Staubsauger, Mixer, Kaffeemaschinen, Toaster. Er lief von einem Schaufenster zum anderen und wiederholte: »Mutter würde es bestimmt gefallen.« Vater gefiel es insbesondere, wenn der Preis stimmte. Ob der Preis stimmte, das sagte der kleine, weiße Taschenrechner, den Vater von Pietro erhalten hatte. Darauf summierte er, zog wieder ab, multiplizierte und dividierte. Mit Staubsaugern hätte auch ich gerne rechnen gelernt.

Vor dem Laden mit Autozubehör vergaß Vater mich völlig. Es genügen nur ein paar Reifen, damit Väter zu schlechten Vätern werden. Die Fenster waren breit und hoch, und drinnen glänzte alles. Wahrscheinlich benützten sie auch Johnson-Shampoo. Ich lehnte meinen Kopf an die Fensterscheibe. Ich sah mein Gesicht verzerrt auf der Oberfläche eines Werkzeugschranks. Breit, krumm, aufgebläht. Ich fletschte die Zähne, dann machte ich Faxen. Alles kam zurück, vervielfacht.

Bekleidungsladen. Ecke Via Nazionale. Vater kleidete uns in Gedanken neu ein. Für jeden war ein Schaufenster reserviert. Für das Kind, für die Mutter, für den Vater. Man sah bis in den hintersten Teil des Raumes, auf schwarzen Regalen war die Ware säuberlich zusammengelegt. Das Parkett am Boden glänzte. Zu Hause schaute nie jemand in die Schaufenster, denn dahinter war es schwarz, und wo Licht hinfiel, war es leer. Dort aber fand Vater genau die richtigen Hosen für das modebewusste Kind. Das war ich. Und auch das passende Kleid, schlicht und elegant, für die moderne Frau, hing in der Nähe. Und der Gentleman, der an Karriere dachte, trug einen schwarzen Anzug mit diskreten Streifen: Das war Vater. Der Kragen war breit und die Hosenbeine weit.

Vor diesem Geschäft rechnete Vater nicht. Der Rechner zeigte sowieso die falschen Zahlen, jene für Leute mit Geld. Vor diesem Geschäft hatte Vater nur Fantasien und schmunzelte dabei. »Parkett gibt es bei uns nur in Bonzenlokalen«, sagte Vater. Bonzenlokale, das waren Geschäfte, in denen sich die Höheren der Partei von der permanenten

Revolution erholten. Dort gab es Wollpullover aus England und Nutella aus Deutschland. Das Parkett kam aus Schweden. Es kam mit Lastwagen, die unsere Landeskennzeichen trugen; an der Grenze blieben sie versiegelt.

Manchmal sahen wir solche Lastwagen auch in Rom. Tiefkühler. Damit wurde Fleisch für die Partei transportiert. »In unserem Land macht man die Revolution permanent. Man ist wachsam, wegen der Kapitalisten, sonst überfluten sie uns mit Steaks und Nutella«, witzelte dann Vater mit Pietro.

Um zwölf kehrten wir heim. In den Palmen war Wind, und wenn die Polizei *taatii-taatii* machte, war es mit der Ruhe vorbei. Es war warm. Vater schwitzte unter den Schultern. Vater braucht mehrere Hemden am Tag.

Signora Maria wartete meistens auf uns. Ihre Augen waren ernst, ihr Mund schmunzelte.

»Na, was hat Vater heute eingekauft?«

An einem Sonntag war alles anders. Als wir vor der *pensione* ankamen, waren dort bereits einige Autos geparkt, und viele Taschen standen bereit. Bälle, Sportschuhe, Tennisschläger, kurze Hosen, lange Hosen, Socken, das Netz für den Tennisplatz, Trikots für die Fußballmannschaften, der Stuhl für Signora Maria, die Bocciakugeln, diejenige, mit denen Massimo am besten zielte, das kleine Tuch, um die Hände vor dem Werfen zu trocknen, ein Reservefußball, die Decke für die Eltern von Roberta, Sonnenhüte und Körbe voller Esswaren. Man wartete nur noch auf uns.

Es hatten sich viele Freunde und ihre Familien eingefunden. Vater und ich mussten alle paar Meter irgendwen begrüßen, und man tätschelte mir mehrmals die Wange. Wenn uns die Leute ansprachen, waren die Stimmen freundlich und warm, und ich war glücklich, dass wir so viele Freunde hatten. Da konnte uns nichts geschehen. Es kam mir vor, als ob wir schon immer hierhergehört hätten. In solchen Augenblicken dachte ich am wenigsten an zu Hause.

Die jungen Freunde von Paolo und Francesco – Alfonso, Claudio, Massimo, Gianni, Nando, Maurizio, Luciano – legten ihre Arme auf meine Schulter. Sie wollten wissen, was ich während der Woche angestellt hatte und ob ich endlich verlobt sei. Beim Wort *verlobt* zwinkerten sie sich zu und schmunzelten.

Dann kamen die Mädchen – Roberta, Antonia, Lili, Manuela – und zogen mich auf die Seite. Sie sagten, dass sie von meinem Motorradausflug gehört hätten. Anna habe es ihnen erzählt. Sie wollten die genaue Strecke wissen und ob ich ein bisschen in Anna verliebt sei. Sie wollten, dass ich ihnen von Annas Großvater und seiner Wohnung erzählte. Ich stand bewegungslos da und wurde von der einen zur anderen gereicht. Mein Kopf wurde langsam rot und fing an zu glühen.

Ich schaute mich nach Vater um und sah ihn zusammen mit Francesco und Massimo das Gepäck in die Autos laden. Massimo hatte seine schwarze Jacke ausgezogen und die Ärmel hochgekrempelt. Die Sonnenbrille behielt er auf. Die Leute lachten und stießen sich gegenseitig die Ellbogen in die Rippen, denn Massimo war eitel. »Er setzt die Brille nicht einmal beim Schlafen ab«, flüsterte Roberta Antonia zu. »Und beim Sex?«, fragte diese zurück, doch sie bekam nur ein leises Kichern und ein *psst, psst* als Antwort, denn Roberta hatte inzwischen gemerkt, dass ich noch in ihrer Nähe war.

Signore Giovanni redete in einiger Entfernung mit dem Vater von Gianni und Maurizio. Es ging wie immer um Politik, und deshalb sah das Gespräch von Weitem wie ein Kampf aus. Signora Maria bemerkte es, ging zu den beiden hin und legte die Hand sanft auf den Rücken von Signore Giovanni. Sie flüsterte ihm etwas zu, wahrscheinlich hatte es mit seinem kranken Herzen und dem Blutdruck zu tun. Er nickte.

Paolo kam aus dem Haus, und als er mich sah, spielte er mir einen herumliegenden Fußball zu. Er hatte es so sanft getan, dass der Ball direkt vor mir zum Stillstand kam. »Meine Damen und Herren«, rief er den anderen zu, »ich bitte Sie um einen Augenblick Aufmerksamkeit. Wir haben unter uns einen berühmten Nachwuchsfußballer, und er wird uns jetzt sein Können zeigen. Vielleicht vertritt er uns auch bei der Weltmeisterschaft.«

Paolo zwinkerte mir zu, und es war ein besonderes Zwinkern. Es wollte sagen: »Das kriegst du prima hin.« Alle Blicke richteten sich auf mich, und ich wurde bestimmt rot bis in die Zehenspitzen. Paolo stellte sich etwa zwanzig Meter von mir entfernt auf, winkelte die Beine an, trat von einem Fuß auf den anderen und schien jederzeit bereit, wie ein erfahrener Torhüter zu springen. Die Leute feuerten mich an, ich ging drei Schritte zurück, dann lief ich auf den Ball zu und trat, so fest ich konnte, dagegen. Der Schuss gelang halbwegs, und alle klatschten. Dann gab jemand ein Zeichen, und alle beeilten sich, in die bereitstehenden Wagen zu steigen. Wir fuhren zum *campo sportivo*.

Das Gras auf der Fahrt war dürr und blass, als ob das Grün ausgegangen wäre. Die Erde war aufgerissen, sie sah aus, wie wenn Ältere Pickel im Gesicht hatten und sie zerplatzten. Wenn ein Wagen uns entgegenfuhr, musste man dicht an den Straßenrand heranfahren und kurz anhalten. Dann hörte man die Grillen in den Feldern. Wir fuhren Kolonne. Hin und wieder überholte eines der Autos ein anderes, und die langsamen wurden durch die hintergekurbelten Fenster verspottet. Dann bogen wir links ein. Das Tor stand offen, man wartete auf uns.

Diejenigen, die früher eingetroffen waren, waren schon ungeduldig. Sie trugen bereits die Fußballerhemden und kurze Hosen. Einer klagte bereits über Bauchweh, weil er wildwachsendes Obst gegessen hatte. »Rocco, den Vielfraß, hat's erwischt«, riefen uns die einen zu, während die anderen auf die Uhr zeigten und so taten, als ob sie sehr unzufrieden über unsere Verspätung seien. »Nando war's«, sagte Francesco, »der ist schuld. Er ließ im Auto einen fahren, und wir mussten anhalten und eine halbe Stunde lüften.« »Die Scheißrömer waren's«, erwiderte Nando, »die müssen alle zur gleichen Zeit aufs Land.«

Das Gepäck wurde wieder ausgeladen, und jeder griff nach dem, was er brauchte. Die Jungen nach den Bällen, den Tennisschlägern und dem Netz, die Väter und Großväter nach den Bocciakugeln und dem Radiogerät, um die Übertragung der Fußballmeisterschaft zu verfolgen, und die Mütter und Großmütter nach den Sonnenschirmen und den Esskörben.

Vater und ich setzten uns auf eine Bank am Spielfeldrand. Als Francesco und Paolo an uns vorbeigingen, bat Vater sie um ein Foto. Die beiden setzten sich neben mich, während Vater seine alte russische Leica-Fotokamera holen ging. Als er zurückkam, kämmte er meine Haare durch, machte seitlich einen geraden Scheitel, wie es nur ihm gelang, und strich mit dem feuchten Daumen über meine Augenbrauen. Als ich Vater hübsch genug war, hob er die Kamera auf Augenhöhe, sagte »Kuckuck« und wollte abdrücken. Aber wegen der Sonne im Rücken von Vater musste ich wegschauen, und deshalb musste Vater warten. Bis das Foto für die Erinnerung gelang, hatte Vater siebenmal den Kuckuck nachgeahmt.

Dann gingen die Spielvorbereitungen los. Die Jungen stellten die Fußballtore auf und zogen mit einer speziellen Maschine die Feldlinien mit weißer Farbe nach. Einige wärmten sich auf und zeigten Kunststücke mit dem Ball. Die Mädchen standen an der Seitenlinie und lachten über den Bauch von Nando und die Storchenbeine von Claudio. Die Jungen antworteten und ahmten Manuelas Gänsegang und Antonias Lispeln nach. Alle lachten.

Als sie sich wieder beruhigt und zu spielen angefangen hatten, stand ich auf und ging umher. Vater spielte gerade Boccia mit Signore Giovanni und anderen älteren Männern. Mittlerweile warf er die Kugel genauso kunstvoll wie sie, und hin und wieder trocknete er die Kugeln und seine Handflächen mit einem schwarzen Tuch. Wenn er drankam, nahm er kurzen Anlauf, lief los und blieb nach einigen Schritten wie festgenagelt stehen. Ein Fuß blieb am Boden, den anderen hob er hoch, und er beugte den Oberkörper nach vorne. Für eine Sekunde sah Vater wie eine Ballerina aus. Wenn ihm der Wurf misslang, fluchte er wie die Italiener. Da musste ich nicht mehr übersetzen.

Ich ging ums Fußballfeld herum und dann in ein Waldstück hinein. Ich fürchtete mich ein bisschen. Alle paar Meter hielt ich an und schaute zurück. Dann sprach ich mir Mut zu und ging weiter.

Mit jedem Schritt wurden die Stimmen hinter mir leiser. Dann war nur noch Gezwitscher zu hören. Es kam von überall her. Ich dachte, dass ich Winnetou oder Huckleberry Finn sei und dass böse Männer hinter mir her seien: Goldgräber, raue Banditen, Sklaventreiber, grausame Siouxindianer, der Klassenlehrer oder der Obergenosse.

Ich duckte mich und verließ den Pfad. Man muss immer den Pfad verlassen, wenn man nicht eine leichte Zielscheibe werden möchte. Die natürliche Deckung benützen. Ich sprang von einem Busch zum nächsten, von einem Baum zum anderen, suchte im Gras und auf der Erde nach frischen Spuren, um die Anzahl der Verfolger herauszufinden, und verhielt mich auch sonst wie ein perfekter Krieger. Doch war ich Winnetou zu wenig dicht auf den Fersen geblieben, als er ausgezogen war, um den schlechten

Indianern und Weißen nachzuspionieren. So wusste ich nicht genau, wie man lautlos bäuchlings kriecht und wie man seine Feinde überrascht. Aber auch so war ich ganz zufrieden mit mir.

Ich kam zu einem quakenden Teich. Genau genommen quakte nicht der Teich, sondern Dutzende kleine Frösche. Sie streckten nur ihre Köpfe aus dem Wasser und schauten mich mit großen Augen an. Über dem Teich flogen weiße, bunte Schmetterlinge und ganze Fliegenschwärme umher. Ich setzte mich hin, um ein bisschen auszuruhen. Ich nickte ein.

Plötzlich aber war ich wieder hellwach, denn ich hatte ein leises Stöhnen hinter mir gehört. Mein Herz schlug so stark wie damals, als der große Sturm über unserer Stadt tobte, Autos und Kioske auf den Kopf stellte und Fernsehantennen verbog. Ich wusste nicht, ob am Stadtrand von Rom Wildschweine, Bären oder Wölfe lebten. Oder Außerirdische. Ich hatte alle guten Indianertipps vergessen und wollte nur schnell bei Vater sein. Doch ich war nicht weit gekommen, als ich wieder das Stöhnen hörte. Da war ein Mädchen zwischen den Bäumen, und sie lehnte an einem Baumstamm. Da war auch ein Junge, und er war dicht bei ihr. Zuerst schauten sie sich nur an, ganz nah. »Der kürzeste Weg der Welt ist der zwischen zwei Blicken«, hatte mir Mutter einmal die Blicke der Verliebten erklärt. Seine Hand war bei ihren Hüften, die andere weiter oben. Dorthin gingen also die Hände, wenn sie in Liebesfilmen unter den Decken verschwanden. Er fing an, sich an ihr zu reiben, so wie Elefanten sich an Baumrinden reiben, wenn es sie juckt. Ihn aber juckte es zwischen den Beinen, denn er führte ihre Hand dorthin, und sie schien mit dieser Maßnahme gegen das Jucken einverstanden zu sein. Er bewegte die Hände unter ihrem Hemd unruhig hin und her, als ob er nicht wüsste, was mit dem anfangen, was sich darunter verbarg.

Ich rückte näher und hörte sie was sagen. Sie lispelte. Es war Antonia. Ich wäre gerne noch geblieben, denn sie zog ihm langsam die Hose runter, und ich wollte seit Langem sehen, wie der Willi von einem älteren Jungen aussah, aber ich hatte Angst, dass sie mich sehen könnten. Ich ging zurück zum Pfad. Das war wohl der Sex, über den alle Erwachsenen sprachen und den Vater im Kino auf der Piazza della Repubblica gesehen hatte. Aber ich verstand nicht, weshalb die beiden es im Wald taten, wo es doch von Wölfen und Außerirdischen nur so wimmelte.

Damit niemand meine Rückkehr bemerkte, machte ich einen großen Bogen und kam an der Hinterseite des Gebäudes mit den Umkleideräumen an. Ich schlich mich an den Wänden entlang, ging hinein und stieg die Treppe in den ersten Stock hinauf. Dort war es ruhig, und man hörte nur das Plätschern der Wassertropfen, die aus der Brause auf den Boden fielen. Ich wollte gerade zum Fenster gehen, als die Fensterscheibe zerbrach und der Fußball hereinflog.

Die Glasscherben lagen in den Wasserlachen wie Wale im Ozean, und auf ihnen waren Tropfen, kleine dünne, große fette. In den Tropfen sah ich Licht- und Farbenpunkte. Manche Tropfen zogen sich bis zum Scherbenrand hin. Ich hörte Schritte. Jemand kam hoch, um den Ball zu holen. Der Ball lag in der Ecke zwischen zwei Pritschen. Es war Paolo. Er griff nach dem Ball und wollte wieder gehen, doch als er mich sah, kam er näher und fragte mich: »*Come va con la vita?*« Meinem Leben ging es gut, danke der Nachfrage. Doch falls Vater dahinterkommen würde, dass ich weg gewesen war, hätte es schnell anders aussehen können. Da hätte ich mir einiges anhören müssen. Als Paolo wieder weggegangen war, steckte ich vorsichtig den Kopf durch das Loch im Fenster. Niemand kümmerte sich um mich. Nicht einmal Vater. Er spielte weiterhin Boccia und hatte mich offenbar vergessen. Ich war ihm deshalb sogar ein bisschen böse. Ich war fast einen ganzen Tag weg, hatte gegen viele Feinde gekämpft, einen großen schönen See entdeckt und hatte, ohne zu bezahlen, gesehen, wie man Liebe machte, und Vater hatte nichts Besseres zu tun, als Kugeln zu werfen.

Am Abend, auf der Rückfahrt, wagte ich nicht, Antonia in die Augen zu schauen. Sie strahlte und hatte so etwas wie Funkeln im Blick. Dass der Junge Alfonso gewesen war, wusste ich, weil die zwei verliebte Blicke miteinander tauschten.

Vater cremte meine Schuhe jeden Abend mit brauner Farbe ein. Die Sohle am rechten Schuh war dick wie die *Reise zum Mittelpunkt der Erde*, gebundene Ausgabe. Es roch die ganze Nacht nach Schuhcreme. Vater bekam davon regelmäßig Kopfschmerzen. Morgens war es meine erste Aufgabe, durchzulüften. Vater hatte es mir aufgetragen.

Nachts rief Mutter an. Anders gesagt, die Zentrale rief zurück, nachdem Vater Stunden davor die Anrufbestellung durchgegeben hatte. Vater sagte, die Zeit müsse man dem Abhördienst schon lassen, um das Abhören zu organisieren. Das Telefon machte *trrrrrr, trrrrrr*, dann ging Signora Maria dran, und sie kam Vater holen. Sie rief durch die Tür: »*La mamma, la mamma!*« Vater zog sich was über und ging Codesprache sprechen.

Vater und Mutter hatten eine Geschichte vereinbart, die sie jedes Mal wiederholten und die für die Ohren des Abhörers bestimmt war. Vater erzählte von den vielen Schwierigkeiten, denen wir begegneten, und fügte noch einige hinzu. Zum Beispiel, dass die medizinischen Untersuchungen nicht vom Fleck kämen und sich in die Länge zögen. Das erstaunte mich immer, denn solche Untersuchungen hatte es gar nicht gegeben. Vater hatte mir früher gesagt: »Die sparen wir uns für Amerika, aber *die* müssen das nicht wissen.« *Die,* das waren solche, die das Telefon nach dem Gespräch zweimal *klick* machen ließen. Vater erzählte auch nie etwas über Signora Maria, auch nicht über Francesco und Paolo oder über das Möbeltragen und unsere Spaziergänge.

Mutter lobte das Verständnis und die Güte der Behörden zu Hause, die sie immer zuvorkommend empfingen und unsere Situation begriffen. Wir sollten uns Zeit lassen und alles richtig abklären. Auch an Vaters Arbeitsplatz hatte man Geduld.

Die Vorgesetzten, auch diejenigen in der Hauptstadt, hätten verstanden, dass wir für solch eine anspruchsvolle Krankheit anspruchsvolle Abklärungen brauchten, und sie alle hätten sich hinter Vater gestellt.

Vater beendete das Gespräch immer damit, dass die entsprechenden Abklärungen noch bevorstünden und er nicht wisse, was die Zukunft für uns bereithalte. Das erkannte ich sofort als Lüge, aber die Telefonspione merkten es nicht, denn die waren nicht die Kinder von Vater und wussten nichts darüber, dass Vater immer alles richtig machte und die Zukunft kannte.

Wenn ich mit Mutter sprach, hatte sie das Zittern in der Stimme, und ihre Stimme war warm wie das Brot am Morgen. Sie sagte Sachen wie »Mamas Küken«, »Mamas Liebster«, »Mamas Junge«. Ich hätte gerne weiter zugehört, aber Zeit war Geld, und ich hätte auch etwas Falsches sagen können.

Was die Zukunft für uns bereithalte. Daran erkannte Mutter, ob wir schon auf dem Weg nach Amerika waren oder nicht.

Der Umschlag war länglich und schmal und hatte rechts unten ein kleines Fenster. Dahinter hatte man den Namen von Vater und denjenigen der Familie Flumian geschrieben. Der Brief hatte schon früh am Morgen im Briefkasten gelegen, ich hatte ihn durch den Schlitz gesehen.

Signora Maria hatte den Umschlag auf dem Schoß gehalten und ihn von allen Seiten betrachtet. Zuvor hatte sie sich die Hände an der Schürze abgetrocknet. Ich hatte neben ihr gesessen und die Füße hin und her geschaukelt. Sie sagte »*molto importante*« und legte ihn vorsichtig auf die Kommode, dorthin, wo die wichtigen Briefe warteten, bis Francesco und Paolo nach Hause kamen.

Als Vater von der Arbeit kam, ging er ins Zimmer, das Hemd wechseln. Wenn er das tat, nahm er zuerst das alte Hemd in eine Hand und trocknete sich damit die Brust, den Rücken, den Hals und die Achselhöhlen ab, danach warf er es in eine Ecke. Später wollte ich das genauso machen, denn das war männlich, ich hatte es in einem schwarz-weißen amerikanischen Film gesehen. Wenn in Amerika die Fabriksirene heult, gehen die Arbeiter ins Freie, und ihre Unterhemden haben Schweißflecken. Ihre Haut glänzt von den Schweißperlen, es ist, als ob sie überall auf dem Körper winzig kleine Sonnen trügen. Wenn sie sich langweilen, fangen sie Streit an und wälzen sich anschließend im Staub. Die Musik wird dramatisch. Die ist dann anders dramatisch, als wenn Maria sich von Giuseppe trennt oder der Vater im Film hinter dem Dieb seines Fahrrads herrennt. Die Musik ist dann so, dass das Herz einen Riss bekommt. Wenn zwei sich schlagen, reißen nur die Hemden.

Ich hatte Vater den Brief bringen wollen, aber Signora Maria hatte ihn festgehalten, so wie sie immer den Überweisungszettel der monatlichen Rente festhielt. Sie hätte ihn gegen alle Gauner verteidigt. Auch den Brief hätte sie so verteidigt, sogar gegen mich.

Ich bin also lieber Vater holen gegangen. Wir saßen dann alle am Wohnzimmertisch. Sonst geschah das nur, wenn die Minestrone hereingetragen wurde. Vater, ich, Signora Maria, Signore Giovanni und Pietro. Der Brief wurde hin und her geschoben, das Blatt war genauestens gefaltet, und es gab keinen Tintenfleck darauf. Überall waren Stempel, runde, rechteckige, Abkürzungen von Behörden und zwei, drei Unterschriften. Ich war die wichtigste Person, weil ich für Vater übersetzte.

Der Brief war die Einladung zu einem Gespräch mit dem Repräsentanten einer Hilfsorganisation aus Amerika. In der amerikanischen Botschaft. Dienstag um elf Uhr. Ob Vater wohl Zeit hätte, wurde darin gefragt. Wir schmunzelten. Wir redeten lange darüber, ob solch eine Einladung etwas Schlechtes oder etwas Gutes war und wie wir uns zu verhalten hätten. Denn so ein Repräsentant hat Macht, er repräsentiert etwas anderes als sich selbst, etwas, das Geld hat und die Einreise erleichtert. Wir repräsentierten nur uns selbst und mussten es gut tun. Das sagte Pietro.

Jeder versuchte zu interpretieren, ob der Brief freundlich war oder nicht. Die Mehrheit war für freundlich, ich auch.

Das Hilfswerk hieß *Joint*. Die Leute von *Joint* hätten im Zweiten Weltkrieg den Juden geholfen, erzählte mir einmal Signore Giovanni. Woher er das wohl wusste? Die Juden waren Menschen wie wir, und sie hatten die bolschewistische Revolution geführt. Bei uns zu Hause sagten manche, denen sei es zu verdanken, dass der Sozialismus gesiegt habe und es uns seitdem so blendend ginge. Wenn sie das sagten, war etwas Unangenehmes im Tonfall. Vater schwieg. Mutter wechselte das Thema.

Nachdem Signora Maria den Anzug gebügelt hatte, legte ihn Vater sorgfältig auf sein Bett. Er schaute ihn aufmerksam an, strich mit der Handfläche über den Stoff und sprach vor sich hin: »Wie Bettler dürfen wir nicht aussehen, aber auch nicht wie das Gegenteil.«

Vater setzte sich in der Unterwäsche auf den Stuhl, ich sah auf seinem Unterschenkel die Narbe, die er sich als Kind beim Zaunspringen zugezogen hatte. Fünf Zentimeter höher als der Strumpfrand. Rundherum wuchsen keine Haare. Er sagte: »Jetzt wiederholen wir alles von Anfang an.« Ich musste ihn erneut fragen: »Warum möchten Sie, Herr Teodorescu, ausgerechnet nach Amerika reisen?«, »Was haben Sie, Herr Teodorescu, in Ihrer Heimat für eine Tätigkeit ausgeübt?«, »Haben Sie, Herr Teodorescu, für den Staatssicherheitsdienst gearbeitet?«, »Haben Sie, Herr Teodorescu, in Ihrer Heimat Opposition gegen das System geleistet?«, »Wurden Sie wegen Ihres Glaubens oder Ihrer politischen Überzeugung verfolgt?«, »Was hat Ihr Sohn für eine Krankheit?«, »Was beabsichtigen Sie, während der Behandlung Ihres Sohnes in den Vereinigten Staaten zu tun?«, »Beabsichtigen Sie, die englische Sprache zu erlernen und sich an die amerikanische Kultur anzupassen?«, »Beabsichtigen Sie, den amerikanischen Präsidenten zu ermorden?«

Vater antwortete darauf, als ob er die Antworten ablese. Kein einziges Mal machte er eine Denkpause. Dabei hatte Paolo, der ja im Vatikan arbeitete, ihm geraten, hin und wieder solche Denkpausen zu machen. Das sei besser und lasse dem anderen Zeit, mit dem Denken nachzukommen. Wichtig sei auch, zu zeigen, dass man in solchen Pausen mit Gefühlen kämpfe. Paolo musste es wissen, er leitete Gespräche mit Leuten, die vom Vatikan Geld zum Leben bekamen. Vater und Paolo hatten die halbe Nacht beraten.

Schade, dass wir nicht den Vatikan um Aufnahme baten. Dann hätte Paolo das Gespräch geleitet, und wir hätten ein leichtes Spiel gehabt. Wir wären in den Vatikan gezogen, und Vater hätte den Papst geduzt und ihm alle Fehler verziehen. Der Papst hätte sich mit Vater am Fenster gezeigt und meine Haare gestreichelt, tagaus, tagein. Später wäre Mutter nachgekommen.

Der Anzug passte noch. Er war auf Bestellung angefertigt worden. Vater hatte dem Schneider dafür Autozubehör geliefert. Nur die Krawatte, jene, mit der Vater bei unserer Ankunft die Italiener hatte beeindrucken wollen, die war altmodisch, zu kurz und zu schmal, und als der Brief eingetroffen war und unser Termin feststand, da hatte Pietro Vater eine neue Krawatte geschenkt. Er hatte sie ihm um den Hals gebunden, war ein paar Schritte zurückgetreten, hatte Vater gemustert und gesagt: »So kommst du nach Amerika, Marius.« Dann hatten sie sich die Hand gegeben.

Seltsam, wenn ich etwas geschenkt bekam, wurde ich umarmt, man streichelte mir über den Kopf, tätschelte meine Wangen oder gab mir Klapse auf den Hinterkopf. Erwachsene schüttelten sich bloß die Hand. Aber ich tröstete mich: Marlon Brando hat man sicher auch die Wangen getätschelt, als er so klein war wie ich. Bei John Wayne hingegen war ich mir nicht so sicher.

Vater zog den Anzug und hellblaue Strümpfe an. Feine. Die Schuhe hatte er zusammen mit meinen vor dem Zubettgehen eingecremt. Vater sah darin gut aus. Wäre er Politiker gewesen, dann hätte ich ihn gewählt. Vater schaute sich im Spiegel an und kämmte die Haare an den Schläfen nach hinten. Manche waren grau. Ich saß auf der Bettkante und schaute zu. Für eine Einladung in die Botschaft mit Aussicht auf Amerika musste man sich Zeit lassen. Vater lief durch den Raum, prüfte den Anzug – zu eng hier, zu kurz dort –, aber alles in allem war er zufrieden. Dann zog er die Schuhe an, wie immer mit einem silbernen Schuhlöffel, den er von zu Hause mitgenommen hatte. Ich verstand nicht, weshalb der Schuhlöffel wichtiger gewesen war als *Cismigiu et Co.* von Grigore Băjenaru, das Buch, das ich wieder hatte auspacken müssen. Mein Lieblingsbuch. Es war auf dem Wohnzimmertisch zurückgeblieben. Zusammen mit zwei Paar Unterhosen, die vorne drückten, und dem dunkelblauen Pullover von mir und Vaters milchkaffeefarbenem, kurzärmligem Hemd. Kein Platz im Gepäck.

Mit dem Schuhlöffel in der Hand bezwang Vater jeden Schuh. Er setzte sich auf einen Stuhl und betrachtete die Schuhe, die er parallel zueinander vor seine Füße hingestellt hatte. Er schien ihnen zu sagen: »Und jetzt zu euch«, so wie immer der Hexer zu den verängstigten Besuchern spricht, nachdem er im Topf die Zauberbrühe umgerührt hat. Dann packte Vater den Schuhlöffel, der in seiner Hand glänzte wie ein Zauberstab, und ich dachte, die Schuhe würden gleich davonspringen. Vater bezwang sie im Dreivierteltakt. Zuerst die Fußspitze rein, kurz überprüfen, ob die Zehen gerade und nach vorne gerutscht sind, dann den Schuhlöffel hinter der Ferse hineinschieben und schließlich die Ferse entschlossen entlang dem Löffel hinunterdrücken. Danach ein kurzes Hin-und-Her-Schaukeln, Aufstehen und schnelles Stampfen. Bei Bedarf auch einige Schritte gehen. Ich schaute zu und dachte, so zu schaukeln, zu stampfen und zu gehen gehöre zum Mannsein.

Es war gut, wenn Vater beim Gehen keine Schmerzen hatte. Dann war der Kopf frei, um an *Amerika* zu denken.

Als Vater fertig war, kam er mit dem Schuhlöffel auf mich zu. Manchmal brauchte auch ich einen. Vor allem für den rechten Fuß und vor allem im Sommer. Vater bückte sich und nahm meinen Fuß in die Hand. Mit der anderen Hand lockerte er leicht die Schnürsenkel und zog die Schuhzunge heraus. Er packte den Schuh unter der Sohle hindurch und meinen Fuß an der Ferse, dann schob er diesen vorsichtig in den Schuh hinein. »Ist es dir bequem so?« Beim Schuhanziehen ist Vater so sanft wie Mutters Hand, wenn ich mit neununddreißig Grad Fieber im Bett liege.

Vater band die Schnürsenkel, die Schleifen symmetrisch. Dann stand ich auf, er richtete sich auf und musterte mich von oben bis unten. Er befeuchtete seinen Daumen und glättete damit meine Augenbrauen, von der Nasenwurzel aus zu den Schläfen hin. Dann nahm er mein Gesicht in die

Hände, drehte es sanft nach links und nach rechts, entfernte die Haarsträhnen aus der Stirn und sagte: »Die Haare sind gewachsen. Bald kann ich dich nicht einmal mehr an den Ohren ziehen. Wenn wir zurück sind, borge ich mir bei Pietro die Maschine zum Haareschneiden.«

Ich dachte, Vater soll machen, was er will, wenn wir in Amerika sind, trage ich sie lang. Das ist drüben so: Wenn man wächst, werden die Haare länger, und man ist ein Rebell. Rebell sein ist gut. Man macht ein Gesicht wie Jesus, danach kreischen die Mädchen.

Bei uns zu Hause brauchte keiner gegen die anderen zu rebellieren. Wir waren alle gegen den Klassenfeind, das genügte.

Ich sah gut aus, und wir traten auf die Straße. Signora Maria hatte uns einen Glücksbringer gegeben. Ein Madonnenbild in Taschenformat. Vater nahm getrocknete Blätter aus seinem Handtuch und steckte mir einige davon in die Hosentasche. »Von Großmutter. Bringt Glück!« Jetzt konnte uns nichts mehr geschehen. Großmutter und Madonna wachten über uns. Vater nahm mich an der Hand, wir gingen zur Bushaltestelle.

Wir saßen auf Stühlen aus Holz und mit weinrotem Überzug. Vater hatte seine Hände auf den Oberschenkeln und hielt seinen Rücken gerade. Er hüstelte ein wenig schüchtern, dann stand er auf und ging hin und her, nicht zu weit, vielleicht hätte der Beamte am schwarzen Tisch etwas dagegen gehabt. Vater schwitzte in den Achselhöhlen, und seine Hand hatte gezittert, als er den Einladungsbrief am Schalter zeigte. Er hatte ihn fast nicht gefunden und alle Taschen durchsuchen müssen. Vater war so vergesslich. Wenn er etwas nicht fand, kam ich dran. Dann musste ich mit ihm zusammen suchen, obwohl ich es manchmal gar nicht wollte. Dann hörte man es unter dem Bett oder im Schrank fluchen, und der Fluch hatte Vaters Stimme.

Am Eingang der Botschaft ließ man uns problemlos hinein. Großmutters Kräuter und das Madonnenbild wirkten bereits. Ein Mann mit weißem Hemd und hochgekrempelten Ärmeln kam einen langen Korridor entlang. Vater nahm meine Hand und flüsterte: »Es wird alles gut.« Erwachsene sagen das manchmal, damit Kinder keine Angst haben. Auch Cowboys sagen es, nachdem sie das Pferd gesattelt haben, und umarmen heftig ihre Frauen. Die Frauen weinen hinterher.

Der Mann führte uns in ein helles Büro hinein. Der Übersetzer wartete dort bereits.

Es war vorbei. Vater hatte herrlich gekämpft. Auch die Pausen hatte er richtig gesetzt und das Zittern. Handzittern erzeugt Mitleid. Die anderen denken: »Der Mann hat Probleme. Lieber mache ich ihm keine zusätzlichen.« Vater hatte mit dem Mitleid anderer keine Mühe. Darin war er seltsam. »Sein Stolz und seine Hilflosigkeit reiben sich nicht aneinander«, sagte Mutter einmal zu Doina am Telefon. Wenn sich hingegen zwei Dinge aneinander reiben, gibt es manchmal Funken. So kam der Mensch zum Feuer. Wenn es ein Mann und eine Frau tun, gibt es Kinder.

Vater ließ meine Hand erst los, als wir auf der Straße waren. Pietro wartete im Lastwagen auf der anderen Straßenseite. Er und Vater gaben sich die Hand. Sie sagten nichts zueinander, aber Vater lächelte, und das war genug. Vater konnte so ein Strahlemann sein, wenn alles rund lief. Er hatte genau richtig geantwortet und auch erzählt, wie er sein »Leben aufs Spiel gesetzt hatte, um jungen Menschen die Freiheit zu ermöglichen«. Das war ein guter Satz. Das war ein bisschen wie Dissident sein. Auch über seine Träume musste Vater Auskunft geben und dass darin oft Amerika vorkam. In Amerika würde man bestimmt nicht ständig belauscht werden, man könne als Mensch unter Menschen leben. Das war gut gesagt, aber die Wirkung war schwach. Davor hatte auch Paolo gewarnt. »Amerika als Traum bringt keinen in eine Boeing 747 hinein«, hatte er gesagt.

Am Schluss hatte es Klapse auf meinen Hinterkopf und nette Worte für Vater gegeben. Der Mann war mit uns zufrieden gewesen.

Tage vergingen. Das Begräbnis von Mao hatte gerade stattgefunden. Da lag ein Brief von *Joint* im Briefkasten. Wir kamen nach Amerika.

Zweites Wunder.

In der Nacht vor unserer Abreise konnte ich nicht schlafen. Dabei waren wir extra früh ins Bett gegangen, um ausgeschlafen zu sein. Sogar Pietro und die Flumians taten es uns gleich, da sie uns am nächsten Morgen zum Flughafen begleiten wollten. Wir hatten zum letzten Mal zusammengesessen, zum letzten Mal hatte Vater über den Papst geflucht, und dann hatten sie mich aufgefordert, zum letzten Mal römische Fluchworte zu sagen. Wir hatten dann alles schnell weggeräumt, hatten uns schnell verabschiedet, und Signora Maria hatte hinter uns das Licht ausgemacht.

Vater zog sich langsam aus, zog seinen Pyjama an und ging ins Bad. Als er zurückkam, saß ich immer noch auf der Bettkante. Er schaute mich mit einem prüfenden Blick an.

»Was hat unser Genosse?«, fragte er.

»Werden wir die Flumians und Pietro jemals wiedersehen?«

»Was weiß ich. Na klar. Wenn wir in Amerika Millionäre geworden sind, mieten wir ein Flugzeug, holen sie alle rüber und feiern ein Riesenfest. Wie klingt das?«

»Das heißt, wir werden sie zehn Jahre lang nicht sehen«, stellte ich fest. Vater war verdutzt.

»Wie kommst du auf zehn Jahre?«

»Na ja, man braucht zehn Jahre, bis man Millionär ist. Das habe ich kürzlich bei Signora Maria im Fernsehen gesehen. Da hat einer gesagt, dass es zehn Jahre dauerte.«

Vater schmunzelte.

»Hör mal, besser, du klammerst dich nicht an Zahlen. Fünf, zehn oder fünfzehn, wer kann's sagen? Aber wir werden genug haben, um unsere Freunde einzuladen. Weißt du, man kann die Zeit nicht anhalten, aber es ist nicht schlimm.«

»Doch, es ist schlimm. Vielleicht wird es uns in Amerika nicht besser gehen als hier. Vielleicht sollten wir bleiben«, meinte ich.

»Mach dir keine Sorgen. Es wird uns gut gehen.«

»Geht es den Sanowskys gut?«

»Keine Ahnung, aber wir werden es bald sehen. Toni holt uns vom Flughafen ab.«

Wir waren einige Minuten lang still. Vater saß im Pyjama auf unserem einzigen Stuhl.

»Vater, wie war das, als du von zu Hause weggegangen bist?«

Vater schaute mich wieder mit seinem prüfenden Blick an. Er tat es immer dann, wenn er vermutete, dass ich Dinge erfand, bloß um nicht ins Bett zu gehen.

»Hör mal, Genosse. Bist du sicher, dass du die Geschichte hören möchtest? Sie dauert lange, und dann bist du morgen früh müde, und wenn ich dich wecke, trittst du um dich, aber aufstehen willst du nicht.«

»Ich verspreche, dass ich schnell aufstehe.«

»Ach, wenn ich so viel Geld hätte, wie du Versprechungen nicht eingehalten hast, da bräuchten wir jetzt keine zehn Jahre, um Millionäre zu werden. Und außerdem schläfst du dann überall ein: im Wagen, im Wartesaal des Flughafens. Du wirst zu müde sein, um dich richtig zu verabschieden, und dann bereust du es im Flugzeug.«

Vater war eine harte Nuss. Ich wusste aber, dass er beim dritten Anlauf meistens einlenkte. Mutter lenkte nie ein, Vater schon.

»Ich möchte es seit Langem sehr gerne wissen«, sagte ich und betonte *sehr gerne* so, wie ich dachte, dass es ihn beeindrucken würde.

Vater gab auf.

»Also«, fing er an und räusperte sich bereits, »es war 1952, als ich von der Donau wegzog. 1. September.«

»Wieso weiß du so genau, wann es war?«

»Weil man so Sachen nie vergisst. Auch du wirst es nicht vergessen. Und außerdem hat dein Vater ein Supergedächtnis.«

»So.«

»Genau so, und wenn du mich nach jedem Satz unterbrichst, da können wir gleich unsere Flugkarten verkaufen und hierbleiben. Da verpassen wir nämlich das Flugzeug.«

»So.«

»Also, als der Zug sich in Bewegung setzte, da machte er laut *tadam-tadam*, und alle machten einen Schritt nach hinten. Du weißt ja, wie unsere Züge sind. Seit vierzig Jahren zerbrechen die Eier der Bäuerinnen und die Weinflaschen, wenn sie abfahren. Und man sollte auf die Hühneraugen aufpassen, sonst tritt einer drauf. Es waren viele Soldaten im Zug, besoffen, die sangen dieses Lied über eine Maria, die man unter der Linde küssen sollte, und ich hielt zwei tote Hühner auf dem Schoß und die Weinkanister zwischen den Beinen. Dein Großvater stand bewegungslos auf dem Gleis und grüßte nicht.«

»War er dir böse?«

»Ich glaube, er wusste nicht, wie grüßen. Um beim Abschied richtig grüßen zu können, muss man vielleicht an Orten mit Bahnhöfen gelebt haben. Du wirst bestimmt wissen wie, wenn du älter bist, wir leben schließlich seit fünfzehn Jahren bei einem Bahnhof. Jedenfalls reicht der Abschied auf dem Land nicht für einen anständigen Gruß. Zur Feldarbeit gehen zählt nicht. Dein Großvater war früh wach gewesen, aber nicht früher als ich. Ich hatte ihn hüsteln gehört. Dann hatte er in der Küche die Weinkanister gefüllt. Im Haus war es still, und es roch nach Licht. Du kennst diesen Geruch nicht. Wenn man Öllampen benutzt, dann ist das so. Die Elektrifizierung war noch nicht ins Dorf gekommen. Wenn die Elektrifizierung kommt, dann weiß man, dass man zivilisiert worden ist. Das ist dann ein weiterer Schritt in Richtung einer besseren Welt. Für die bessere Welt waren bei uns die Kommunisten zuständig.« Vater betonte *bessere Welt* und schmunzelte dabei.

»Hast du die Kommunisten damals geliebt, weil sie die Elektrifizierung ins Dorf brachten?«

»Damals waren sie mir eigentlich egal ... Wo war ich stehen geblieben? Ach ja, die Tiere waren auch gerade erwacht. Weißt du, wenn Tiere erwachen, dann sprechen sie, und man hört sie aus allen Richtungen. Aus jedem Hof kommt was rüber. Dein Großvater führte den Ochsen aus dem Stall ins Freie. Den Ochsen kannte ich gut, der war kräftig und langsam, jahrelang hatte ich ihn auf die Felder geführt. Dann kam deine Großmutter und rüttelte mich fest. Sie schwieg die ganze Zeit. Ich ging barfuß in die Küche und wusch mich über der Schüssel, die sie zuvor mit Wasser gefüllt hatte. Das Wasser war klar und kalt, es war Wasser vom eigenen Hofbrunnen. Es gab nicht viele, die einen Brunnen hatten. Ich wusch immer Achselhöhlen und Gesicht und jeden Abend auch die Füße. An jenem Tag habe ich die Füße auch am Morgen gewaschen.

Vorne, an der Dorfstraße, stand der Wagen bereit, und der Ochse wartete. Ich zog den neuen Anzug an, lief barfuß aus dem Hof heraus und setzte mich auf die Ladefläche. Deine Großmutter trug die Haare offen von der Nacht, abends kämmte sie sie kräftig durch. Sie kam zum Wagen, in der einen Hand hielt sie meine neuen Schuhe, in der anderen ein Tuch. Sie stellte die Schuhe auf den Wagen, nahm meine Beine, streckte sie, zog die Hosenbeine hoch und machte meine Füße mit dem Tuch sauber. Dann zog sie mir frische Socken an und am Schluss auch die Schuhe. Wir küssten uns, und das war das erste und letzte Mal gewesen, dass meine Mutter mir meine Füße sauber gemacht hat. Ich war neunzehn.«

»Hat sie dir die Schnürsenkel auch gebunden, wie du es bei mir manchmal machst?«

»Das habe ich selber erledigt. Vater stellte eine Tasche mit Brot, Speck, Käse, Tomaten und Äpfeln neben mich. Die Hühner und die Weinkanister kamen nach vorne, neben ihn. Dann fuhren wir los.

Weißt du, wie sich ein Ochsenkarren in Bewegung setzt? Du weißt es nicht? Wie denn auch. Wir haben dich kaum aufs Land geschickt. Nun, wenn der Karren ganz beladen ist, mit Heu zum Beispiel, das sich hoch auftürmt, dann braucht der Ochse einige Peitschenhiebe. Aber man muss ihn auch ermuntern und ihm helfen. Das ganze Fleisch zittert, der Ochse streckt den Kopf, rollt die Augen, und man könnte Mitleid mit ihm haben. Aber der Wagen an jenem Morgen war leicht.

Wir waren bald aus dem Dorf hinaus. Wir fuhren in die Stadt mit dem Bahnhof, wo ich auch das Gymnasium besucht hatte. Die Bauern gingen zur Feldarbeit am Wegrand entlang. Sie grüßten mit Kopfbewegungen. Das ist so, wenn der Bauer zu seinem Feld geht. Manchmal fünf, sechs, sieben Kilometer weit. Der Bauer geht zuvorderst, die Frau geht einige Meter dahinter, die Kinder gehen, wie sie wollen. Die Heugabel tragen sie auf der Schulter. Sie sprechen kein einziges Wort miteinander, manchmal den ganzen Tag lang nicht. Wenn sie beim Feld ankommen, dann gehen sie in das Feld hinein und tauchen bis zur Mittagszeit nicht mehr auf. Zum Mittagessen treffen sie sich unter einem Baum, falten ein Tuch auseinander und stellen das Essen darauf. Dann sagt vielleicht der Bauer zur Bäuerin: ›Eine Tomate‹, ›den Käse‹, und hat schon genug gesagt.«

»Wieso sprechen die Bauern so wenig?«

»Weil es nichts zu sagen gibt. Das Leben der Bauern ist nicht sehr aufregend. Also, die Bauern gingen zügig hintereinander, und das Kornfeld neben ihnen war weit und trocken. Hinter ihnen wurde es gerade hell.

Wir hatten zwei Stunden Fahrt vor uns bis in die Stadt. Die Lehmstraße hatte überall Löcher, und der Ochse war zu träge, um sie zu umgehen. Wenn so ein Loch kam, zog mein Vater die Zügel an, stieg aus, sprach mit dem Ochsen, zog den Ochsen seitlich und nach vorne. Ich durfte nicht aussteigen, der Anzug wäre davon schmutzig geworden. Für den Anzug hatte Vater dem Dorfschneider ein Huhn und ein Ferkel bezahlt. Und etwas Geld dazu. Ich saß auf einer ausgebreiteten Zeitung und achtete darauf, keine überflüssigen Bewegungen zu machen, um keinen Staub aufzuwirbeln. Das ist so auf dem Land, man wirbelt echten Staub auf. In der Stadt aber nur im übertragenen Sinn. Verstehst du das? Macht nichts, wenn du es nicht verstehst. Ich stützte mich auf die gestreckten Arme und umklammerte mit den Händen fest den Wagenrand. Ich schaukelte mit den Beinen und folgte mit dem Blick der Bügelfalte meiner Hose. Siehst du, woran ich mich noch erinnern kann? Tolles Gedächtnis, was? ›So eine Bügelfalte macht den feinen Herrn aus‹, hatte uns der Schneider gesagt.

Dann hörte die Lehmstraße auf. Nationalstraße. Weißt du, die hatten die Deutschen zehn Jahre zuvor, im Zweiten Weltkrieg, benutzt, zuerst Richtung Osten, dann zurück nach Hause. An jener Stelle, wo die Lehmstraße in die Nationalstraße mündete, waren sie abgebogen. Sie waren von links gekommen, dort nach rechts und einige Kilometer weiter ins Dorf hineingefahren. Ich weiß es noch genau, als Kind spielte ich in den Wasserlachen, die von den Panzern stammten. Die Kommunisten hatten sich in den Donauwäldern versteckt, und es fielen täglich Schüsse. Die Frauen waren jedes Mal besorgt, wenn ihre Männer aufs Feld gehen mussten.

Vater hatte drei junge Soldaten aufgenommen. Die schliefen hinten im Haus, beim Ofen. Wir schliefen auf dem Dachboden. Die Soldaten wuschen sich beim Brunnen. Den Wassereimer zogen sie selber hoch. Die Gewehre lehnten gegen den Brunnen. Einer der Deutschen war lustig. Er machte für uns Kinder Spiele mit Streichhölzern und ließ meinen Bruder, deinen Onkel, an der Zigarette ziehen. Vielleicht hat er es seitdem mit der Sünde. Vielleicht aber hat ihn Mutter zu sehr an den Schnaps gewöhnt. ›Gegen die Kälte auf dem Feld‹, sagte sie.

Als die Deutschen nach Russland und in die Ukraine zogen, waren sie alle zugeknöpft, stramm und freundlich. Sie wichsten jeden Abend ihre Stiefel. Sie kamen in kleinen Verbänden und fuhren in kleinen Verbänden wieder weg. Als sie zurück in den Westen zogen, kamen sie auch einzeln, und alles war ein Durcheinander. Der oberste Hemdknopf war offen, und sie waren müde und ängstlich.

Später sind auf der Nationalstraße von Westen her die Russen gekommen. Sie haben auf dem Dorfplatz ein Lagerfeuer gemacht. Einige Mädchen brachten neun Monate später Kinder auf die Welt. Die Russen hatten Akkordeons bei sich, wie unsere Dorfzigeuner, auch ihre Lieder klangen wie jene an unseren Dorffesten. Wenn man diese Lieder spielt, liegt die Zunge schwer im Mund, und die Augen sind wässrig. Wenn die Russen wild waren, schossen sie in die Luft. In jenen Nächten konnte niemand schlafen.«

»Was bedeutet das: *Die Augen sind wässrig*?«

»Es bedeutet, dass es einem schwer ums Herz ist.«

»So wie es Mutter war, als sie bei unserer Abfahrt alleine am Gleis zurückblieb?«

»Genau so ... Der Ochsenkarren bog also in die Nationalstraße ein«, fuhr Vater fort, »und er musste kräftig ziehen, denn die Landstraße endete mit einem Anstieg. Dann fuhren wir nach rechts. Von Zeit zu Zeit überholte ein Wagen, danach kam lange nichts. Die Kornfelder fingen weiter hinten an, sie waren gelb, gelbbraun, davor wuchs Unkraut. Man sah die Farben genau, da war es schon hell. Auch die Menschen hatten jetzt Gesichter. Zuvor waren sie wegen der Nacht schwarz gewesen.

Ich saß hinten und sah Vaters Nacken. Der Nacken hatte solche Furchen, dass man darin hätte säen können. Wäre ich auf dem Land geblieben, so hätte auch ich bestimmt Furchen bekommen. Und Hände wie Baumwurzeln. Neben Vater pendelten die Hühnerhälse hin und her, und aus der Tasche stieg der Geruch des Schinkens. Es war still. Man hörte nur das Rad auf dem Stein. Manchmal kam von vorne die Stimme von Vater. Er sprach mit dem Ochsen.«

»Wie spricht man mit einem Ochsen?«

»*Prrr, huii ...*, so spricht man mit einem Ochsen, doch manchmal muss man mit ihm wie mit einem Menschen reden. Wir kamen am Bahnhof an, Vater und ich saßen nebeneinander auf dem Gleis, und keiner schaute den anderen an. Er legte die Hand, seine große Hand, auf meinen Hinterkopf und streichelte mich zwei- oder dreimal damit. Das tat er sonst nur an Geburtstagen.

Der Zug bremste langsam ab und blieb vor uns stehen. Meine erste Zugreise. Auf einer weißen Tafel direkt neben der Tür waren Namen von Ortschaften geschrieben. Ich hatte von ihnen nur gehört, gesehen hatte ich keine. Ich packte die an einer Schnur zusammengebundenen toten Hühner, legte sie auf die linke Schulter. Auf die rechte

Schulter nahm ich die Tasche mit den Lebensmitteln und stieg ein.

Im Zug war es heiß, wie es halt bei uns im August ist, und die Sitzplätze hatten diesen braunen Überzug mit Rissen, den man auch heute noch sieht. Es wurde viel gerufen und geschoben, Gepäck wurde von Hand zu Hand weitergegeben, die Bäuerinnen hielten zwischen ihren Schenkeln die Weinkanister fest. Die Fenster waren mit einer Schmutzschicht bedeckt. Vater schob das restliche Gepäck hindurch.

Wir gaben uns durch das Fenster die Hand, und das war der Abschied. Danach kam das mit den Eiern und den Hühneraugen.«

Vater erzählte so, dass ich kleine bunte Bilder sah. Wie jene im Museum. Dann konnte ich meine Augen nicht mehr offen halten, und das Nächste, was ich sah, war Vater, der mich fest rüttelte und sagte: »Ich habe dich gestern Abend gewarnt. Jetzt mach aber schnell, wir haben keine Zeit zu verlieren.«

Amerika

Flughafen Fiumicino.

Wir saßen alle in einer Reihe auf farbigen Plastikstühlen: Paolo, Francesco, Signora Maria, Signore Giovanni, Pietro, Vater und ich. Vater hatte Angst. Das kannte ich an ihm. Dabei hatte er jetzt dreihundert Dollar in der Tasche. Seine Stimme war irgendwie gebrochen, und er musste sich öfters räuspern. Sein Blick war unruhig wie im Zug nach Venedig. Signore Giovanni war gekrümmter als sonst. Seine Wangen waren dürr, doch sein Blick zart. Francesco saß gerade, seine Beine gingen in den Boden hinein wie Wurzeln. Auf diesem Baum war sicher der Riese im Märchen zur Erde hinuntergeklettert.

Sie sagten Sätze wie: »Es wird schon gut gehen, ihr werdet sehen«, »Schreibt uns bald«, »Pass gut auf das Geld auf, in Amerika weiß man nie«, »Habt ihr den Pullover eingepackt, den roten, der zum Trocknen aufgehängt war?«, »Im Flugzeug zeigen sie euch Filme, da geht die Zeit vorbei«, »Habt ihr alle Papiere dabei?« – »Nicht wahr, du vergisst mich nicht?«, fragte mich Signora Maria, und sie weinte. Die Tränen sahen wie kleine Perlen aus. Sie zog mich zu sich und schob mein Hemd in die Hose. Fast hätte ich auch Perlen in den Augen gehabt, aber das passte nicht zum Rebellsein. John Wayne hatte nie Perlen in den Augen gehabt. Oder Brando. Nur die Frauen, die sie hinter sich ließen. Die wischten sie dann mit der Schürze ab, oder sie ließen sich schluchzend aufs Bett fallen.

Was Mutter getan hatte, als wir von zu Hause wegfuhren, kann ich nicht sagen. Es war Nacht, und Mutter stand weit hinten auf dem Gleis. Ich konnte nur hören, wie sie »Mamas Liebster« wiederholte, und die Stimme war gebrochen. Das Augenweiß sah ich nicht. Gemäß Vater muss ihr wohl schwer ums Herz gewesen sein.

Am Abend zuvor hatten Vater und Mutter gepackt, die Koffer hatte Vater aus seinem Verwalterbüro hinuntergetragen, nach Mitternacht, damit niemand merkte, dass wir was vorhatten. »Wer bei uns was vorhat, behält es besser für sich. Sonst könnte ein anderer mit ihm was vorhaben«, hatte Vater erklärt.

Der eine Koffer hatte auf dem breiten, dunkelbraunen Schreibtisch gelegen, den wir im Dezember immer verschieben mussten, zum Fenster hin, damit für den Weihnachtsmann Platz frei wurde. An dessen Vorderseite waren links und rechts kleine Bücherregale eingebaut. Man sah von der Eingangstür aus, dass bei uns viel gelesen wurde. Kleine Bände in Blau, Rot oder Gelb. Darauf stand: Proust, Goethe, Tolstoi, Swift, Mark Twain, Balzac, Maugham, Wilde. Proust war am meisten vertreten. Zehnmal. *Auf der Suche nach der verlorenen Zeit*. Diese Suche dauert also zehn Bände, dachte ich. Wenn ich erwachsen bin, lese ich sie, dann geht mir die Zeit bestimmt nicht verloren. Manchmal fragte ich mich, wie Zeit verloren gehen konnte. Ging sie so verloren, wie Haustiere verloren gehen, und musste man dann Suchanzeigen an Hauswände kleben, um sie wiederzufinden? Oder war es eher wie bei der Mütze, die man im Bus vergessen hatte? Man fand sie im Fundbüro wieder. Hauptsache, es war nicht wie mit den Regenschirmen: Die fand man nie wieder. Wenn man diese Zeit, die man suchte, nie fand, was wurde dann aus einem? War man dann einsam?

Bei jedem Kleidungsstück hatten sich Vater und Mutter gestritten. »Das braucht der Junge.« »Nein, das braucht er nicht.« Die Fenster waren offen, sie stritten leise. Der leichte Wind brachte die Vorhänge regelmäßig zum Anschwellen, sie wurden rund wie die Bäuche der Frauen, wenn sie schwanger sind. Fünfzig Meter unter uns, auf der Straße, war das Licht spärlich, und es war still.

Am Morgen war Mutter sehr früh aufgestanden. Ich sah das Licht unter der Tür hindurchschimmern. Sie hatte den rosa Morgenmantel angezogen, die Ärmel hochgerollt und wie immer Frühstück gemacht. Brot, Marmelade und Milch. Kaffee für Vater. Dann war sie gekommen, um uns zu wecken. Vater und ich lagen schon lange wach, von den Bildern im Kopf.

Wenn man von unserem Balkon aus zum Bahnhof hinüberschaute, da sah man die Züge ankommen. Man hörte sie bremsen, pfeifen, zischen. Und Rauch stieg hinter dem Bahnhofsgebäude auf, höher als dieses. Dampflokomotiven.

Was Mutter getan hatte, als das Gleis leer war, weiß ich nicht. Vielleicht warf sie sich schluchzend aufs Bett. Vielleicht brauchte sie nur einen Schürzenzipfel. Aber wenn in Filmen solche Szenen kommen, sind die Helden schon ausgezogen.

Signore Giovanni sagte: »Aber, Maria, lass doch den Kleinen in Ruhe.« Alle schmunzelten, denn Signore Giovanni war gerade heftig gewesen.

Ich sah im Schaufenster eines Kleidergeschäfts, wie Vater den anderen die Hand gab und wie ihn dann alle umarmten. Von dem Geschäft wollte ich Vater nichts erzählen, sonst hätte er den Taschenrechner hervorgeholt, und wir hätten den Flug verpasst.

Als ich mich von allen anderen verabschiedete, schlief ich nicht ein.

Wir gingen durch einen langen Gang zum Flugzeug. Je weiter wir gingen, desto kleiner wurden die Flumians hinter uns. Jedes Mal, wenn ich mich umschaute, winkte mir einer von ihnen zu. Vater nahm mich an der Hand und sagte: »Weniger als zehn Jahre. Viel weniger. Du kannst schon anfangen zu zählen.«

Im Flugzeug erwartete uns eine Stewardess. Ihre linke Hand glitt durch meine Haare, und sie sagte zu Vater: »Was für ein hübscher Junge.« Wir hatten zwei Plätze am Fenster, und Vater meinte: »Gut, dass wir nicht direkt über den Flügeln sitzen. So kannst du den Ozean und die Schiffe sehen.«

Ich gab keine Antwort. Ich vermisste schon meine Freunde, und ich hatte Angst vor dem Fliegen. Wieso hatte man überhaupt Flugzeuge erfunden? Es hätte genügt, wenn man mit dem Schiff nach Amerika gefahren wäre. Man hätte Zeit gehabt, um es sich anders zu überlegen.

Vater merkte, dass etwas mit mir los war. Er sagte: »Gestern abend bist du ziemlich schnell eingeschlafen, was?«

»Hmhm.«

»Dabei hatte ich Lust, die ganze Geschichte zu erzählen.«
Ich gab keine Antwort.

»Den Rest kann ich dir jetzt erzählen, wenn du möchtest. Wird wohl die Zeit verkürzen.«

In jenem Augenblick fing eine Stewardess an, uns zu erklären, wie wir uns bei Gefahr zu verhalten hatten. Dann mussten wir uns anschnallen, und ich atmete erst wieder aus, als wir in der Luft waren.

Mir wurde es bald langweilig. Ich fragte Vater: »Wie war das damals, als du in der Hauptstadt ankamst?«

»Als der Zug am Bahnhof von Bukarest eintraf, am 1. September 1952, da kam mir alles so groß vor. Riesig. Gerade hatte ich die Sandalen mit den Holzsohlen zu Hause neben dem Strohbett stehen gelassen, schon hatten alle um mich herum raffinierte Lederschuhe. Die Männer trugen Hüte und Anzüge, da konnte ich nicht mithalten. Die Frauen trugen Hüte und Schuhe mit hohen Absätzen. Um mich herum war ein Gewimmel von Menschen: Kindermädchen und Jungen in Matrosenanzügen, Gepäckträger und Bettler, Arbeiter mit abgenützten, zu kurzen Jacken und Mützen, Zigeuner und feine Herrschaften. Als ich vor den Bahnhof trat, setzte ich mich zuerst auf eine Stufe und schaute. Straßenbahnen hielten an und fuhren in alle Richtungen, Autos hupten, bremsten, beschleunigten, die Pferde an den Kutschen erschraken, die Kutscher stritten mit den Fahrern, die Fahrer mit den Fußgängern. Über meinem Kopf hingen alle Arten von Kabeln, und alle paar Meter war eine Straßenlampe.

Ich stieg in eine Straßenbahn, kaufte eine Fahrkarte und fuhr in ein Viertel am Stadtrand. Nach einiger Zeit stieg ich aus, die Straßenbahn entfernte sich, und ich fand mich alleine an einer Vorstadthaltestelle. Stell dir vor: ganz alleine an der Stadtgrenze, links die Hühner, rechts die Tasche mit den Esswaren, das Gepäck unter den Armen und den Zettel mit der Adresse im Mund.

Die Familie Crăciun hat mich gut empfangen. Ich läutete, und als die Wohnungstür aufging, sagte ich: ›Ich bin der junge Teodorescu und komme direkt vom Land. Mich schickt Mutter, und sie lässt euch grüßen.‹ Die Frau trocknete sich die Hände an der Küchenschürze ab, umarmte mich und gab mir zu essen. Sie kochte, was ich vom Land mitgebracht hatte, und wir aßen am Abend noch einmal, als ihr Mann und ihr Sohn heimkamen.

Bei ihnen wohnte ich also zwei Wochen lang, aber – der Teufel muss es so gewollt haben – die Ereignisse überstürzten sich, und ich wusste bald, dass ich eine neue Bleibe finden musste. Was war geschehen?

Am ersten Wochenende nach meiner Ankunft gingen der Sohn des Hauses und ich zu einem genossenschaftlichen Treffen – so hießen unsere Tanzabende von damals –, und dort verliebte sich seine Freundin in mich. Jedenfalls versuchte sie nach kurzer Zeit, unverschämt und in seiner Anwesenheit, mit mir zu flirten, und mir war es nicht unangenehm, aber irgendwie mulmig, denn ich brauchte keinen Streit und war auf das Bett angewiesen. Ihm war die neue Situation nicht entgangen, und er klagte bei seinen Eltern, die mich einige Tage später zu sich holten und mir leise mitteilten, dass ich weggehen müsse, denn ihr Sohn leide wie ein Fisch auf dem Trockenen. Ich konnte es ihnen gar nicht verübeln, denn wer hält es schon lange aus, mit seinem Nebenbuhler im selben Bett zu schlafen? Nebenbuhler, verstehst du? Macht nichts, wenn du's nicht verstehst.

Also, mein Junge, ich war seit zwei Wochen in der Hauptstadt, und es war der Tag der Prüfungsresultate. 15. September. Die Prüfungen hatten einige Tage nach meiner Ankunft stattgefunden, und ich wusste, dass ich gut gewesen war. Doch ich wachte auf und fühlte mich angespannt und schlecht, denn neben den Prüfungsnoten erwartete mich auch die Suche nach einer neuen Unterkunft. Meine Hände zitterten, und ich schwitzte. Verdammt, wenn ich nur wüsste, woher das Zittern und das Schwitzen kommen, denn bei uns in der Familie gab es keinen, der so was hatte, und Bauern sind für ihre starken Nerven bekannt. Wenn die Nerven nachgeben, dann wird man laut oder ein Säufer. So wie dein Onkel, und du siehst, was er davon hat. Aber da trägt wohl deine Großmutter die Schuld daran, dass dein Onkel im Leben nichts anderes als den Schnapsladen auf dem Marktplatz erreicht hat. Sie gab ihm als Kind Schnaps zu trinken. Täglich ein Gläschen. Im Winter Schnaps gegen die Kälte, im Sommer gekühlten Wein gegen die Hitzewallungen. Mit zwölf lief mein Bruder besoffen durchs Dorf.

Ich schlief zusammen mit dem Sohn der Crăciuns auf einem schmalen Sofa, und wenn er sich drehte, musste ich mich mitdrehen und umgekehrt. Mehr als anderthalb Menschen hatten darauf kaum Platz. Ich stand leise auf, so wie zu Hause, wenn ich das Rindvieh aufs Feld führen musste, und immer war ich es, der es führen musste. Kälte und Nässe zählten nicht. Denn es war das Vieh, das uns durchs Leben brachte, und auch wir mussten es also gut durchs Leben bringen. Kein Tag ohne Heu und Gras, eher hatten *wir* weniger zu essen als der Ochse und die Kuh.

Ich wusch mich schnell in der Küche und zog den Anzug an. Es war Mitte September und noch warm, was mich freute, denn nur das half gegen dünne Anzüge. Ich hatte ihn kräftig ausgebürstet und Dreckspuren von den Hosenbeinen entfernt. Wenn es an der Peripherie regnet, bilden sich schnell Wasserlachen, und dann haben die Hosenbeine das Nachsehen. Gut, einverstanden, bei uns bilden sich überall Wasserlachen, sogar im Stadtzentrum, große, tiefe Löcher, die sich innerhalb von Minuten mit Wasser füllen. Aber es scheint mir, dass das so ist, seitdem die Kommunisten das Sagen haben, und weil sie lange nichts sagten, ging die Straßenpflasterung kaputt. Eines Tages nehm ich dich nach dem Regen mit, dann fahren wir an den Stadtrand, und wir schauen uns die großen Wasserlachen an. Wie kleine Teiche ohne Frösche drin.

Ich überprüfte noch einmal den Hemdkragen, und er war sauber, denn ich achtete täglich darauf, den Hals gründlich zu waschen. Ich schloss leise die Tür hinter mir und ging auf die Straße. Den Weg kannte ich mittlerweile gut. Ich ging zweimal um die Ecke bis zur Haltestelle. Ich kam mir schon wie ein Stadtmensch vor, so sehr hatte ich mich daran gewöhnt, am Straßenrand anzuhalten, bis die Fahrbahn frei war, um sie zu überqueren, und an der Haltestelle auf die Straßenbahn zu warten. Ich fuhr schwarz, um Geld zu sparen. Manchmal fuhr ich auf dem Trittbrett mit, wegen der Kühlung, und weil man schnell abspringen konnte, wenn es Kontrollen gab.«

Vater machte eine Pause. Die Stewardess kam vorbei und brachte mir ein Glas Fruchtsaft und Vater eine Tasse Kaffee.

Wir waren beide überrascht, aber wir ließen uns nichts anmerken. Sie fragte mich, ob es mir gut ginge, doch ich war so sehr mit dem Strohhalm beschäftigt, dass ich bloß »hmhm« sagte.

»Also, in den Fünfzigerjahren war unsere Hauptstadt immer noch ein kleines Wunderwerk«, fuhr Vater fort. »Klein-Paris. In Paris war ich noch nie, aber so wie bei uns muss es auch dort ausgesehen haben. Da waren die Straßenzüge breit, wie zu Hause die Kornfelder, und die Häuser aus dickem Stein und hoch, wenn ich hinaufschaute, kriegte ich den Schwindel. Die Hauseingänge waren wie für Zyklopen gemacht. Zyklopen, die kennst du doch aus der *Odyssee*, die Kinderausgabe. Und diese Häuser waren mit wunderschönen schwarzen Metallgittern und massiven Holztüren versehen.«

»Sahen diese Häuser wie die *palazzi* in Venedig aus?«

»Nein, so sahen sie natürlich nicht aus. Aber für mich waren sie schön. Im Erdgeschoss waren Läden mit tollen Schaufenstern, und von überall her roch es nach türkischer, balkanischer, französischer und italienischer Küche, und wo es nicht roch, waren Kleidergeschäfte, und die Stoffe und der Schnitt waren auch französisch und italienisch. Dutzende von fliegenden Händlern riefen einem zu, von Nähfäden, Knöpfen, Büchern bis zu Gewürzen boten sie alles an, was man begehrte. Während sie oft laut und frech waren, standen die Bauern daneben still und bescheiden. Die feilschten nie um die Preise, denn zum Feilschen gab es nichts, dafür waren die Preise zu tief.

Der Fischmarkt verströmte Fischgeruch in die anliegenden Viertel, und vom Gemüse- und Fleischmarkt her hörte man an den Samstagen die Rufe der Metzger und Gemüsehändler. Handwerker gingen langsam durch die Straßen und boten laut ihre Dienste an: Klempner, Wäscherinnen, Glaser, Maler. Wenn man von den großen Straßen abkam und in die Viertel hineinging, da war es oft still und schattig, und die niedrigen Häuser hatten Gärten und kleine Terrassen zum Garten hin. Die Geräusche kamen von den Kindern, den Hunden und manchmal von den Werkstätten. Die Gärten waren von Weinreben überdeckt, und an vielen Orten sah man Rosenbüsche und Obstbäume. Siehst du, mein Junge, woran sich dein Vater noch erinnert? So ein Gedächtnis wünsche ich dir in dreißig Jahren auch.

Als ich die Prüfungsnoten sah – und die waren wirklich ausgezeichnet –, da packte mich ein Ziehen und Hämmern im Kopf, und ich musste mich aufstützen und die Augen schließen, um nicht umzufallen. Zu viel Aufregung. Ich lief heim und machte mir Essig- und Kaltwasserkompressen und verbarg den Kopf unter dicken Kissen – zuvor hatte ich das Zimmer verdunkelt –, aber nichts half, und das stundenlang.

Zwei Tage später wurde ich in die Kanzlei gerufen. Da ich gute Noten hatte, bot man mir ein Internatszimmer an. Das war vielleicht die Lösung. Dazu brauchte ich jedoch ein Empfehlungsschreiben von zu Hause. Ich fuhr also heim.

Mein Vater holte den Gemeindeschreiber und den Parteisekretär zusammen mit ihren Frauen zu uns nach Hause, und Mutter verpflegte sie gut. Ferkel, Hühnersuppe, gekochte Kartoffeln und Bohnen und zum Schluss ein Honigkuchen. Bei meiner Ankunft hatte mein Vater gesagt: ›Es wird erledigt‹, und war losgezogen, um den Parteisekretär zu suchen. Der war früher der Dorfsäufer gewesen und hatte sich mit Lügen einen Namen gemacht, aber die Kommunisten hatten davon keine Ahnung und glaubten ihm, als er verkündete, er habe Widerstand geleistet, er habe schließlich auf der Dorfstraße ›Heilt Hitler!‹ gerufen. Niemand hatte nachgeprüft, ob er wirklich Deutsch konnte und woher er den Ausruf kannte, und so wurde der Dorfsäufer zum Dorfhelden, und auch der Landwirtschaftliche Volksbetrieb wurde nach ihm benannt.

Vater lud auch die Ehefrauen ein, er dachte, dass Höflichkeit sich auszahlen würde. Die ließen sich nicht lange bitten und trafen pünktlich ein, denn die Zeiten waren hart, und eine Mahlzeit war nicht zu verschmähen. Wie es so ist, wenn sich Bauern treffen, begrüßten sie sich laut und freundlich, Vater und Mutter empfingen sie am Gartentor, gossen Schnaps ein. Sie stießen alle an, dann kamen sie in den Hof, und der Hof wurde gelobt, und die Sau wurde gelobt, und vieles mehr. Dann kamen wir Kinder nach draußen, und wir wurden gelobt. Als das Essen gegessen und die Flaschen leer waren und alle wie benommen um den Tisch saßen – denn so ein Essen macht benommen wie ein Schlag ins Gesicht –, nahm Mutter die beiden anderen Frauen zu sich in die Küche, aber die ahnten was und kehrten bald wieder zurück, gerade als Vater dabei war, die Männer weichzukriegen. Und als sie den von Vater entworfenen Bestätigungsbrief unterschreiben wollten, mischten sich die Schlangen ein und meinten, ihre Männer könnten unter keinen Umständen unterschreiben, denn sie gingen ein großes Risiko ein, schließlich sei unsere Familie nicht so unschuldig, wie es im Brief dargestellt wurde. Wir seien Großbauern und dadurch Volksfeinde. Beim Wort *Volksfeinde* schraken ihre Männer auf und schoben die Kugelschreiber weit von sich, dann war es mit dem Lob und der Freundlichkeit vorbei, und als sich alle beruhigt hatten, setzten sie einen Brief auf, der mir aber nicht weiterhalf.«

»Was war denn ein *Volksfeind*?«

»Das war so ein Ding. Niemand wusste es genau, ganz bestimmt nicht die Bauern. Man benützte es für alle, die man nicht mochte. Man sagte so etwas wie ›du Volksfeind‹ und meinte ›du Rindvieh‹. Im Radio sprachen sie viel über Volksfeinde, die uns bedrohten, und es war die Zeit, als viele verhaftet wurden. Mit der Zeit begriffen wir, was die Kommunisten damit meinten. Sie meinten Leute, die ein bisschen mehr besaßen als andere. Drei Kühe und etwas Land anstatt nur einer Kuh. Drei Kühe alleine war nicht so schlimm.«

»So.«

»Ich fuhr zurück in die Hauptstadt. Mein Antrag auf ein Internatszimmer wurde abgelehnt, ich gab das Studium auf und zog bei einem alten Ehepaar ein, am anderen Ende der Stadt. Das Geld ging mir langsam aus. Das Ehepaar war sehr lustig, er war ein Nervenbündel, verfluchte seine Frau, wenn wir alleine waren, sie hingegen machte immer Zeichen hinter seinem Rücken, und zwar dass er verrückt sei und dass man ihm zustimmen solle. Sie kamen mir auch mit dem Preis entgegen. Aber das alles half nicht gegen den Hunger und die Kälte und gegen den Popen, mit dem ich das Zimmer teilte. Er kam oft in die Stadt, um die Messe zu halten. Am Freitag und Samstag suchte er Huren auf, am Sonntag hielt er die Messe in einer Kirche am Stadtrand. Sonntags war beim alten Paar auch Badetag – wobei alle nacheinander, ich am Schluss, in die Badewanne stiegen –, aber der Pope übersprang gerne das Baden. Kirche und Saubersein gehen nicht gut zusammen, besonders wenn für beides nur der Sonntag zur Verfügung steht. Ich konnte ihn im wahrsten Sinne des Wortes nicht mehr riechen.«

»Ist es vielleicht deshalb, dass du auch den Papst nicht magst?«

Vater lachte.

»Dass du darauf kommst ... Man kann kaum was sagen, und schon merkst du es dir, was? Nein, damit hat es nichts zu tun.«

»Womit denn dann?«

»Ich mag Päpste einfach nicht. Sie spielen nur die Besserwisser.«

»So.«

»Wo war ich denn stehen geblieben? ... Ich bürstete und säuberte wieder gründlich den Anzug, zog ihn an und ging Arbeit suchen, denn ich hatte mich an einen Onkel erinnert, der in der Hauptstadt wohnte und Vorsteher eines Bezirkssteueramtes war. Aber der Onkel wollte von Hilfe nichts wissen, er sagte, dass es schwierige Zeiten seien und er sich nicht durch Vetternwirtschaft kompromittieren könne. Vetternwirtschaft, verstehst du? Nein? Macht nichts. Du brauchst es noch nicht zu wissen.

Auf dem Bezirksamt Nr. 19 fand ich doch noch eine Anstellung als Steueragent, denn der Onkel hatte einen Namen und eine Adresse auf einen Zettel geschrieben und mich ermutigt, mich dorthin zu wenden. Dort arbeite ein Freund von ihm, sagte er, und das gelte nicht als Vetternwirtschaft.

Nun, beim Wort *Agent* denkt man an einen Kerl mit Büro im Stadtzentrum und vielen Kontakten nach oben und nach unten, aber ich war eher Laufbursche, der morgens in der Zentrale Zettel mit Adressen von Firmen, Läden und Privatpersonen abholte und abends die eingetriebenen Steuern an der Kasse abgab. Wenn ich zurückdenke, dann ist es ein Wunder, dass mir in jener Zeit nie was zugestoßen ist, dass ich nicht ausgeraubt und ermordet wurde, denn ich trug manchmal einen Haufen Staatsgeld in den Taschen, und jeder wusste es. Ganoven gab es damals so viele wie zu Hause Körner auf dem Acker.«

Ich musste lachen, weil ich mir vorstellte, wie Vater inmitten vieler Ganoven kämpfte und Schläge austeilte und so das Staatsgeld erfolgreich verteidigte. Vater lachte mit. Wir waren inzwischen in den Wolken, und es gab weder Land noch Wasser zu sehen.

»Da lachst du, was? Deinem Vater knurrt der Magen vor Hunger, er wird von Ganoven belagert, und unser Genosse lacht.

Der Herbst zog in die Stadt ein, kalt und feucht, am Morgen Nebel, am Abend Nebel, und dazwischen war es nicht viel besser. Die Menschen hatten dicke Mäntel an, Regenmäntel, Pelzmäntel, gefütterte Mäntel aller Art, man ging schnell, zog den Kragen hoch und vermied lange Strecken. Ich zog den Kragen des Sommeranzugs hoch und zitterte so, wie ganz junge Welpen zittern, wenn sie die Hündin für kurze Zeit alleine lässt. Ich verdiente dreihundertzwanzig Lei, und davon gingen hundertzwanzig für die Miete weg, dreißig für die Monatskarte – denn man konnte nicht ewig schwarzfahren –, und jedes Brötchen war dreißig Bani schwer.

Nach drei Wochen läutete ich an der Wohnungstür Nr. 12 im vierten Stockwerk eines ziemlich ansehnlichen Hauses, so wie es mir Iulia gesagt hatte. Iulia war ein altes Hausmädchen und hatte auch bei der Familie Crăciun in Untermiete gewohnt. Sie war dann in die Wohnung ihrer Herrschaften – denn solche gab es noch trotz Kommunisten – gezogen, wo sie ein winziges Zimmer zum Hof hin bewohnte. Bewohnen ist vielleicht zu viel gesagt, denn sie konnte darin weder gerade stehen noch gerade liegen. Sie pflegte mein Kinn in die Hand zu nehmen, meinen Kopf nach links und nach rechts zu drehen und zu sagen, dass sie sich solch einen Sohn immer gewünscht habe, überhaupt ein Kind, doch Gott gäbe und Gott nähme, und ihr habe halt Gott nichts geben wollen. Und als sie dann wegzog, schrieb sie mir ihre Adresse auf und sagte, dass ich auf sie zählen könne, falls ich was brauche.

In der Eingangshalle war der Boden aus weißem, glänzendem Stein, darauf lag ein schmaler, schöner Teppich, und ich kann mich an einen Spiegel mit Holzumrahmung erinnern. Zuerst schien sie erschrocken zu sein, dann aber schaute sie mich von oben bis unten an, sah wahrscheinlich, wie abgemagert und bleich ich war, und sie führte mich eilig durch die Wohnung in ihr Zimmer. Dort sagte sie, ich solle warten. Ich setzte mich aufs Bett, denn stehen konnte ich nicht gut, und es war mir schwindlig vom Hunger, dem hastigen Laufen durch die Zimmer und von dem, was ich in den Räumen gesehen hatte. Darin war der Boden aus Holz, und das nannte man Parkett, und die Teppiche waren dick und dicht geknüpft – sie hießen Perserteppiche –, die Möbel waren aus dunklem Nussbaumholz. Hinter verschiebbaren Glasscheiben waren Porzellanfiguren aus China und Gläser und Flaschen aus Muranoglas ausgestellt. Genau so hatte uns Iulia die Wohnung und ihre Einrichtung in der Küche der Familie Crăciun beschrieben und dabei alles mit den richtigen Namen und der Herkunft benannt. Jetzt erkannte ich alles wieder.

Nach kurzer Zeit kam sie zurück, in der einen Hand hielt sie drei Brötchen, in der anderen Tomaten und gekochte Eier. ›Nimm und iss ruhig. Du hast Glück, dass die Herrschaften nicht zu Hause sind, um diese Zeit sind sie selten hier. Wenn du möchtest, kannst du jeden Tag kommen, nur Gemüse werde ich dir nicht oft geben können, aber drei kleine Brote wirst du immer finden. Du wirst sie hier auf dem Bett immer um diese Zeit finden. Kannst du es dir so einrichten?‹

›Ich kann es mir so einrichten. Problemlos. Welche Strecke ich wähle, um das Geld einzuziehen, ist mir überlassen‹, sagte ich.

›Hauptsache, du kommst über die Feuerleiter und durch den hinteren Eingang, ich zeige ihn dir, und du findest schnell in dieses Zimmer. Dann kannst du aber in Ruhe essen und dich ausruhen. Jetzt muss ich wieder gehen, kaue langsam, nimm dir Zeit, sonst verschluckst du dich, und man hört dich husten. Gott sei mit dir und helfe dir überall, denn umsonst hat er dir Jugend und Kraft nicht gegeben. Bis morgen.‹«

»Diese Frau war ein bisschen wie die Flumians, oder?«, fragte ich Vater.

»Ganz bestimmt, und ich bin insgesamt dreimal bei ihr gewesen. Ich habe sie danach nie wiedergesehen, und als es mir besser ging, habe ich sie vergessen. So ist die Jugend.« Vater war einen Augenblick lang still.

»Ich war also seit zwei Monaten Steueragent, und nicht einmal ein schlechter. Die Menschen gaben, was sie geben mussten, und manchmal noch ein bisschen dazu. Am meisten bekam ich, wenn ich es mit Frauen zu tun hatte. Die hatten eine Schwäche für mich, junge und alte. Vielleicht sah ich einfach nur erbärmlich aus. Abends wurde es schnell dunkel, und obwohl ich mich beeilte, alles bei Tageslicht zu erledigen, verspätete ich mich jedes Mal und war bei Einbruch der Dunkelheit noch unterwegs. Denn manchmal bot man mir Tee und Kuchen an, manchmal stritt man sich mit mir und ließ mich kaum noch los. Und ob es Tee oder Krach gab, hing von der Höhe der Steuer ab, und ich konnte mir täglich ausrechnen, wie viel Verspätung ich am Abend haben und ob ich den Tag mit vollem Bauch oder mit Kopfschmerzen beenden würde.

An einem Novemberabend hatte ich noch zwei Kilometer zu gehen und war vom Schweiß und vom Regenwasser durchnässt. Denn nachdem ich das Geld abgeliefert und mich auf den Heimweg gemacht hatte, war ich an einem Lastwagen vorbeigekommen, und ein Mann hatte mir nachgerufen, ob ich Geld verdienen wollte, und weil ich wollte, musste ich eine ganze Kistenladung ausladen. Also war ich danach unterwegs nach Hause und hatte düstere Gedanken, ich wollte aufgeben und aufs Land zurückkehren. Ich wusste, dass Mutter sehr enttäuscht gewesen wäre – sie, die immer gewollt hatte, dass ich Pfarrer oder Offizier würde – und dass uns der Spott der Leute nicht erspart bliebe. Aber wenn die Nacht so schnell hereinbricht und die Straßen sich so schnell leeren, und wenn man einen dünnen, durchnässten Anzug trägt und sich kaum was leisten kann, dann kommen solche Gedanken, und man kann sich nicht dagegen wehren.

Plötzlich sah ich an der Straßenbahnhaltestelle einen gut gekleideten, kräftigen Mann, und dass ich ihn sah und ihn ansprach und dass er zuhörte und half, das alles ist Zufall. Oder Schicksal. Alles, was danach in meinem Leben folgte, findet an dieser Haltestelle seinen Anfang, denn ich hätte ebenso gut den Boden beackern und einen Nacken wie dein Großvater kriegen können. Ich sprach ihn an.

›Ich möchte Sie um Entschuldigung bitten und werde Sie bestimmt nicht lange aufhalten. Ich sehe Sie so gut gekleidet und denke, wer sich so gut kleiden kann, der kann einem vielleicht helfen.‹ So sprach ich zu ihm, und er schaute mich aufmerksam an und sagte, ich solle weiterreden. Ich erzählte ihm die ganze Geschichte, dass ich das Studium aufgegeben hatte und kaum Geld zum Leben, um über den Winter zu kommen, dass ich nicht zurück ins Dorf wollte, aber wohl musste, und dass dies für meine Familie eine Katastrophe wäre. Ich bat ihn um Hilfe, und ich bekam sie, was sich in meinem Leben mehrmals wiederholen sollte. Er sagte: ›Hör zu, Junge. Viel Zeit habe ich nicht, sonst würde ich mich persönlich um dich kümmern. Aber ich sehe dich entschlossen und gesund, trotz allem. Hier hast du eine Adresse, und morgen solltest du hingehen und nach Herrn Stănculeț fragen. Dem kannst du dann deine Geschichte erzählen, und er wird weitersehen.‹ Er gab mir einen Zettel mit einer Adresse drauf, stieg in die Straßenbahn ein und verschwand. Ich habe auch ihn nie wiedergesehen.

Ich stand also am nächsten Tag frühmorgens auf und säuberte und bügelte erneut meinen Anzug. Das Kleiderbügeln hatte mir die alte Vermieterin beigebracht, ich hatte lange mit Kleidungsstücken ihres Mannes geübt. Mein Staunen war groß, als ich an der angegebenen Adresse ein großes Tor mit Wachen davor fand und dahinter Autos mit speziellen Kennzeichen und ein Gewimmel von wichtigen und weniger wichtigen Leuten. Es gab viele, die eine Uniform trugen, die wichtigen von ihnen trugen Orden und Sterne, und die anderen blieben vor ebendiesen stramm stehen. Das war die Kommandantur der Luftwaffe.

Und jetzt, Kleiner, hör gut zu, was im November 1952 geschah, als dein Vater unentschlossen und eingeschüchtert dastand und nicht wusste, ob er gehen oder bleiben sollte. Denn in ebendiesem Moment kam es wieder auf das Schicksal an, und ich meine – nicht so wie die Kommunisten –, dass es ein Schicksal gibt, denn ich habe es erlebt, als ich es am meisten brauchte.

Als die Wachen auf mich aufmerksam geworden waren und ich weggehen wollte, kam ein junger Soldat auf die Straße, den ich sofort als einen Schulkameraden erkannte, und er erkannte mich auch, und das alles ist Schicksal. Wir umarmten uns, er hörte sich meine Erzählung an und sagte: ›Teodorescu, du wartest hier. Ich hole Stănculeţ.‹ Nun solltest du wissen, dass Stănculeţ Personalchef für die Zivilangestellten war – ein mickriger, dunkelhäutiger Mann aus meiner Gegend –, und nachdem dieser mir aufmerksam zugehört hatte, fragte er: ›Landsmann, hast du heute schon gegessen?‹

›Ich habe seit zwei Tagen nur Brot gegessen.‹

›Seit zwei Tagen nur Brot. Unglaublich.‹ Er schaute meinen Bekannten an. ›Also, bring den Jungen in die Kantine, und er soll genug zu essen bekommen, und danach soll er sich bei mir melden.‹ Er drehte sich zu mir. ›Du hast Glück. Ich habe eine Stelle für dich.‹«

Vater hatte feuchte Augen gekriegt, und seine Stimme zitterte. Ich wusste nicht, was sagen. Er hatte sich wohl an etwas Wichtiges erinnert.

»Der Winter 1952 war einer der kältesten meiner Jugend. Glücklicherweise verdiente ich in der Buchhaltung der Kommandantur mittlerweile das Doppelte eines Steueragentenlohns, und ich hatte mir Kleider und Schuhe kaufen können. Im Februar schneite es eine Nacht und einen Tag lang und dann immer weiter. Nach einigen Tagen war es mir nicht mehr möglich, abends nach Hause zu gehen. Der Schnee lag mannshoch, man hatte darin Wege gegraben, und die Stadt hatte etwas von einem Dorf. Der Verkehr brach zusammen, und ich war gefangen in der Altstadt, denn zweimal täglich zehn Kilometer zu Fuß zurücklegen, das schafft keiner.«

»Fuhren die Leute Schlitten in der Stadt?«, wollte ich wissen.

»Genau. Die Eltern zogen ihre Kinder und die jungen Männer ihre Verlobten hinterher. Manche gingen auch auf Skiern. Es war alles still, und die Zeit schien langsamer zu laufen.«

»Die Zeit kann also doch stillstehen.«

»Nein, das kann sie nicht, aber es kann einem so vorkommen. Ich lebte und arbeitete zwei Wochen lang innerhalb der Kommandantur. Ich wusch mich im Waschsaal der Wachmannschaft, Arbeitskollegen brachten mir frische Kleider, und ich schlief auf einem Tisch im Speisesaal der Offiziere. Die Wachen kannten mich bereits und versteckten mich am Abend, später sperrten sie für mich den Speisesaal auf. Nach Mitternacht spielten wir gemeinsam Karten. Es war keine gute Zeit, aber eine schlechte Zeit war es auch nicht, denn ein bisschen Entbehrung muss sein, sonst wird man fett und bequem und verliert das Gedächtnis. Und dass Entbehrungen gut fürs Gedächtnis sind, das beweist dir doch dein Vater, der sich an sein Leben so gut erinnern kann wie kein Zweiter. Entbehrungen, verstehst du? Wenn du's nicht verstehst, geht's auch in Ordnung.

Im Sommer 1953 wollten sie die Kommandantur verkleinern, und viele von uns hätten entlassen werden sollen. Eines Tages rief mich Oberst Ciocîrlan zu sich, der junge Leiter der militärischen Flugschule, dem ich offenbar aufgefallen war, und sprach so:

›Teodorescu, bist du gesund?‹

›Jawohl, Genosse Oberst. Durch und durch gesund.‹

›Und möchtest du in diesem verdammten Leben was erreichen, Teodorescu?‹

›Natürlich möchte ich was erreichen, Herr Oberst.‹

›Und wenn du etwas erreichen möchtest, Teodorescu, wieso versuchst du es nicht mit der Armee? Du hast für dein Leben ausgesorgt, Essen und Wohnung und Ehre, alles wird zur Verfügung gestellt, und der Erfolg bei Frauen ist nicht zu vernachlässigen, in deinem Alter. Du gäbest einen guten Offizier ab, ich habe mich erkundigt. Wir suchen junge Männer wie dich für die Flugschule. Ein neuer Jahrgang wird zusammengestellt. Passt es, Genosse Teodorescu?‹

›Es passt, Genosse Oberst.‹

Was ich weiter sagte, weiß ich nicht mehr, aber das hat nichts mit dem Gedächtnis zu tun, sondern mit der Aufregung, denn die Armee genoss hohes Ansehen, und was hätte einem Wurm wie mir Besseres zustoßen können? Das Nächste, woran ich mich erinnere, ist, dass ich wieder im Zug sitze und eine Woche Zeit habe, einen guten Empfehlungsbrief von zu Hause zu besorgen. Und ich weiß, dass ich mir in diesem Zug versprochen habe, den Parteisekretär und den Gemeindesekretär mit allen Mitteln zum Unterschreiben zu zwingen oder sie sonst umzubringen.

Aber mein Vater, dein seliger Großvater, war diesmal klüger und hatte dazugelernt, denn er sagte wieder: ›Es wird erledigt‹, und diesmal wurde es erledigt. Er lud die beiden Männer erneut zu uns nach Hause ein, aber diesmal ohne Frauen, und nur die Schnapsflasche kam auf den

Tisch. Sie tranken alle drei so viel, dass sie zum Schluss lallten und stotterten, und Vater lallte am lautesten. Sie erzählten sich Geschichten aus dem Krieg und schweinische Witze, und keiner wollte aufhören, weder mit dem Lachen noch mit dem Trinken. Zum Schluss mussten wir Vater auf die Seite nehmen und ihn an den Sinn des Ganzen erinnern, aber er konnte sich kaum noch an uns erinnern, doch gegen Morgen bekamen wir die Unterschriften, irgendwie.

Als Vater den Rausch ausgeschlafen hatte, kam er zu mir mit Augen wie Zwiebeln und meinte, ich solle nie vergessen, dass sich mein Vater für mich betrunken hatte, und ich solle es auf keinen Fall weitererzählen, woran ich mich bis heute hielt. So kam ich also in die Armee und erfüllte den Traum meiner Mutter.«

Inmitten des Ozeans hörte Vater auf zu erzählen. »Alles andere sage ich dir, wenn du älter bist«, meinte er zum Schluss, und er ließ sich nicht mehr umstimmen. Ich wandte mich wieder den *atmosphärischen Bedingungen* zu – wie der Pilot das Wetter genannt hatte –, schaute mir den Film an und schlief ein.

Kurz vor New York wachte ich auf, und die Pilotenstimme sagte gerade: »Amerika liegt vor uns. Noch dreißig Kilometer.«

New York.
Das Flugzeug kreiste vor der Landung eine Stunde lang über der Stadt. Ich dachte, das sei, weil Vater an Bord war. Unter uns waren die Häuser hoch, da hätte man von ganz oben hinunterspucken können, man hätte nicht gesehen, wo die Spucke landete. Von Zeit zu Zeit sah man sogar den Straßenverkehr, und ständig sahen wir die Freiheitsstatue.

Ich hatte noch nie so etwas Großes gesehen. Nicht einmal die Fontana di Trevi in Rom oder zu Hause das Vaterlandsmonument. Die Freiheitsstatue war aus Frankreich gekommen. Das erzählte uns der Pilot. Ich dachte, das kenne ich. Das ist ähnlich wie bei King Kong. Den haben sie auch auf einem Schiff nach Amerika gebracht. Was groß ist, das kommt immer nach Amerika. Das ist bestimmt der richtige Ort für uns. Wenn die Stadt links von uns war, liefen alle durch das Flugzeug eilig nach links. Wenn sie rechts war, liefen sie zurück. Für »Entschuldigung« und »Dürfte ich mal?« gab es dann Worte, die ich nie gehört hatte.

Herr Sanowsky hatte ein Alkoholproblem wie der Onkel zu Hause. Sein Gesicht war rot, wie wenn man Liebeserklärungen macht oder sich schämt.

Vater und ich hatten das Gepäck abgeholt, und wir standen nebeneinander, Gesicht zum Ausgang. Nach dem Ausgang kam Amerika. Wenn Amerika kommt, hat man Hoffnung, heißt es. Mir war es mulmig, und Vater hatte feuchte Hände.

Herr Sanowsky kam auf uns zu wie auf eine Whiskeyflasche. Das sagte Vater. Er nahm die Hand von Vater und umschloss sie mit seinen beiden breiten Händen. Dann schüttelte er sie kräftig durch. Ich kriegte Klapse auf den Kopf. Die fühlten sich mehr wie Kopfnüsse an. Herr Sanowsky und Vater schienen sich gut zu kennen. Die Sanowskys hatten im gleichen Haus wie wir gewohnt. Wie sie nach Amerika gekommen waren, wusste ich nicht, da Ion, ihr Sohn, nicht krank war. Herr Sanowsky trug einen knielangen, dünnen, abgenützten Herbstmantel, darunter war ein weißes, ärmelloses Unterhemd zu sehen, von der Sorte, wie Vater es trug, wenn er sich morgens rasierte. Der Mantel war zu eng für den Bauch.

»Wir laufen alle so herum, in Amerika. Das ist, damit sie uns nicht beklauen«, sagte Sanowsky, der unsere Blicke bemerkt hatte, und lachte. Das war also ein Witz.

»Na, Kleiner, *how is life*?«, fragte er mich, und mir kam

das bekannt vor. Pietro hatte auf Italienisch das Gleiche gefragt, aber der schaute einen dabei an, und seine Stimme war rau und mild.

Vater setzte sein bestes Lachen auf und erzählte von dem Flug und so weiter, Sanowsky nahm ihm einen Koffer ab.

Die Rolltreppe machte mir Angst. Da wurde es mir allein vom Hinschauen schwindlig. Zu Hause gab es Rolltreppen nur an einem Ort, im Einkaufszentrum, und meistens standen sie still. Vater merkte es und nahm mich auf den Arm. Sanowsky war schon unten angelangt und ging auf den breiten gläsernen Ausgang zu. Unten war eine schattige, kühle Halle, die wir durchqueren mussten. Jenseits davon war es hell. Sanowsky trat gerade durch den Ausgang ins Jenseits, es sah aus wie im Kino, wenn einer aufsteht, und man sieht seinen Schatten auf der Leinwand. Dann buhen und pfeifen die Leute, aber hier war Sanowskys Schatten das Einzige, was wir hatten. Als er durch die Tür ging, hörten wir Straßenlärm. Amerikanischen. Autohupen und spanische Stimmen. Dann ging die Tür hinter ihm zu, und drinnen war es wieder still. Sanowsky setzte den Koffer ab und schaute sich nach uns um. Vater nahm mich bei der Hand, wir liefen auf den Ausgang zu. Der Ausgang ging vor uns auf beiden Seiten auf, das war lustig, als ob der Ausgang wusste, was wir wollten. Das nennt man Technik, und in Amerika gibt es viel davon.

Wir traten hinaus ins Helle.

Als Amerika gebaut wurde, da hatten sie keinen Maßstab dabei, alles geriet, wie es wollte, meistens groß. Wir fuhren auf einer Straße, die sah aus wie die Landebahn von vorhin. Ich sah Ions Umriss auf dem Fahrersitz. Seine Haare waren lang und schwarz. Ich hatte also recht gehabt: In Amerika kann man Rebell sein, und man bekommt dafür keine schlechte Note im Benehmen.

Ion hatte auf dem Parkplatz gewartet. Als er uns sah, stieg er eilig aus, das Gesicht ganz lachend. Ion streichelte mir nicht über die Haare, er gab mir die Hand. Ich wusste nicht genau, wie die Hand geben, aber ich zuckte nicht mit der Wimper. Ich dachte: Guter Typ, von dem bekomme ich sicher keine Kopfnuss.

Wir fuhren in einem Wagen, der war so breit, da hätten wir auch noch die Familie Flumian hineingekriegt. Das Sitzpolster war an manchen Stellen zerschnitten, an der Beifahrertür war eine Riesenbeule und die Farbe abgeblättert. »Das Auto gehört ihm«, sagte Sanowsky und zeigte mit dem Kopf auf seinen Sohn. »Das ist so bei uns. Kaum sind sie sechzehn, fahren sie schon herum. Er hängt an seinem Auto, aber das ist kein Grund. Hängen sollte man nur an Frauen und auch nur so lange, wie sie die Beine spreizen. Aber was soll's.« Er lachte wieder.

Vater schaute mich an. Seine Augen sagten: »Ich hoffe, du hast nichts verstanden.« Um uns herum war alles gelb. »Taxis«, sagte Sanowsky, »die sind so bei uns. Gelb. Wir Amerikaner, wir hängen nur am Geld mehr als am Auto. Im Prinzip ist hier alles gelb und grün. Gelb von den Taxis, grün von den Dollarscheinen.« Das fand auch Vater lustig. Er lachte laut.

Jetzt hatte ich begriffen: Amerika ist, wenn Menschen in Unterhemden in gelben Autos fahren und grüne Scheine zählen. Bald würde auch Vater »bei uns« sagen und mit einem Unterhemd bekleidet herumfahren. Ich würde neben ihm sitzen und das Grüne zählen. Dafür zitterte Vater doch zu stark. Ich drückte die Nase an die Fensterscheibe. Die war kühl, von der Klimaanlage. Das hatte wieder mit Technik zu tun. So was brauchte Vater an den Achselhöhlen, um nicht mehr zu schwitzen. Ich zählte die Metallbalken jenseits der Scheibe. Die standen quer und senkrecht, und weil auch der Ozean dazwischen war, war es schwierig, sich zu konzentrieren. Bei siebenundsechzig hörte ich auf. Die Brücke war länger als jede andere, die wir kannten.

Vater war wie ich verstummt. Er schaute in die Weite, durch die Balken hindurch, dort, wo Oben und Unten zu einer einzigen Farbe wurden. Unten, das war sehr, sehr weit unter uns, man sah die weißen Spuren der Schiffe. Ich zwang mich erneut, Balken zu zählen, damit der Schwindel nicht kam.

Herr Sanowsky drehte sich wieder nach uns um:

»Ja, ja, es ist alles so groß bei uns. Man glaubt's nicht. *Welcome to America*.«

Die Wohnung war dunkel, und man lief auf einem grünen Spannteppich herum, da fühlte man sich wie auf einem Billardtisch. Bevor die Wohnungstür geöffnet worden war, waren fünf Sicherheitsschlösser aufgegangen. Frau Sanowsky trug Hausschuhe, helle Strumpfhosen mit Laufmaschen, einen weißen, fest gebundenen Hausmantel und zwei, drei Lockenwickler. Als Erstes kam sie auf mich zu, zog meinen Kopf an ihren Bauch und sagte: »Na also, da ist er ja.« Frau Sanowsky war fünfzig, und der Morgenmantel roch ungewaschen.

Es gab Tee in Beuteln und Kuchen, der hieß Brownies. Der Joghurt kam aus großen Bechern und hatte zehn Prozent Früchteanteil. Extra fruchtig. Die Becher hatten Aluminiumdeckel mit bunten Farben und lustigen Namen darauf. Den Deckel konnte man langsam abziehen, da war drunter ein Ozean von *extra fruchtig*.

Wir saßen alle um den Tisch herum, und Vater erzählte von Rom und von zu Hause. Als er von zu Hause erzählte, kamen die meisten Fragen. Dann sagte Herr Sanowsky »bei uns«, und sein Blick war trüb. Seltsam. Als ob er nicht richtig wusste, wo sein »bei uns« wirklich war. Das eine Mal war es auf der Brücke über dem Ozean, das andere Mal anderswo. Er sprach leise, und seine Stimme klang nicht mehr metallisch. Am Hals und auf den Wangen wanderten rote Flecken hin und her. Das war wie ein Gesichtssturm.

Ion musste zur Arbeit gehen. Er half in einer Autogarage aus. Er sagte: »Ich zeige dir was«, und nahm mich an der Hand. Wir setzten uns auf ein Plüschsofa, die Farbe erkannte ich nicht richtig, weil es im Raum zu dunkel war. Er zeigte mit dem Finger auf den Fernseher direkt gegenüber und sagte: »Das ist der Fernseher.« Er nahm die Fernbedienung in die Hand und fügte hinzu: »Das ist die Fernbedienung. Um diese Zeit zeigen sie viele Kinderprogramme, die Fernbedienung musst du kennen, um nichts zu verpassen.« Dann ging beim Fernsehgerät ein Licht an, und kurz darauf knabberte Bugs Bunny an einer Möhre. Bugs Bunny ist ein frecher Hase, der weiß, wie man die Leute reinlegt. Aber plötzlich sprang der Fernseher auf Kanal sieben, *Wonderwoman*, und dann weiter auf acht, *Spiderman*. Er blieb länger auf Kanal neun stehen, denn Ion erklärte die Farben und die Helldunkeleinstellung. *Flash Gordon*. Da wurden die Raumschiffe an dünnen Fäden gezogen, und die Außerirdischen waren überhaupt nicht grün. Sie sprachen Englisch und sahen auch sonst wie Amerikaner aus, außer dass sie öfter den Kürzeren zogen. Wenn Planeten explodierten, schauten Flash, die Prinzessin und ihre Freunde durch die Luke des Raumschiffs zu. Davor waren sie in letzter Minute abgeflogen.

Doch die Außerirdischen konnten gar nicht grün sein, denn *Flash Gordon* kriegt man nicht in Farbe, das ist ein Schwarz-Weiß-Film, und Ion bemühte sich vergeblich um mehr Farbe. »Alles Weitere am Abend«, sagte er, dann gab er mir die Fernbedienung und schloss viermal die Wohnungstür hinter sich ab. Das fünfte Schloss ging nur von innen zu, darum kümmerte sich Frau Sanowsky.

Vater kam auf mich zu. »Ziehst du die Schuhe nicht aus?«

Ich zog sie aus. »Ziehst du die Jacke nicht aus?« Ich zog sie aus. Erwachsenen muss man immer solche Gefallen tun, sonst geben sie keine Ruhe. Tut man, was sie wollen, dann finden sie ihr Kind wirklich gut erzogen. Sie gehen dann zu den wichtigen Dingen über. Man muss ihnen dabei einfach ein bisschen helfen.

Im Fernsehen kehrte Flash gerade zur Erde zurück. Nach Amerika. Das ist nämlich so: Wenn die Außerirdischen kommen, ist es besser, in Amerika zu sein. Alles andere wird Außerirdischenland. Russland zum Beispiel. Dort arbeiten dann alle in Minen, um Erz für die Raumschiffe herbeizuschaffen.

Flash hatte seine Mission erfolgreich beendet. Die nächste Mission würde ich am nächsten Tag zur gleichen Zeit auf dem gleichen Sender sehen. Das sagte die Stimme im Fernsehen. Man sah Flashs Raumschiff zwischen den Wolken. *Aufbruch zu einem neuen Abenteuer. Flash gegen die Feinde der Erde.* Dann kam die Werbung.

Werbung kommt immer plötzlich. Man bekommt fast Angst davor. Da war Flash doch gerade dabei, wichtige Worte zu sprechen, und schon wurden Cornflakes gegessen, und danach machte Pepsi glücklich. Da soll sich einer noch an Flashs Worte erinnern. Dabei war doch nur eines wichtig: Was sagt Flash zur ganzen Welt? Auf Englisch.

Kaum war die Flasche leer getrunken und das richtige Abwaschmittel benützt worden, da machte es *peng* und *wow* im Fernsehen. Batman und Robin. Die trugen Masken wie im Karneval, aber ihnen war es ernst. Sie hatten kein Raumschiff, sondern ein Batmobil, und Pinguin musste sich in Acht nehmen.

Amerika. Das Schöne daran war: Hier lebten die Helden. Es gab einen für jede Lebenslage. Für über der Erde, für sehr weit über der Erde und für unter der Erde. Flash war zuständig für sehr weit über der Erde, während Batman über der Erde und darunter kämpfte. Versteckten sich die Bösen hoch oben in den Wolkenkratzern, dann kroch Spiderman hin. Nur Superman, der konnte alles, der war mein Liebling.

In der Sendung *TELEENCICLOPEDIA* hatten sie einmal gesagt, die Helden hätten früher in Griechenland gelebt. Wenn das stimmte, fragte ich mich, wie waren sie dann nach Amerika gekommen? Hatten sie ein Einreisevisum beantragt? So wie Vater und ich? Und wenn das stimmte, dann würden ich und Vater Helden werden? Oder musste man es schon vorher gewesen sein?

Ich glaubte damals nicht wirklich an Griechenland. Ich glaubte, dass die Helden schon immer in Amerika gelebt hatten. Alles andere erfand wohl die Werbung.

In der Wohnung war es dunkler als zuvor. Ich lag auf dem Sofa und wusste einen Augenblick lang nicht, wo ich war. Ich suchte nach den Rissen an der Decke, jene, die wie Flussläufe aussahen. Doch man sah die Decke nicht, sie war zu weit oben und schwarz. Dann merkte ich, dass ich zugedeckt und der Fernseher ausgeschaltet war. Hinter mir, irgendwo, war Licht, und Vaters Stimme flüsterte. Sie erzählte, und ich hörte zu. Es war angenehm.

Vater erzählte, zu Hause sei alles katastrophal. Die Partei, die sei schlimmer als eine Naturkatastrophe. Wenn die Erde bebe, würden einige Tausend sterben und die Übrigen weiterleben. Man baue dann die Häuser und die Straße wieder auf. Mit der Partei könne man weder leben noch sterben. Vom Aufbau könne man gar nicht reden. Das sei wohl das Leichteste, vom Aufbau des Kommunismus zu reden. Gute Straßen und Wohnungen zu bauen, das sei etwas schwieriger.

Vater konnte schön reden. Das mochte ich an ihm. Er

brauchte keine Mikrofone, damit man ihn ernst nahm. Aber solche Sätze kannte ich von zu Hause. Er sagte sie zu Mutter und Mutter zu ihm, wenn das Licht ausging oder die Heizung abgedreht worden war.

Ich fiel in einen Halbschlaf, und ich stellte mir vor, dass ich Superman sähe; er flog über unser Land, stopfte im Nu alle Schlaglöcher auf den Straßen, baute im Handumdrehen unzählige schöne Wohnungen, ließ warmes Wasser in Unmengen fließen und wischte den ganzen Staub von den Straßen und den Menschen. Hinter ihm glänzte alles, als ob die Werbung gerade dort gewesen wäre. Kurz vor der Hauptstadt machte Superman einen Halt, drehte sich um, mit einer Handbewegung bekam alles Farbe, was vorher schwarz-weiß gewesen war. Dann flog er in die Hauptstadt, packte den Obergenossen am Kragen, hob ihn hoch, setzte ihn auf seinen linken Oberarm, spannte den Bizeps an, wodurch der Obergenosse durch die Luft geschleudert wurde und schließlich auf dem rechten Oberarm landete. Superman wiederholte das mehrmals, bis der Obergenosse im Gesicht weiß wurde und erbrechen musste. Danach packte er ihn erneut am Kragen und flog ins Weltall hinaus, wo er ihn auf einem leeren Planeten zurückließ. Als Superman in der Hauptstadt landete, auf dem Balkon der Parteizentrale, da klatschten alle, und Superman hatte Vaters Gesicht.

Ich hörte, wie eingeschenkt wurde, und Frau Sanowsky stellte eine Frage, die ich nicht verstand. Vater antwortete: »Niemand kann es wirklich sagen. Entweder bleibt sie mehr oder weniger stabil, oder es geht mit den Muskeln allmählich bergab.« Ich verstand, dass es um meine Krankheit ging.

Frau Sanowsky fragte: »Aber, wo kommt sie her, bei euch in der Familie hat sie sonst niemand, oder?«

»Niemand. Aber das kommt manchmal vor, eine Spontanmutation, oder so ähnlich. Die Gene tun, was sie wollen, und am Schluss bleibt uns nichts anderes übrig, als zu leiden. Jetzt hat es ihn erwischt. Aber ihm erzählen wir nichts davon, er fragt auch nicht. Er ist so intelligent, er würde es womöglich verstehen und dann leiden. Zu früh, zu früh.«

»Ja, ja, er hat so einen wachen Blick und ist so hübsch. Hoffentlich findet die Medizin bald was. Der Arme.«

»Zumindest eins haben die Dummköpfe verstanden. Dass ich weggehen und irgendwas versuchen musste. Die Verzweiflung, damit lässt sich die Bürokratie erwischen.«

Ich wollte nicht *Armer* genannt werden. Schließlich war Vater stolz, wenn bei uns zu Hause Besuch kam, sie mich zu sich riefen, die üblichen Fragen stellten und ich auf jede Frage eine Antwort wusste. Dann machte ich ihnen Freude. »Wie heißt der Ozean im Osten von Afrika? Und wie die größte Wüste der Welt? Und der längste Fluss?« Weil ich die Antworten schon wusste, streute ich hie und da noch ein »Hmm« ein, um es spannender zu machen. Und ich erkannte alle ausländischen Sänger nach der ersten Textzeile. Vater nahm mich auf den Arm, drehte das Radio lauter und fragte: »Wer ist das?« »Joe Dassin.« »Und das?« »Tom Jones.« »Und der?« »Gilbert Bécaud.« Es war eine Art Quiz, aber anstatt Preise gab es Staunen und Lob.

Ich war ziemlich wütend auf Vater. Ich nahm mir vor, es ihm irgendwann zu sagen. Irgendwann in zwanzig Jahren.

»Hast du überlegt, was du jetzt hier tun möchtest?«, fragte Frau Sanowsky weiter.

»Ich möchte, dass Spezialisten sagen, was es überhaupt ist. Vielleicht lässt sich was machen. Hier in Amerika. In Amerika lässt sich eher was dagegen machen. Bei uns nicht.«

Ich verstand nur, dass Vater etwas mit der Verzweiflung hatte. Und die Verzweiflung mit der Krankheit. Was es hieß, verzweifelt zu sein, verstand ich nicht. Ich war es nie gewesen. Das hatte uns also nach Amerika gebracht: Verzweiflung.

Dann überlegte ich, was die Geschichte mit der Mutation bedeutete. Vater hatte es einmal erklärt. Irgendetwas, was ich in mir trug und winzig klein war, war plötzlich zu was anderem geworden. Das war sehr, sehr früh passiert, danach wurde ich krank. Zunächst war also alles einfach. Dann wurde alles kompliziert.

Das ist so ähnlich wie mit den Mädchen: Man wünscht sich einen Kuss, aber gleich danach wissen die Hände nicht mehr, was sie tun, und der Mund, was er sagen soll. Ich hatte es ja bei Antonia und Alfonso gesehen. Wenn das Mädchen später mit einem anderen rummacht, wünscht man alle zum Teufel. Das hatte Pietro über Francesco gesagt, nachdem er verlassen worden war. Meine Krankheit hingegen konnte ich nicht zum Teufel wünschen. Sie wäre nicht einfach so gegangen. So wie die Partei. Die ging auch nicht, obwohl Vater sie täglich dorthin wünschte.

In jenem Moment wurden vier Schlösser von außen aufgedreht. Danach klingelte es wild an der Tür. Jemand stand hinter mir auf, und ich erkannte die Geräusche eines Morgenmantels in Bewegung. Frau Sanowsky öffnete das fünfte Schloss, jemand kam herein, dann hörte ich Schritte zum Wohnzimmertisch hin, ein Stuhl wurde gerückt, und etwas Schweres setzte sich drauf.

»Teodorescu, ich habe Arbeit für dich.« Die Stimme klang metallisch. Herr Sanowsky war inzwischen weg gewesen.

Vater wurde Geldeintreiber. *Geldeintreiber.* Das Wort sagte Herr Sanowsky, und er lachte dabei hämisch. »Die Neger treiben es bei anderen und wir bei ihnen ein. Die leben wie in einem Schweinestall, alles verbrannt, verdreckt. Wenn da einer mal die Tür öffnet, hält man sich besser die Nase zu. Sie zahlen monatelang ihre Miete nicht, da bleibt uns nichts anderes übrig, als persönlich vorbeizuschauen. Du, Teodorescu, musst nur hinter mir stehen und ein ernstes Gesicht machen. Für die Drohungen bin ich zuständig. Ich kenne mich aus und habe schließlich den Baseballschläger dabei. Traust du dir das zu?« Das sagte Herr Sanowsky am Abend zu Vater.

Am Morgen stand Vater um sieben Uhr auf. Er versuchte, den Wecker schnell auszuschalten, aber er fand ihn nicht gleich, und seine Hand fiel mehrmals auf den Nachttisch. Es war wie am ersten Schultag oder wie an Tagen, wenn Prüfungen waren. Dann war im Bauch so etwas wie ein Loch und im Kopf auch. Ich wusste, dass Vater auch so was wie ein Loch im Bauch hatte und am liebsten gar nicht aufgestanden wäre. Im Nebenzimmer hatte sich Herr Sanowsky gerade ein Glas irgendwas eingeschenkt. Am Geruch erkannte ich es immer. Bourbon, davon wurde mir übel.

Vater ging hinaus. Draußen grüßte ihn Herr Sanowsky. Knapp. Die Stimmen waren tiefer als sonst. Morgenstimmen. Vater kehrte nach fünf Minuten zurück, sein Oberkörper war feucht. Er hielt die Pyjamajacke auf dem Arm und legte sie sorgfältig am Bettende hin. Ich richtete mich im Bett auf und schaute ihm zu. In wenigen Minuten war alles vorbei. Schneller als sonst. Seltsam. Wenn ich vor einer Prüfung Bammel hatte, versuchte ich immer, Zeit zu gewinnen. Dann wollte ich plötzlich ein Butterbrot mehr und sogar duschen. Am Anfang war Gabi, das Hausmädchen, verzweifelt gewesen. Danach hatte sie mich durchschaut. »Schau, dass du die Prüfung nicht verpasst, Schlitzohr«, hatte sie gesagt und meine Mütze tiefer ins Gesicht gezogen.

Vater gab mir einen Abschiedskuss. Den ersten in Amerika. Er war noch nicht so gekonnt wie diejenigen in den Filmen, und in die Höhe hob er mich auch nicht, bestimmt, weil die Nacht noch auf uns lag. Die Nacht lässt einen immer schwerer wiegen, man muss sie erst herauswaschen.

Zuvor ist auch die Schwerkraft größer, und man kann nicht anders, als die Füße am Boden schleifen zu lassen. Mit der Seife aus der Werbung wird man dann leichter. Vater sah auch nach dem Waschen immer noch nach hundert Kilogramm Gewicht aus. Der Bammel eben.

»Hör auf Frau Sanowsky«, sagte er. »Sie hat dich gerne. Du kannst schon der Signora Maria schreiben, wenn du willst.«

Aus dem Fenster und durch die Stufen der Feuerleiter hindurch sah ich Vater und Herrn Sanowsky zum Auto gehen. Herr Sanowsky versuchte, ein schmales, glattes Holzstück in den Ärmel seiner Jacke zu schieben. Es fiel immer wieder heraus, und er fluchte.

Das Haus hatte einen Vorgarten. Das hieß nicht, dass wir bei reichen Leuten wohnten. In Amerika hat jedes Haus einen Vorgarten. Da ist ein Zaun mit spitzen niedrigen Stäben, jenseits und diesseits ist Beton, manchmal ist diesseits auch ein wenig Gras. Das, was diesseits ist, nennt man Vorgarten. Auch an unserem Wohnblock zu Hause zog sich ein schmaler Grasstreifen entlang. Gegen die Straße hin wurde er durch Sträucher abgegrenzt. Die Sträucher wuchsen wild in die Höhe, sie wurden zweimal im Jahr gleichmäßig abgeschnitten. Auf dem Grasstreifen pflanzte man symmetrisch Rosensträucher an.

Ich wartete den ganzen Tag im Vorgarten. Ich saß auf einem Stuhl, ganz nah beim Hauseingang, nicht an der Straße. Ich hielt die Beine gekreuzt und schaukelte hin und her. Ich schaute zu den Füßen hin, die Schuhspitzen waren abgeschabt, das kommt davon, wenn man die Fußspitzen nicht richtig heben kann. Man tritt in den Boden, und Vater muss Schuhcreme besorgen. Oder neue Schuhe.

Frau Sanowsky sagte: »Nicht weiter als bis zum Zaun.« Das war überflüssig. Ich war gar nicht vom Stuhl aufgestanden. Durch das offene Fenster hatte sie »Alles o. k.?« gerufen. Ich hatte »Alles o. k.« zurückgerufen und mich wirklich wie in Amerika gefühlt. Ich hätte mir nur noch Kaugummi im Mund gewünscht. Frau Sanowsky kam einmal heraus und wickelte mir ein Tuch um den Hals. Insgesamt liefen siebenundzwanzig Personen vorbei. Es wurde dunkel.

Als Vater nach Hause kam, erkannte ich ihn von Weitem. Ich lief zum Zaun, aber Vater lachte nicht. Wenn er nicht lächelte, dann war es nicht gut gelaufen. Herr Sanowsky versuchte bis vor dem Haus, das gleiche Holzstück von vorhin in denselben Ärmel zu schieben. Es ging nicht. Er schleuderte es mit dem Fuß gegen das Vorgartentor.

Vater trug immer noch hundert Kilogramm auf sich. Er hob mich hoch und trug mich hinein. Viele Kilogramm. Aber Vater machte es keine Mühe, mich zwei Stockwerke hochzutragen. Ich war oft neidisch auf Leute ohne die Krankheit mit dem Menschennamen. Die gingen Treppen in der Mitte hoch; wenn sie wollten, gingen sie träge, wenn nicht, eilig. Am Geländer oder an den Wänden mussten sie sich nicht stützen, und wenn sie wollten, stellten sie nur die Fußspitze auf die Stufen. Ihre Beine wollten immer, wie *sie* wollten. Bei mir war das anders.

Aber auf Vater war ich nicht neidisch. Väter brauchen gesunde Beine, um Kinder hochzuheben. Damit sich Kinder wohlfühlen. In den Armen von Vater fühlte ich mich wohl, das Halstuch brauchte ich nicht mehr. Mir war es auch so warm.

Es gab Bier in Dosen, Bohnen mit Hamburger und Apple Pie mit Sahne, davon bekam ich zwei Stück. Als Vater den Griff der Bierdose hochzog, zitterte die Hand mehr als sonst.

Vater schlief danach schlecht, wälzte sich oft im Bett und schwitzte. Manchmal stand er in der Nacht auf und trocknete sich leise ab. Das Handtuch legte er abends auf einen

Stuhl, griffbereit. Am Morgen fand die Hand den Wecker schnell. Ich brauchte nicht aufzustehen, aber ich wollte durch die Stufen der Feuerleiter Vater hinterherschauen. Herr Sanowsky hatte den Knüppel manchmal dabei, manchmal nicht, denn Geld eintreiben war nur Ende des Monats dran, sonst standen andere Arbeiten an.

»Teodorescu, du hältst dich gut«, sagte Herr Sanowsky nach einer Woche. »Für einen Intellektuellen. Der Neger, der im fünften Stock, der macht sogar mir Angst. Ich weiß auch nicht, aber bei dir ist er wie ein Lamm. Vielleicht wegen der grauen Haare.« Herr Sanowsky wusste nicht, dass Vater schlecht schlief und im Schlaf schwitzte. Und dass er mit dreißig ergraut war, das kam vom Armsein und dem Problemehaben, sagte Vater.

Probleme haben die Farbe Weiß, denn sie färben auf die Haare der Leute ab, wenn man welche hat.

Die grauen Haare standen Vater gut. An den Schläfen ließ er sie länger wachsen, oben machte er den Scheitel immer links. Sonst am Körper waren Vaters Haare schwarz. Auf den Armen wuchsen sie von den Ellbogen bis zu den Händen und auf die Handrücken. Manchmal nahm ich Vaters Hand und stellte sie neben meine. »Da also werden Haare wachsen, und da, und da.« Weil ich noch keine sah, holte ich die Lupe. Nichts. Wie die Wüste. Vater lachte. Haare wuchsen bei Vater auch um den Bauchnabel und auf der Brust. Das sah ulkig aus, und ich fragte mich, wozu es so was gab.

Die Haare im Gesicht gibt es zum Beispiel dazu, damit man sich rasiert. Gott sei Dank, denn gäbe es das Rasieren nicht, so gäbe es auch keine Rasierklingen, um die schlechten Diktatnoten zu korrigieren. Und dann hätte ich im Gesicht nicht Haare, sondern Röte von den Ohrfeigen.

Beim Rasieren fühlt man sich bestimmt wie ein Mann. Frauen können so etwas nicht. Man steht im Bad vor dem

Spiegel und setzt die Klinge beim Ohr an. Dann gleitet man damit hinunter bis zum Kinn, dann setzt man neu an.

Es war seltsam, dass Vater dabei nicht zitterte. Er kannte jeden Griff. Schnitt er sich, so drückte er kleine, dünne Papierstücke drauf.

In der Sendung TELEENCICLOPEDIA hatte man erzählt, dass der Mensch vom Affen abstamme. Männer sind dann wie Affen mit Haaren auf Zeit. Zuerst geht den Haaren die Farbe aus, dann fallen sie selber aus.

Der Lieblingssport von Vater und mir in Amerika wurde das Wrestling. Bei Wrestlingübertragungen saßen wir auf dem Sofa. Ich trug einen Bademantel, der ging bis zum Boden. Zuvor wurde im Bad das Wasser eingelassen, ich stieg ein, und Frau Sanowsky kam und seifte mich ein. Die Badeabende stimmten überein mit den Wrestlingabenden. Das Wasser war zuerst grün, dann weiß und der Schaum flockig. Am Boden der Badewanne, um den Abfluss herum, war Schwärze. Ich hielt meine Füße so gespreizt, dass sie nicht an die Schwärze kamen.

Dann setzte ich mich immer neben Vater, und Toni knöpfte sein Hemd auf und ging ins Bad. Vater trocknete mir die Haare und flüsterte: »Der bleibt bestimmt nicht lange drin.« Vater und ich hatten die Theorie, dass Toni Sanowsky sich gar nicht wusch. Er tat nur als ob. Beim Wort *drin* lief er tatsächlich schon wieder hinaus und knöpfte sein Hemd zu.

Vater, Toni – denn ich durfte ihn jetzt so nennen – und ich saßen an Wrestlingabenden nebeneinander auf dem Sofa. Zehn Uhr. Das rote Licht am Fernsehgerät ging an. Im Fernsehen waren ganze Kerle zu sehen, und die taten sich schlimme Dinge an, doch alles sah nach mehr aus, als es war. Vater und ich stritten darüber, was wahr war. Toni machte immer wieder *psst*, *psst*, manchmal übersetzte er:

»Der da beleidigt jetzt den da, den mit der Tätowierung rechts, und fordert ihn heraus für nächste Woche, dann will er ihm zeigen, was es heißt, ein harter Bursche zu sein und ein echter Amerikaner dazu. *Psst, psst,* und jetzt meint der andere, er werde ihm schon einen mexikanischen Faustschlag auf das amerikanische Auge drücken. *Psst, psst ...* und jetzt, äh, das ist der Manager vom Ersten, ähh ..., habt ihr gesehen? Der hat das Mikrofon abgebissen.«

Wir hatten gesehen und uns gewundert, wir schaukelten alle drei nach hinten und nach vorne je nach Dramatik des Kampfes. Durch das Hemd sah ich das Fett am Bauch von Toni. Darauf waren viele schwarze Haare.

Ich versuchte, mir alles einzuprägen, um es später Mutter und den anderen Kindern zu erzählen. Jene, die in den Ring stiegen, waren nur halb bekleidet. Was sie zusätzlich anhatten, zerrissen sie, einfach so, weil sie wütend waren. Bevor sie in den Ring stiegen, durchquerten sie den Saal, und die Menschen pfiffen sie aus. Das waren die bösen Helden. Bei den guten Helden riefen alle ihre Namen und wollten ihnen die Hand geben. Im Ring sagten die Guten und die Schlechten böse Worte, und die Blicke waren wie Eis. Dann ging jeder in seine Ecke, zog an den Seilen, machte Drehungen und Beugungen. Die ganze Zeit vermuteten wir: »Der ist stärker. Nein, der ist stärker.«

»Nein, nein, der da muss gewinnen. Der ist doch ganz hinterhältig.«

»Ja, ja, aber der andere ist nicht schlecht gebaut, wer weiß.«

War einer schlechter gebaut und der andere ganz böse, dann meinte Toni: »Der wird massakriert, die Bohnenstange wäre lieber zu Hause geblieben.« Vater sprach über Mitleid mit dem »armen Kerl«. Toni erwiderte: »Mitleid? Ist doch selber schuld.«

Dann verließen beide plötzlich ihre Ecken und gingen aufeinander los. Sie packten sich gegenseitig am Nacken und beugten sich nach vorne, fast hätten sich ihre Köpfe getroffen. Der Böse führte einen Griff aus, da stand der andere benebelt herum, und wir wussten es: Der Ärmste war wirklich selber schuld. Manchmal traten zwei gegen zwei an, manchmal waren sie maskiert, tätowiert oder geschminkt. Manchmal stellten sie hohe Gitter auf, damit keiner aus dem Ring gehen konnte. Manchmal war es besser als Superman.

Anfang Dezember stiegen wir alle ins Auto und fuhren nach Washington. Vater hielt mich auf seinen Knien, und durch einen schmalen Fensterspalt war mein Gesicht feucht geworden. Ich hielt mir die Augen zu und stellte mir vor, das Feuchte sei von den Niagarafällen, und ich müsse ständig daran denken, ob ich springen oder nicht springen wollte. Mit den Zehen berührte ich schon den Felsrand, dann kam der Ruf von Marilyn Monroe hinter mir, und ich war gerettet. Den Film hatten sie am Abend zuvor gezeigt, Vater und Toni waren noch außer Haus gewesen.

In Washington schauten wir uns das Weiße Haus an. Dort wohnte der Obergenosse der Amerikaner, und was der da drinnen sagte, hörte man bis nach China. An den Wänden hingen große Bilder mit dicken Rahmen. Das waren auch Obergenossen gewesen. Die waren schwer, die Bilder. Die Schwere sieht man den Dingen nicht an, man denkt es, weil sie groß sind. Dabei müsste doch auch ein großer Kummer oder eine lange Reise sehr schwer sein.

Vater schaute im Weißen Haus kurz durch ein riesiges Fenster in die Stadt hinein. Alles war Wolken und Regen. Ich stand hinter seinem Rücken und schaute ihn an. Er hatte immer noch etwas vom Vater, dem das Fahrrad gestohlen wurde, aber er hielt sich schon etwas besser. Er hätte einen tollen amerikanischen Obergenossen abgegeben. Ich rechnete in Gedanken nach: In fünf Jahren hätten wir Amerikaner sein können. Vater war 1933 geboren, in fünf Jahren wäre er neunundvierzig geworden. Amerikanischer Obergenosse sein, das war noch möglich.

Vater, Toni und ich setzten uns vor einem Flügel des Weißen Hauses in Pose. Es gab ein hübsches Foto, und ganz ohne Kuckuck. Ich wollte es nach Hause schicken, als Beweis, dass wir dort gewesen waren.

Einige Tage nach unserer Rückkehr aus Washington war ich mit Toni ausgegangen. Er nahm mich an die Hand. Zunächst war ich ein bisschen erschrocken, denn er hatte große, schwere Hände, und die Finger hätte man als Korken für Weinflaschen gebrauchen können. Unsere Hände wollten nicht so richtig ineinander passen. Schließlich hielt er meine Hand fest, als ob sie eine überreife Frucht wäre, deren Haut beim kleinsten Druck nachgegeben hätte. Hätte er nur ein bisschen fester gedrückt, so hätte er sie mir zerquetscht. Zuvor hatte Toni seiner Frau versprechen müssen, dass er vor dem Kind keinen Tropfen Alkohol trinken würde. Das Kind war ich.

Wir gingen fünf Häuserblocks weit – in Amerika misst man alles in Häuserblocks – und bogen dann nach links ab, dann weitere drei Häuserblocks geradeaus und bogen nach rechts ab. Uns begegneten insgesamt sieben Menschen, und fünf Autos fuhren vorbei, drei in unsere Richtung, zwei in die Gegenrichtung. Am Anfang ging Toni hastig und schnell und zog mich hinter sich her. Dann blieb er plötzlich stehen, wischte mit den Korkenfingern den Schweiß von meiner Stirn ab und sagte: »Ich habe es vergessen. *Sorry.*« Er nahm meine Hand wieder, sein Schritt war jetzt wie meiner, langsam und schwer. Es gefiel mir, dass Toni »*Sorry*« sagte, da war wohl gerade etwas Gewichtiges zwischen uns passiert.

Im Einkaufszentrum war es wie auf dem Flughafen. So

große Geschäfte hatte ich nie gesehen, auch in Rom nicht. Der Laden war so groß wie ein Fußballfeld und überfüllt mit dem, was die Amerikaner zum Leben brauchten. Dafür brauchten sie keine Beziehungen. Man konnte darin spazieren wie in einem Park, in die Olivenölallee einbiegen, auf den Frischkäseplatz zulaufen und im Vorbeigehen das Rasenmähermonument bewundern, beim Colabrunnen am Fuße des Haushaltsgerätehügels konnte man schließlich ausruhen.

Toni sagte: »Hefte dich an meine Fersen, sonst gehst du mir verloren, und die alte Sanowsky zerschlägt zu Hause die Scotchflasche auf meinem Schädel.« Ich heftete mich, so gut ich konnte, an seine Fersen, aber ich hätte dafür besser den extrastarken Klebstoff aus der Do-it-yourself-Gasse genommen. So jedoch ging ich nach wenigen Metern verloren, auf der Spielzeuginsel, als ein roter Sportwagen in seiner hübschen Verpackung mir mit dem linken Scheinwerfer zuzwinkerte. Für mich war das wie für Ion der Wimpernschlag seiner Freundin. Dafür ging er auch nachts aus dem Haus, und in Brooklyn war es wirklich keine Freude, nachts unterwegs zu sein. Ich nahm also jetzt Risiken auf mich, und ich bemerkte erst nach Minuten, dass Toni verschwunden war.

Ich lehnte mich an das Gewürzegestell und überlegte: Nun gut, ich bin in Amerika, und ich kann ein bisschen Englisch. Wenn Toni nicht mehr kommt, findet mich bestimmt irgendein Polizist, und dann adoptiert mich eine amerikanische Familie, eine reiche, die selber keine Kinder haben kann. Später gehe ich aufs College und kriege Krach mit meinen Eltern, weil sie nicht meine richtigen Eltern sind, und ich breche auf und suche Vater und Mutter. Wenn ich sie finde, bringe ich sie nach Amerika, versöhne mich mit den Adoptiveltern, und wir leben alle glücklich. Solche Geschichten sah ich oft im Fernsehen.

Glücklicherweise haben Amerikaner in ihren Läden Sprechanlagen, da findet man schnell zueinander, man braucht nur eine Suchmeldung durchzugeben. Als ich meinen Namen hörte, fragte ich mich zunächst, wer mich rief. Ich schaute nach links, dann nach rechts, aber mit der Intelligenz, auf die Mutter so stolz war, wusste ich gleich, das war Toni gewesen, und ich war gerettet. Für einen Augenblick war ich enttäuscht darüber, dass ich die reiche amerikanische Familie nicht kennenlernen und Vater und Mutter nicht aus unserem Land retten würde.

Nach dem Einkaufen gingen Toni und ich zweimal an der gleichen Bar vorbei. Ich dachte, was hat denn Toni, dass wir die Straße immer rauf und runter gehen müssen? Jedes Mal wurde der Druck seiner Hand stärker, bis es mir fast wehtat. Das dritte Mal entschied er sich und zog mich hastig hinter sich her und durch einen dunklen Eingang in die Bar hinein. Das war also eine amerikanische Bar: dunkel, verraucht und mit müden Menschen drin. Auf Barstühlen saßen drei davon, zwei waren wirklich sehr müde, sie stützten sich, um nicht abzurutschen. Toni sagte: »Kein Wort darüber zu Hause, verstanden?« Ich mit meiner Intelligenz hatte verstanden, dass Toni seinen Schädel schonen wollte, dies war jedoch eine Bar, und die kannte ich von Rom. Dort durfte ich mit Vater und Pietro hinein, wenn sie ihren *digestivo* tranken. Dann kriegte ich ein Glas warme Milch und eine Brioche.

Toni zeigte mit dem Kinn auf einen leeren Stuhl und nahm Platz daneben. Da ich von alleine nicht hinaufsteigen konnte, packte er mich unter den Armen und hob mich hoch. Er setzte mich vorsichtig darauf, dann fragte er mich: »Sitzt du bequem?« Erst dann ließ er mich los. Toni konnte angenehm sein, wenn er wollte.

»Hör zu, ich habe versprochen, dass ich vor dir nichts trinken werde, also werde ich vor dir nichts trinken. Wir umgehen das, wir sind schlauer als die Hexe. Jedes Mal, wenn ich ein Gläschen leere, drehst du dich um. Verstanden?« Ich stimmte zu und drehte mich um. Anfänglich gab Toni nach jedem Glas ein Zeichen, wenn ich mich wieder zu ihm hindrehen durfte. Zwischen zwei Gläsern fragte er mich, was ich haben wollte.

»Milch und Brioche.«

»Eine Coke für den Jungen.«

Nach dem vierten Glas gab Toni keine Zeichen mehr, und ich drehte mich auf dem Stuhl, wie es mir gefiel. Toni sprach nicht und sah komisch aus. Er starrte den Spiegel vor uns an und beugte sich immer weiter über die Theke. Da ich mich langweilte, schaute ich herum. So eine Bar hatte ich in Italien nicht gesehen. Die hier war fast fensterlos, in einer Ecke war eine Musikbox und überall Tische und Bänke aus dunklem Holz. In Italien waren die Bars hell und eng, an der Theke stand man, man trank schnell aus und ging. Hier, in Amerika, hatte man offenbar ein Problem, wenn man tagsüber in die Bar ging, und man zog den Kopf ein, wenn man es tat. Wenn man schon drinnen war, blieb man länger.

Solche Bars gab es auch in Westernfilmen, solchen mit John Wayne. Der kam herein, und man hörte die Klaviermusik. Er stand an der Theke, und müde Männer belästigten ihn. Mit denen wurde er schnell fertig. Größere Probleme machten ihm andere, jene, die ihn verfolgt hatten und nach ihm hereinkamen. Aber die sah er durch den Spiegel hinter der Theke, und er war bereit. Er hatte alles unter Kontrolle. Wenn er sein Glas absetzte und sich umdrehte, verstummte die Musik, und die Pokerspieler verließen hastig den Saal. Dann gab es *bang, bang,* bis der Sheriff kam und die Schlechten verhaftete. Manchmal war John Wayne selber der Sheriff.

Toni hatte sich plötzlich aufgerichtet. Er roch nach dem

Glasinhalt. Er sprang vom Hocker auf und setzte seine Füße auf die Einkaufstaschen, die auf dem Boden lagen. Aus den Milchtüten floss Milch. Er zahlte, nahm mich an der Hand, in die andere nahm er die Einkaufstaschen, und wir gingen hinaus. In einer Nebengasse warf er die Milchtüten weg und holte aus einem Laden neue Tragetaschen.

Kurz vor unserem Haus gab er mir die Einkäufe und sagte: »Kannst du die tragen? Gut. Geh heim und sage, Toni habe was erledigen müssen und er komme später heim. Sag, Toni habe keine Milch bekommen.« Er wartete, bis ich vor unserem Haus war, und ging dann in die entgegengesetzte Richtung. Ich dachte: »Seltsam, wenn der Onkel besoffen ist, geht er immer geradewegs heim. Was hat denn Toni für ein Problem damit?« Ich läutete. Als ich mit den Einkaufstaschen beladen in die Wohnung eintrat, saßen Vater und Ion im Wohnzimmer. Frau Sanowsky kam auf mich zu und nahm mir die Taschen ab. Sie fragte nichts über Toni, und ich war erleichtert, dass ich nicht lügen musste.

Vater hatte ein Loch im Ärmel. Er saß auf dem Sofa und hielt den Hörer ans Ohr. Frau Sanowsky hatte nachts bei uns geklopft: »Marius, ein Anruf von zu Hause.« Vater hatte im Dunkeln den Pullover angezogen, es war kalt geworden in Brooklyn.

»Wir haben einen Termin beim Arzt. Bald«, sagte Vater zu Mutter. Wir hatten einen Termin beim Arzt? Ich zuckte zusammen, denn ich wusste nichts darüber. Vater sagte mehrmals »ja, ja, ja«, meinte »wir denken bereits an Rückkehr«, wobei er Rückkehr so betonte, dass man es nicht überhören konnte. Ich saß neben Vater, Frau Sanowsky stand, und sie band den Gurt des Morgenmantels fester. »Gib her, gib her«, wollte ich sagen, aber meine Hände sprachen deutlicher. Sie wollten Vater den Hörer aus der Hand zerren.

Doch Vater legte einfach auf. Er drehte sich zu uns.

139

»Sie musste wieder in die Hauptstadt reisen. Die Behörden machen Druck. Sie stellen Fragen. Sind unruhig. Es gibt Anfragen vom Ministerium. So oder so, ihre Geduld hält nicht mehr lange.«

»Drohen sie?«, fragte Frau Sanowsky.

»Nein, noch nicht, den Arbeitsplatz habe ich immer noch, auch in der Schule wartet man auf dich. Du darfst das Jahr überspringen. Na, ist das nicht schön?«

Vater schaute mich an, und die Stimme war jetzt heller als zuvor. Er streichelte mir über die Schläfe, und ich schwieg.

Ich dachte: Vater, du musst mich mit Mutter reden lassen. Es ist schon schwer genug, keine Gutenmorgenküsse wie Schmetterlinge zu bekommen oder krank sein zu müssen, ohne dass Mutter die warme Milch mit Honig ans Bett bringt. Wenn Mutter *Fieber* sagte, wusste ich, dass ich wirklich und ernsthaft krank war und dass ich später die Unterschrift im Absenzenheft nicht fälschen musste. Dann wurde es hell draußen, und ich lag noch im Bett, zwei Decken tief, und trug Essigsocken. Als Mittagessen gab es nur Dampfkartoffeln mit Magerkäse. Schrecklich. Ich passte auf, dass ich am Abend wieder gesund war.

»Ist das nicht schön?«, wiederholte Vater. Er sah dann mein Gesicht und fügte hinzu: »Es war nicht möglich, dich mit ihr sprechen zu lassen. Besser so. Sie überprüfen todsicher die Anrufe. Wer weiß, was du gesagt hättest. Und teuer ist es auch.«

Ich sagte weiterhin nichts.

»Wie hat sie das mit der Schule geschafft?«, wollte Frau Sanowsky wissen.

»Mit Kaffee, Schokolade und Überzeugungskraft. An Überzeugungskraft fehlt es ihr nicht. Sie hat erzählt, dass sie zum Schuldirektor gegangen ist und gesagt hat: ›Mein Sohn ist krank, das kommt zuerst, sonst wird auch die

Schulleistung darunter leiden.‹ Im Übrigen ist seine Klassenlehrerin eine Nachbarin der Großmutter.«

Mit der Schule war also alles klar. Aber was war das für eine Geschichte mit dem Arzttermin? Musste ich wirklich ins Krankenhaus? Ich hatte Herzklopfen. Ich fragte Vater.

»Wir haben noch keinen Termin. Ich habe wegen denen gelogen, die mithörten. Aber so oder so, bald werden wir zum Arzt gehen müssen. Ion hat gesagt, er werde beim Columbia University Hospital anfragen.«

Anfragen, das war so leicht gesagt, dachte ich. Nach dem Anfragen kommt gleich die Nadel auf der Fußsohle, um den Sensibilitätssinn zu testen, und dann kommen die Elektroden mit dem Strom darin. Ich kannte es von den Arztterminen zu Hause.

Kurze Zeit nach dem Telefongespräch mit Mutter meldete mich Ion wirklich bei einem Arzt an.

Wir saßen nebeneinander auf Stühlen, auf dem Flur einer Spezialabteilung. Vater, Ion und ich. Ion hatte gesagt, kaum habe er den Namen der Krankheit ausgesprochen, sei der Arzt sehr interessiert gewesen. Auf den Stühlen sahen wir aus wie in der amerikanischen Botschaft in Rom, nur dass mein Herz noch stärker flatterte und ich Vaters Hand festhielt.

Der Arzt war nett. Er meinte, er habe oft mit Kindern zu tun, und fragte, ob ich Angst habe. Ich sagte nichts, sondern nickte und ließ Vaters Hand nicht los. Der Arzt gab mir die Hand, streichelte mir über die Haare und ging zurück hinter seinen Schreibtisch. Er las die Arztberichte durch, die Vater mitgebracht hatte. Dann nahm er mich bei der Hand und sagte, wir würden in einen Nebenraum gehen, und er würde mich genau untersuchen. Vater müsse nicht mitkommen, und ich brauche keine Angst zu haben. Dort musste ich die Hose und die Schuhe ausziehen. Dann musste ich hin und her gehen, und er schaute sich die Beine und Füße genauer an. Dann legte ich mich auf einen Tisch, und er fuhr mit einer Nadel über die Unterschenkel und die Fußsohlen. Ich musste am Tischrand sitzen, und er klopfte meine Knie mit einem kleinen Hammer ab. Ich musste wieder liegen und die Beine gegen seine Hand drücken, seitlich und nach vorne. Dann fragte er, ob ich die Füße und die Zehen auf und ab bewegen könne. Ich konnte es nur ein bisschen. Er fragte weiter, ob meine Füße immer so kalt seien. Nein, nicht immer. Er schaute sich auch meine Unterarme und Hände an, ich musste zwei seiner Finger fest zusammendrücken und den Arm ausstrecken, um dann mit dem Zeigefinger die Nase zu finden. Alles, was er herausfand, schrieb er auf.

Kaum war ich ruhiger, weil ich meinte, zum Arzt gehen mache sogar Spaß, da sagte er, ich solle die Hose wieder anziehen und draußen warten. Die Schwester werde mich zu weiteren Untersuchungen abholen. Da wurde ich unruhig, und ich hätte mir am liebsten die anderen Untersuchungen erspart, aber es schien, dass *Muskelaktivität*, *Herztätigkeit* und *Knochenbau* wichtig waren, wenn Leute in Weiß Entscheidungen trafen.

Einige Tage später holte mich Vater ins Wohnzimmer. Die andern waren bereits dort versammelt. Kurz vorher hatte das Telefon geläutet.

»Sie wollen dich operieren«, sagte Ion, und er sprach so leise, dass ich ihn fast nicht verstand.

»Warte, Ion«, sagte Vater, »ich erkläre es ihm.« Dann musterte er mich leicht, so wie er es immer tat, wenn er aufgeregt war. Ich spürte den Bammel in mir. »Der Arzt meinte, es sei besser, jetzt zu operieren, dann können die Knochen besser wachsen, solange du noch klein bist.«

So ging es minutenlang, dann kamen mir die Tränen.

Vater lag auf dem Rücken, die Augen offen. Ich dachte fast, wir seien zu Hause im Doppelbett, mit dem Poster der Monroe hinter uns. Er kam meistens nach Mitternacht, das Licht unter der Tür war vorher ausgegangen, Mutter hatte den Fernseher ausgeschaltet. Wenn Vater sich neben mir hinlegte, war ich nicht mehr angespannt. Die Spannung war wegen der Dunkelheit im Zimmer.

Ion war vor Kurzem nach Hause gekommen, hatte vier Schlösser aufgesperrt, einen halben Liter Milch getrunken und war leise durch unser Zimmer in sein eigenes gegangen. Ion war der Einzige in der Familie, der sich nachts auf die Straßen traute. »Das ist wegen der Triebe«, hatte Toni einmal gesagt. »Der Junge hat ein Mädchen. Wegen so etwas sein Leben zu riskieren, das ist dumm.« Frau Sanowsky sagte darauf: »Der Junge sollte sein Mädchen hierherbringen, die ganze Nacht lang. Aber es ist verständlich, dass er es nicht tut. Man hört alles in diesem Haus.« »Was soll man denn schon hören? Sie müssen ja hier nicht gerade bumsen.« Vater hatte wieder diesen Ich-hoffe-du-verstehst-nichts-Blick gehabt.

Man konnte nachts in den Straßen von Brooklyn nicht einfach so gehen. So wie bei uns oder in Rom. Man kam nirgends hin, und dort, wo man hinkam, warteten vielleicht böse Kerle auf einen. Auch die Nacht war anders als bei uns. Wenn zu Hause Vater zum Schlafen kam, öffnete er die Fenster, und draußen war es stiller als drinnen. Acht Stockwerke unter uns war dann die Straße seit Langem leer und dunkel. Die letzte Straßenbahn war bereits vorbeigefahren.

Vater hatte die Arme hinter dem Kopf verschränkt. Ich schaute ihn von der Seite an. Mein Blick ging an seiner Nasenspitze vorbei zum Fenster hin. In einer Ecke des Fensters sah ich einen Teil der Feuerleiter. Sie warf Schatten auf die Bettdecke und auf die Wand. Gut, dass Vater da war. Man wusste nie, wer auf solche Leitern hinaufklettern würde.

Vater fragte leise: »Hast du Angst?«

Ich sagte Ja, und er nahm mich in die Arme. Als es draußen hell wurde, stand er leise auf und fing an, meinen Koffer zu packen. Es gab Reisen, für die hätte ich mich mehr begeistert.

Auf solche Reisen wartet man gern und die Nacht davor schläft man vor Freude nicht. Man packt, putzt sich die Zähne, zieht sich an, schaut im Spiegel nach, ob die Kleider sitzen, verschließt die Tür. Nach soundso vielen Tagen fährt man zurück, und man hat soundso viel gesehen und sich soundso viel gefreut. Man macht alles in umgekehrter Reihenfolge und geht dann wieder schlafen. Am nächsten Tag erzählt man anderen davon.

Ich hatte einen Film gesehen, da fuhren die Soldaten in den Krieg. Da war viel Rauch auf dem Bahnsteig, und die Soldaten freuten sich und sangen, nur die Frauen, die dem Zug hinterherschauten, machten ein Gesicht, als ob sie etwas anderes erwartet hätten. Als Vater und ich weggefahren waren, hatte ich Mutters Gesicht nicht gesehen. Aber das hätte nichts genützt, um etwas zu verstehen, denn Mutter macht oft ein Gesicht, als ob sie etwas anderes erwartet hätte.

Dann gibt es die Reisen wie bei Jules Verne. Man steigt in eine Kanone hinein, und kurze Zeit später ist man auf dem Mond. Oder man ist auf einer Reise, ohne es zu wollen. Dann hat man Kapitän Nemo getroffen, oder man ist gestrandet. Man weiß nicht, wann man heimkehrt, und man muss viele Gefahren bestehen. Aber am Schluss hat sich die Reise alles in allem gelohnt.

Eine Reise ins Krankenhaus, was sollte daraus werden? Ich hatte kein Buch darüber gelesen. Vater tat so, als ob alles normal sei. Er packte den Koffer und flüsterte sich zu: »Das braucht er, das braucht er nicht.« Wie zu Hause vor unserer Abfahrt. Nur dass Vater und Mutter sich dort fast in die Haare geraten waren. Fast hätten wir wegen des dummen Pullovers den Zug und den Rauch auf dem Gleis verpasst. Die ruckartige Abfahrt.

Frau Sanowsky machte Frühstück. Irgendetwas. Wenn man auf solche Reisen geht, schmeckt alles gleich. Als sie mir eine große Tasse Milch mit Kakao brachte, legte sie die rechte Hand auf meinen Rücken und bewegte sie ein bisschen hin und her. Das hatte etwas mit Trösten zu tun. In Filmen machten das Menschen, wenn jemand gestorben war. Auch Toni hatte irgendetwas Angenehmes in den Augen. Ion versuchte es mit Witzeln. Er meinte, danach spiele ich bestimmt besser Fußball als Pelé. Dabei wollte ich nur besser als Dan, der Mädchenliebling unserer Klasse, Fußball spielen.

Krankenhaus.

Eins, zwei, drei, und Vater war weg. Er hatte eine neue Arbeit.

Vater fiel es nicht leicht, wegzugehen, doch seine Augen waren nicht einmal feucht. Vielleicht ist das so, wenn man erwachsen wird. Man hat dann die richtigen Worte, aber etwas bleibt hinter den Augen stecken.

Bis zur Operation blieb noch ein Tag. Ich aß alles, was mir gebracht wurde, und es schmeckte sogar. Dann schaute ich den ganzen Nachmittag *Bugs Bunny*, *Batman* und so weiter, in einem Fernseher, der hoch über dem Bettende hing. Ich dachte, wenn der herunterfällt, müssen sie gleich beide Beine reparieren.

Am frühen Abend kam der Arzt vorbei und fragte, ob ich Angst hätte. Ich nickte wieder. Das wirkte, denn er redete weiter, und ich brauchte mich dann nicht anzustrengen, um das, was hinter den Augen war, nicht nach vorne kommen zu lassen. Er erzählte auch etwas darüber, was sie mit mir anstellen wollten. Aber ich verstand nicht viel, außer dass es voraussichtlich früh am Morgen stattfinden würde und man mich zuvor mit Pillen beruhigen wollte.

Der Arzt nahm meine Hand zwischen seine beiden Hände und hielt sie kurz fest. Ich verstand, dass dies eine Art Haarestreicheln sein sollte.

»Sei sicher, es wird gut gehen.« Diese Worte blieben die ganze Nacht bei mir.

Am Morgen weckten sie mich so früh, dass sie keine Pillen gebraucht hätten, um mich wieder zum Einschlafen zu bringen. Das Bett stand in einer Ecke des Zimmers, hinter mir und neben mir waren große Glasfenster, unten sah man die Menschen ganz klein. Dreiundzwanzigstes Stockwerk. Draußen war es noch nicht ganz hell, sondern so wie es halt ist, wenn Erwachsene zur Arbeit gehen. Ich dachte: »Hoffentlich findet Vater den Weg.«

Viertel nach sieben.

Die unten waren wirklich klein. Man sah kaum, wo Kopf und Beine waren. Ich zählte: ein Mensch, zwei Menschen, drei Menschen und so weiter, aber gleich wusste ich nicht mehr, bei welchem ich angefangen hatte und welchen ich doppelt zählte. Manche waren sehr schnell, andere blieben lange stehen. Dort waren bestimmt Ampeln oder Haltestellen. Ich versuchte herauszufinden, welcher Punkt Vater war.

Fünf vor halb acht.

Die Krankenschwester wollte, dass ich so etwas wie ein Nachthemd anzog, dann machte sie noch dieses und jenes und sprach die ganze Zeit mit mir, aber ich hatte Angst, und unten war Vater nicht zu sehen. Jedes Mal, wenn die Tür aufging, jedes Mal, wenn draußen jemand hüstelte, dachte ich, das sei Vater, und war bereit loszuheulen, aber so richtig, damit es für alle Erwachsenen ganz unangenehm würde, damit sie sähen, wie viel Angst ich hatte, und aufhörten.

Fünf nach halb acht.

Die Krankenschwester gab mir eine Pille, sie streichelte mich über die Stirn und sagte, ich sollte mich entspannen. Ich klebte mit der Nase am Fenster, irgendein Punkt war bestimmt Vater, und in zwei Minuten würde er bei mir sein, und ich könnte heulen.

Die Krankenschwester, die mochte ich, weil sie mir am Abend extra Orangensaft gegeben hatte. Sie sagte: »*This is your turn, young man.*« Ich konnte nichts mehr hinter den Augen zurückhalten, und alles wurde wässrig davor. Ich hörte ihre Stimme, und ihre Stimme hatte etwas von Mutter.

Ich wurde müde, alles floss angenehm um mich herum. Aber drinnen, da war dieser Wunsch, Vater solle kommen, sonst würde ich sterben, und die Pille könnte nichts dagegen ausrichten.

Zwanzig vor acht.

Sicher war ich nicht mehr, dass es wirklich so spät war, und was draußen und drinnen war, wurde mir irgendwie egal. Auf Väter ist kein Verlass, dachte ich. Die kommen nicht immer und verkaufen ihre Kinder für Alkohol. Mütter kommen immer, aber dort war keine aufzutreiben.

Die zwei Männer trugen Grün, und sie lösten die Bremsen des Bettes. Sie zogen das Bett in die Mitte des Raums und zur Tür hin. Ich fühlte mich so wie damals, als ich nachts aufgewacht war, und alles rundum war schwarz, und nirgends fing etwas an oder endete was, und ich hatte vor Angst in die Hose gemacht.

Ich lag auf dem Bett, der Korridor war lang, und oben an der Decke waren in der Mitte Lichter, eine Lampe, zwei

Lampen, drei Lampen. Es ging nach links und nach rechts und wieder nach links, dann hüstelte jemand mit schnellen Schritten, und das war Vater. Er hatte mich nicht vergessen.

Drittes Wunder.

Eine Tür ging in der Mitte auf, und das Bett glitt in einen hellen Raum hinein. Bis zuletzt hielt ich Vaters Hand fest.

An den OP-Raum kann ich mich nicht mehr erinnern, außer dass er in der Mitte heller war als sonst und warm. Ich hatte Gesichter über mir, die Stimmen waren ruhig, eine Hand drückte mir eine schwarze Maske ins Gesicht und sagte, ich solle tief einatmen. Ich wollte aber nicht tief einatmen, am liebsten hätte ich überhaupt nicht geatmet, die Maske roch nach Gummi, und was herausströmte, roch auch unangenehm. Ich bewegte den Kopf wie wild, stöhnte, wollte die Maske nicht haben und dachte, wie das wohl sei, einzuschlafen, ohne es zu wollen. Je weniger ich wollte, desto mehr drückte die Hand, und zwei andere Hände hielten meinen Kopf fest. Dann schlief ich ein, ohne es zu wollen.

Ich hatte alle möglichen Fernsehkanäle durchgeschaut, und der Krankenpfleger hatte mein Gepäck bereitgestellt. Dort unten mussten sie gleich auftauchen, und wenn nicht, dann würde ich schmollen und es ihnen zeigen. Der Gips war schwer, und ich versuchte mich aufzurichten, worin ich schon zwei Wochen Übung hatte.

Toni trug einen Anzug, wie ich ihn von Vater kannte, überall breit und weit. Nur der Alkoholgeruch passte nicht dazu. Vater hatte noch nie nach Alkohol gerochen, und wenn er einen Anzug trug, dann sah er aus wie Paul Newman, und man wartete nur auf den Ruf »Kamera läuft«. Vater kam auf mich zu, und die Hand war feucht, und er hüstelte, so wie er es bei Leuten tat, die er nicht kannte, aber mich kannte er, und es gab wirklich keinen Grund zu hüsteln. Ich würde auch Mutter nicht sagen, dass er sich schon zweimal verspätet hatte.

Toni setzte sich auf die Bettkante und klopfte mit den Korkenfingern auf den Gips: »*Hello, is there anyone in there?*« Das fand ich witzig. Unter seinen Achselhöhlen war Geruch. Das kommt davon, vom flüchtigen Waschen.

Wir fuhren zurück in die Wohnung, die aussah wie ein Billardtisch.

Vater wusch seit einigen Wochen in einem Keller acht Stunden am Tag Teller. Er hatte ganz schön Übung darin bekommen. Toni hatte ihm einen alten, langen Wintermantel gegeben, und er hatte die Taschen durch das Futter hindurch erweitert. Frau Sanowsky hatte ihm geholfen, sie hatte bis in die Nacht hinein an der Nähmaschine gesessen. In den Pausen des Wrestlingkampfes ging Vater mit dem Mantel herum, und Toni begutachtete ihn. Er sagte: »Das ist gut, das ist schlecht, das ist auffällig«, und so weiter. Vater zog den Mantel immer wieder an, drehte sich um die eigene Achse, schaute sich im Spiegel an. Dann füllten sie die Taschen mit allem Möglichen: leeren Flaschen, Klopapierrollen, Wurstpackungen, Aschenbechern, bis sie randvoll waren. Dann musste Vater herumlaufen, sich natürlich und unbeschwert geben. Was er darunter trug, durfte nicht auffallen. Als sie endlich zufrieden waren, gingen wir schlafen.

Vater flüsterte: »Die Kapitalisten, die kann man ausnehmen. Oder?« Er schaute mich an und schmunzelte. Ich schmunzelte zurück. Aber weiter verstand ich nichts. Zu den Kapitalisten, da hatte Vater doch immer hingewollt.

Vater klaute seit drei Wochen Abend für Abend, und wir lebten von dem, was er heimbrachte. Er erzählte uns, dass er sich mit Tellerwaschen immer absichtlich verspätete, und wenn in der Küche die Lichter ausgingen, schlich er schnell in den Kühlraum und stopfte den Mantel voll. Würste, Käse, Kuchen, Milchflaschen, Weinflaschen, Himbeerjoghurt für mich, Bier für Ion, Brot, Salami, Butter, Zucker, Kartoffeln und alles, was Frau Sanowsky sonst noch an Bestellungen aufgab. Wenn Vater die Treppe hochkam, war sein Schritt schwerer als sonst. Ion meinte: »Da kommt schon mein Bier«, und alle lauschten. Ausnahmsweise ging Toni die Tür öffnen und nahm Vater das eine oder andere ab.

»Jedes Mal habe ich Angst, dass die Taschen reißen«, sagte Vater als Erstes.

»Die Taschen reißen nicht, Teodorescu, wir sitzen doch hier und beten«, antwortete Toni, und alle lachten. Frau Sanowsky stellte die Pfannen auf dem Herd bereit.

Vater stellte alles vorsichtig auf den Wohnzimmertisch und ging sich umziehen. Ion nahm alle Bierdosen und ging damit in sein Zimmer, Toni schnitt sich ein Stück Salami ab und kaute daran vor dem Fernseher, und Frau Sanowsky brachte alles nach und nach in die Küche. Nach einigen Minuten rief sie: »Fertig!« Von überall kamen wir heraus, so wie Jerry Mouse herauskommt, wenn Tom, die Katze, eine Käsefalle stellt.

Manchmal schlug Toni seine Frau. Noch schlimmer war es, wenn er sie würgte. Dann musste Vater dazwischengehen, sie schrien alle, der Hals von Frau Sanowsky war rot wie die Augen von Toni. Man sah seine Halsschlagadern pulsieren, und was er sagte, machte keinen Sinn mehr.

Ich hatte Angst, und wäre nicht das Gipsbein gewesen, wäre ich auf die Straße gelaufen. Aber das war auch gut so, denn in Brooklyn ging man nachts nicht mehr auf die Straße. Dort wäre das Würgen gefährlicher gewesen als im Haus, also konnte ich nirgends hin, und Vater im Übrigen auch nicht, denn auch ihm gefiel das Ganze nicht. Er nahm weiter ab. Seine Augen waren wie Krater, und wenn man hineinschaute, sah man den See zuunterst.

Ich lernte nebenbei Ausdrücke wie *du Hurenfotze, stinkende Fotze, du Hexengift, Fotzenmutter*. Ich merkte sie mir und fragte Vater nach ihrer Bedeutung. Er setzte ein Gesicht auf wie Mutter, wenn ich eine Dummheit gemacht hatte. Insbesondere das Wort *Fotze* machte mir Mühe, da ich mir nichts darunter vorstellen konnte. Zumindest wusste ich, dass Frauen mehr davon hatten als Männer.

Wenn Vater mit Toni nicht schnell fertig wurde, drehte er sich zu mir um und sagte, ich solle ins Bett gehen. Inzwischen umarmte er Toni so wie beim Wrestling, versuchte ihn wegzuziehen, dieser griff nach seiner Frau, mit einer Hand hielt er sie am Hals fest, mit der anderen am Arm. Sie versuchte sich loszureißen, trat ihm auf die Füße und boxte gegen seinen Bauch. Manchmal fielen sie alle drei über den Tisch, manchmal war nur ein Stuhl im Weg. Wenn sich Frau Sanowsky losreißen konnte, liefen sie alle um den Tisch herum, Toni verfolgte sie, Vater verfolgte Toni. Ich saß auf dem Sofa mit ausgestrecktem Gipsbein und meinte, das käme mir bekannt vor, und wenn sie das in Amerika auch machten, wieso waren wir dann überhaupt hierhergekommen. Wir hätten zu Hause bleiben können, und Vater hätte nicht zu stehlen brauchen.

Wenn Toni müde wurde, ruhten alle aus. Frau Sanowsky ging manchmal kochen. Manchmal musste sie die Strümpfe wechseln. Nachts, im Bett, erzählte Vater leise, er halte es nicht mehr aus, Amerika sei ja nicht besser als zu Hause, hier Verrückte, dort Verrückte, nur dass hier alle Waffen trügen. Bevor wir uns daran gewöhnten, sollten wir doch lieber heimkehren. Er sprach lange, und mir war es zum Einschlafen, da ich sowieso nicht wusste, was antworten. Weil Vater wie mit sich selber sprach, schlief ich ein.

»Teodorescu, hast du eigentlich in Italien Geld gespart?«, fragte Toni eines Tages.

»Ja.«

»Wie viel?«

»Dreihundert Dollar.«

»Also, hör zu. Ich würde meinen, damit kannst du zwar nicht die Kosten decken, die wir mit euch haben. Aber es wäre mal ein Beitrag.«

Vater trug bei. In jener Nacht sprach er im Bett vor sich hin, und er klang verärgert.

Einige Tage später war es dann so weit. Vater sagte im Bett nichts mehr, er packte an einem Abend unsere Koffer, rief alle zusammen und sagte: »Wir fahren zurück, ich und der Junge, besser so, mit der Operation ist irgendwie der Zweck erreicht. Und Amerika ... das ist nicht, was ich mir vorgestellt hatte.«

»Was hast du dir vorgestellt?«, fragte Frau Sanowsky.

»Das, was ihr euch auch vorgestellt habt.«

»Bist du sicher?«, fragte Toni. »Ich habe mir ein Meer von Bourbon vorgestellt.«

»Glaube ich nicht. Das kam nachher.«

»Nachher, vorher, was weiß ich.«

»Eben«, sagte Frau Sanowsky.

»Hast du schon Flugkarten?«, wollte Toni wissen.

»Ja, gestern gekauft. Mit dem Unterstützungsgeld für einen Monat.«

Am nächsten Morgen wachte Vater früh auf. Zuvor hatte er sich lange im Bett gewälzt. Er stand auf, zog sein Pyjamaoberteil aus und ging ins Bad. Als er zurückkam, war seine Haut feucht, und er war frisch rasiert. Ich wusste es, ohne hinzuschauen. Das war Erfahrung. Denn mit so einem Vater unterwegs zu sein macht erfahren.

Vater zog sich wie bei unserer Abreise von zu Hause an.

Anzug und Krawatte. Die Schuhe cremte er ein. Dann setzte er sich neben mich.

»Heute kommen wir nach Hause. Im Flugzeug wird es bestimmt gutes Essen geben und einen oder sogar zwei Filme. Na, ist das nichts?«

Am JFK-Flughafen standen wir alle stumm da. Toni roch nach Schweiß und Alkohol zusammen.

Ich spürte nichts Besonderes, zumindest nicht so wie auf dem Fiumicino-Flughafen, und es gab auch keinen, der »Schreib mir« sagte, damit das Herz davon einen Riss bekommen würde. Mir fiel ein, dass ich Signora Maria nicht geschrieben hatte, und ich nahm mir vor, es von zu Hause aus zu tun. Aber ich wusste, dass man in den Briefen, die man von zu Hause schrieb, nichts Richtiges erzählen durfte, sonst hätte man sich die Briefmarke sparen können. Solche Briefe kamen nie an.

Der Gips war schwer. Ich wünschte ihn auf der Stelle weg und hätte ihn gerne mit den Zähnen zerrissen. Noch zwei Monate, aber danach wäre ich vielleicht anders gegangen; *anders* hieß besser, so wie Menschen, die nie auf ihre Füße aufpassen mussten, wenn sie gingen.

Toni versuchte, Vater zu überzeugen, dass wir bleiben sollten. Er sagte: »Teodorescu, Teller waschen, das ist nichts für dich. Sicher nur vorübergehend. Das ist was für faule Amerikaner und Neger.«

Vater antwortete: »Mit Tellerwaschen hat es nichts zu tun.«

»Teodorescu, das mit der Sprache ist nicht so wichtig. Das kommt noch. Schau mich an, mit meinem Bourbonkopf habe ich es mehr oder weniger gelernt.«

»Ja, ich sehe es. Aber es ist nichts für mich.«

»Und der Junge? Was soll der werden, drüben? Irgend so eine Art von Arschkriecher? Oder auf irgendeiner Kolchose

Tiere zählen, oder in einem Büro sitzen und Statistiken fälschen?«

»Der Junge wird was, da mache ich mir keine Sorgen, auch wenn es bei uns härter ist als hier.«

»Komm, wir werden Partner und ziehen irgendein Geschäft auf.«

»Toni, was du wirklich kannst, ist trinken. Und mit dem Baseballschläger Mieten einziehen. Ich kann beides nicht, und wir fliegen heim.«

Toni schwieg und ging was trinken. Wir flogen ab.

Rückkehr

Wir landeten in Belgrad und nahmen von dort den Zug nach Hause.

»Du wirst sehen, die halten uns für Geheimdienstler«, sagte Vater kurz vor dem Bahnhof. »Nur die und Verrückte gehen zurück.« Dabei lächelte er.

Mutter lächelte überhaupt nicht, als sie uns am Bahnhof abholte. Auf dem Nachhauseweg hielt Mutter mich an der Hand, und sie sprach nicht. Ihr Blick war wie Dynamit. Vater trug das Gepäck, und wir mussten alle paar Meter anhalten, denn so ein Gepäck aus Amerika ist schwer.

Zu Hause wiederholte sie zweimal: »Unglaublich.« Vater tat so, als ob er nichts hörte. Aber ich wusste Bescheid. Das war der Stoff, aus dem die bösen Blicke am Wohnzimmertisch entstanden. Was sie sagte, als sie dann loslegte, war gespickt mit »unglaublich«, »Trottel«, »Idiot«, »So was Dummes«, »Nur Waschlappen kehren aus Amerika zurück«, »Wie konntest du nur?«. Dann hatte Vater genug, und auch was er sagte, war gespickt mit Wiederholungen. Als sie von Wiederholungen genug hatten, wurde es still, und jeder saß irgendwo im Wohnzimmer. Nach einiger Zeit schob Vater mit dem Fuß eine Tasche zu Mutter hin. Darin waren Dinge, die Frauen immer weich machen. »Damit hast du bessere Karten zu Hause, Teodorescu«, hatte Toni gesagt.

Lippenstifte in drei verschiedenen Farben, zwei Schminkkästen, mindestens fünfzehn Paar Strümpfe, fünf Paar Hosen, Blusen, Haarshampoos, Handcreme, Creme für die Nacht und fürs Gesicht, Badeschaumflaschen, Modezeitschriften, Schokolade, Zahnpasta mit Minzgeschmack, Seifen mit Duft, Parfums, zwei Paar Schuhe, mit und ohne Absatz, ein Rock, Unterwäsche. Mutter schaute sich alles genau an, für einen Augenblick dachte ich, der Sturm habe sich gelegt, doch sie fing erneut mit den Wiederholungen an. Auch Vater zog nach. Als sie müde waren und es wieder still wurde, sagte Mutter leise: »Und ich habe mich schon im Flugzeug auf dem Weg zu euch gesehen.«

Zwei Tage später luden meine Eltern unsere Verwandten zu uns nach Hause ein. »Damit sie sehen, dass es keine Erfindung ist«, hatte Mutter gespottet. Die Ersten, die eintrafen, waren der Onkel, die Tante und meine zwei Cousins, Matei und Sorin.

»Bist du neuestens beim Geheimdienst, guter Mann? Lass es uns doch rechtzeitig wissen, dann verschließen wir unsere Lippen«, sagte meine Tante und kam herein. Hinter ihr ging stumm der Onkel. Sein Gang war der Freizeitgang, schleppend, den anderen Gang hatte er morgens drauf. Das war der Gang in die Kneipe. Keiner lief dann schneller als er. Er bekam vom Vater ein frisches Bier aus Amerika. Die Tante schaute ihn schief an.

»Ein einziges, Frau. Das verdirbt keinen Säufer«, sagte er, als sie ihn halblaut *Säufer* nannte.

Mutter verteilte amerikanische Schokolade mit Nüssen und Milch und so weiter. Ich und meine Cousins verschwanden ins Schlafzimmer. Ich hatte ihnen zugeflüstert: »Wollt ihr was wirklich Tolles sehen?«, und ich hatte mich gefreut, älteren Cousins starke Sachen zeigen zu können. Sie hatten genickt und waren mir leise gefolgt. Oben, auf dem Nussbaumschrank, auf dem das Police-Poster klebte, hatte Vater amerikanische Zeitschriften versteckt. Aber mit mir hatte er nicht gerechnet.

»Na, wo hat er sie versteckt?«, fragte Sorin. Es macht gar keinen Spaß, ältere Cousins zu haben. Die sind einem immer einen Schritt voraus. Also holte ich die Zeitschriften herunter. Kaum aber waren wir dazu gekommen, uns die großen Brüste der schönen Weiber aus Amerika anzuschauen und Vokabelübungen zu machen – aaaah, ooooh, uuuuh –, riss Vater plötzlich die Tür auf. Vater hatte doch mit mir gerechnet.

Ich bekam die saftigste Ohrfeige. Vater legte die Zeitschriften wieder an ihren Platz und ging zurück ins Wohnzimmer.

»Was ist geschehen?«, hörten wir durch die offene Tür Mutter fragen.

»Nichts. Eine Nebenwirkung von Amerika.«

Wir saßen alle drei auf der Bettkante und glühten.

»Wie sind die Weiber in Amerika?«, fragte Sorin halblaut.

»Schön.«

»Was heißt da schön? Sind sie geil?«

»Das weiß ich nicht. Ich saß den ganzen Tag im Vorgarten, meistens ging kaum eine vorbei. Die haben doch alle Angst, einfach so frei herumzulaufen. Auch am Tag.«

»Also, o. k. Aber im Fernsehen, sind sie dort geil?«

»Dort sind sie geil.«

»Na also.«

»Die Autos? Sind die schnell?«, wollte Matei wissen.

»Was fragst du ihn da? Der ist doch zu klein dafür.«

»Nein, das stimmt nicht«, erwiderte ich. »Die Autos sind wirklich schnell und riesig, und fast jeder hat eines, und oft sitzen sie drinnen und zählen Geld.«

»Sie zählen was?«

»Geld.«

»Wieso tun sie es im Auto?«

»Ich weiß es nicht. Weil sie Amerikaner sind, vielleicht. Das sagt Toni.«

»Toni?«

»Ja, der hat früher hier gewohnt, jetzt ist er so ein Säufer in Amerika. Der schlägt die Leute zusammen, wenn sie die Miete nicht zahlen. Der hat mich auch schon in eine Bar mitgenommen.«

»Was erzählst du dann, dass du keine Miezen gesehen hast?«

»Miezen?«

»Ja. Puppen, Miezen, Schnecken, Mädchen halt.«

»Nein, in der Bar gab es keine. Da waren nur Säufer wie Toni, und es war dunkel, wie bei uns im Klassenzimmer, wenn wir eine Diaschau haben.«

»So.«

Wir saßen weiterhin stumm nebeneinander.

»Also, sehr viel Neuigkeiten hast du nicht mitgebracht. Du bist die reine Enttäuschung. Gehen wir doch zurück«, meinte Sorin. Ich lief rot an. Ich zog mein Gipsbein hinter ihnen her. Im Wohnzimmer wurde die Schokolade von Hand zu Hand gereicht. Der Onkel hielt die Bierbüchse mit beiden Händen fest. Eine alleine hätte nicht genügt. Die eine war fast lahm, die andere zitterte.

»Komm her, Junge, komm her!«, rief er Sorin zu. »Schau, was für ein Wunderwerk, diese Dose. Mein Bruder hat mir gezeigt, wie man sie aufmacht. Wäre nie darauf gekommen. Komm her, wenn sie leer ist bis zum letzten Tropfen, schenke ich sie dir.«

Sorin wendete sich von ihm ab. Auch Matei und die Tante.

»Also, Schwager, bist du nun beim Geheimdienst oder nicht?«, wiederholte die Tante ihre Frage.

»Oder bist du ein Dummkopf?«, kam es halblaut von Mutter her, und sie atmete tief ein.

»Man braucht nicht beim Geheimdienst zu sein, um aus Amerika zurückzukommen.«

»Weshalb denn dann, Marius?«, fragte Großvater, der inzwischen in Begleitung von Großmutter eingetroffen war und still in einer Ecke saß. Ich lief zu ihm hin und küsste ihn.

»Grüß dich, Großvater, grüß dich, Großmutter.«

Großvater lehnte seinen Blindenstock an die Wand und betastete mich.

»Da ist er ja, unser Held. Groß bist du geworden, Junge. Kein Wunder. All die Vitamine und Proteine in Amerika. Zeig mal her, wie sich dein Gipsbein anfühlt. Oh. Und einen Stock hast du auch, wie ich.«

»Großvater, es ist besser hier als in Amerika. Das stimmt.«

»Es ist doch gut so. Mein Bruder hat seinen Platz hier, neben seinem Bruder, und nicht am Ende der Welt«, warf der Onkel ein. Niemand ging darauf ein.

Ich hatte meinen Onkel gern, also sagte ich: »Genau, Onkel, genau.«

»Weshalb also, Schwiegersohn?«, doppelte Großvater nach.

»In Amerika herrscht großes Chaos. Kein Tag, an dem man sich sicher fühlte. Kein einziger.«

»Besser als in diesem Grab«, meinte Mutter und wiederholte den Satz. Sie hielt die Hände im Schoß, und ihr Gesicht sah aus wie die Gesichter von Leuten in einem Schwarz-Weiß-Film, wenn sie traurig sind.

»Was fällt dir ein? Wie kannst du das wissen?« Vater wurde laut. »Nur weil in manchen Filmen heile Welt herrscht, heißt das noch nicht, dass dir dort nicht die Kugeln um die Ohren fliegen. Manchmal hörst du sie im Fernsehen und gleich danach ...«

»Psst, psst«, flüsterte die ganze Familie.

»Das hast du dir wohl in Amerika abgewöhnt, das Flüstern. Schon vergessen? Bei uns haben Wände Ohren. Das hast du nun davon, dass du zurückgekommen bist«, sagte Mutter.

Vater tat wieder so, als ob er nichts gehört habe. Aber er wurde leiser.

»Also, manchmal hast du die Kugeln zuerst im Fernsehen, gleich danach auf der Straße gehört. Amerika, da herrscht reine Gewalt und Chaos. Sanowsky schlägt zu Hause seine Frau und auswärts die Schwarzen.«

»Wie meinst du das?«, wollte meine Tante wissen.

»Wie ich das meine? Nun stellt euch vor, ihr seid Hausverwalter in der Bronx. Und wenn ich Bronx sage, meine ich tiefste schwarze Bronx, wo die Weißen nur Beute sind. ›Verliere dich nie in der Bronx, Teodorescu‹, sagte Toni immer, wenn wir unterwegs dorthin waren. Gute Aufmunterung. In die Bronx mussten wir mehrmals wöchentlich, weil Toni, der Dummkopf, dort in einigen Häusern die Hausverwaltung übernommen hatte. ›Teodorescu, irgendjemand muss es diesen Leuten zeigen‹, sagte er. ›Irgendjemand, das kann auch ich sein. Und aus der Bronx kommst du nur dann lebendig wieder raus, wenn du keine Angst zeigst. Wolf unter Wölfen. Nun, ich habe keine Angst. Nun gut, ein bisschen Bourbon hilft auch noch mit.‹ So sprach er und stank nach Alkohol und Schweiß, und ich saß in diesem verdammten Wagen und wusste, ich würde nie und nimmer die Tür aufmachen und aussteigen. Mittlerweile waren wir auch an einer Kreuzung in der Bronx angelangt, und dort auszusteigen war nicht ratsam. Da war ich ganz Tonis Meinung. Also blieb ich sitzen und hielt auf meinem Schoß den Baseballschläger von Toni, den er von zu Hause mitgenommen hatte, um gegen die ›schlechten Mietezahler‹ ›starke Argumente‹ zu haben. ›Starke Argumente‹, sagte er, und ich dachte nur, was könnte denn ein Baseballschläger für ein starkes Argument sein, wenn der schlechte Mietezahler zwei Meter groß ist und einen Revolver in der Hand hält? Ihm gab das offensichtlich Sicherheit, und mir gab seine Sicherheit Sicherheit. Ich musste nur den Schläger unter einer Decke verstecken, damit diejenigen, die nahe an unser Auto herankamen, ihn nicht entdeckten. Wenn sich an einer Kreuzung jemand näherte und hineinschaute, wurde sogar Toni unruhig. ›Teodorescu, mach auf unschuldig‹, war dann sein Spruch.

Die Wohnhäuser, die er verwaltete, waren nicht ausgebrannter oder kaputter als die anderen, aber auch das genügte. Da ist der Gestank in unserem Treppenhaus nichts im Vergleich dazu. Der Abfall türmte sich meterhoch. Auch der Abfuhrdienst traute sich kaum in die Gegend. Aber wir, zwei verrückte Emigranten, umso öfter.«

Großmutter und Großvater fingen laut zu lachen an. Die Tante schmunzelte, und der Onkel schien nichts begriffen zu haben. Mutter war stumm und starrte zu Boden.

»Jawohl. Zwei verrückte Emigranten. Die Briefkästen waren oft weggesprengt worden, und an vielen Orten hatte es gebrannt. Viele Wände waren schwarz vom Ruß, eine Menge Fensterscheiben waren zerbrochen oder fehlten. Wie nach dem Krieg, sag' ich euch. Wie nach dem Krieg.«

Vater legte eine Pause ein und seufzte.

»Es ist nicht gerade das, was sie im Fernsehen zeigen«, kommentierte die Tante. Und Mutter nickte sanft, oder ich bildete mir ein, dass sie es tat. »Da zeigen sie einem schöne Häuser und saubere Straßen, und alles strahlt.«

»Stimmt nicht, dass alles strahlt«, sagte Matei, mein Cousin. »Es gibt viele Krimis, die sie in New York drehen, da ist es genauso, wie es Onkel Marius erzählt.« Wir schwiegen.

»Vielleicht schauen wir nicht richtig hin.« Das war Mutter. Vater hüstelte.

»Jedenfalls, Marius, möchtest du uns denn weitererzählen?«, fragte Großvater.

»Zuerst ließen wir den Schläger im Auto und gingen reinigen. Es gab nicht viel zu reinigen, denn was sauber war, war oft von dem, was dreckig war, nicht zu trennen. Also ließen wir den Dreck Dreck sein, überprüften im Keller die verschiedenen Räume, die Heizanlage und so weiter, und jagten die Ratten fort. ›Teodorescu‹, sagte Toni, ›die Besitzer sind weiß und kommen nicht hierher. Also, wozu die Mühe? Geh lieber zum Auto und hol den Baseballschläger, wir gehen auf Mieterfang.‹

Das war leicht gesagt, aber dann hättet ihr mich nur sehen sollen. Ich lief ängstlich an den Hauswänden entlang und hatte den Eindruck, dass mich gleich eine riesige schwarze Hand von hinten packen würde. Deshalb zuckte ich auch beim leisesten Geräusch und blickte nach hinten. Dutzendfach. Als ich auf der Höhe des Autos war, schaute ich links und rechts, mehrmals, erst als die Straße ganz leer war, traute ich mich, sie zu überqueren und in den Wagen zu steigen. Ich kniff dabei den Hintern zusammen und lief so schnell ich konnte. Das war nicht schnell genug für meine Angst, das kann ich euch sagen. Der Herr Ingenieur, den man zu Hause höflich und respektvoll grüßt, der zieht den Hintern zusammen und läuft so schnell wie einer aus einem dieser Stummfilme, der von einer ganzen Horde von Menschen verfolgt wird.

Nun, in der Bronx gab es gar keine Horden, und das war das Verhängnisvolle. Meistens waren die Straßen leer. Zu Fuß gehen ist in Amerika eine gefährliche Angelegenheit. Wer dir entgegenkommt, kann dich ebenso gut niederstechen oder aber nach der Zeit fragen. Im Auto wickelte ich den Stock in die Decke ein und steckte alles unter den Arm und lief zurück. Nur, wie trägt man einen langen Schlagstock bei sich, ohne dass es nach Schlagstock aussieht? Versucht's mal.

Also, die Schwarzen waren nicht so unangenehm und brutal, wie ich sie mir nach den Erzählungen von Sanowsky ausgemalt hatte, aber da war zum Beispiel diese Bestie im siebten Stock. Dorthin trauten wir uns nur zu zweit, und um ehrlich zu sein, ich hätte mich gar nicht hingetraut, wenn Toni nicht Druck gemacht hätte. ›Verdammt, Teodorescu, was sind wir, Männer oder Mäuse? Wenn du eine Maus bist, sag es mir, dann weiß ich Bescheid und füttere dich nur noch mit Käse.‹«

»Unglaublicher Kerl«, sagte Großvater.

»Genau. Sanowsky hat den Baseballschläger nicht oft gebrauchen müssen. Genau genommen nie. Glaube ich. Aber unangenehm wurde es fast jedes Mal. Oft musste er den Stock nur kurz zeigen, das wirkte schon, außer bei der Bestie, von der war er schon geschlagen geworden, aber ich möchte nicht weiter ausführen. Die Kinder.«

Vater machte eine Pause und atmete durch.

»In Amerika lebt es sich nicht wie in den Filmen, manchmal lebt es sich noch weniger als bei uns.«

»Nicht in Brooklyn, vielleicht nicht in New York, aber anderswo hätte es für uns eine Möglichkeit gegeben. Bestimmt. Man hätte nur zu arbeiten brauchen.« Mutter sprach ruhig, und die Tante nickte.

»Die Rechnung geht manchmal nicht auf. Nicht einmal, wenn man arbeitet.« Das war Großmutter.

»Wenn man arbeitet, verhungert man nicht, ganz bestimmt nicht«, sagte Mutter.

»Man lebt unter Umständen das Leben von Gemüse«, griff Vater ein. »Schau uns an. Hier. Was sind wir anderes als Gemüse? Kopfsalat, alle. Kohl, alle. Wir haben Angst zu reden und flüstern. Wir kämpfen um abgelaufene Joghurts und verwelktes Gemüse, wenn morgens die Geschäfte aufmachen. Wir warten zehn Jahre auf eine Wohnung, ein Auto. Wir warten ab, dass sich jemand findet, der *es* tut. Der putscht. Der ihn umbringt.«

»Psst, psst.«

»Wir sitzen unsere Zeit ab, und inzwischen hängen wir am Infusionsschlauch der Partei. Die gibt uns hin und wieder, was wir zum Leben brauchen. Wenig. Tröpfchenweise. Das reicht für Gemüse, nicht für Menschen. Wir leben wie unter einer dicken Glasglocke, die alle Lebenszeichen abdämpft.«

»Und kamst du denn wieder zu uns zurück, um wieder Gemüse zu sein?«, sagte Großvater.

»Nein, bestimmt nicht. Aber etwas anderes ist man in Amerika auch nicht. Gemüse oder Raubtier. Oft beides. Nichts anderes als Gemüse ist Sanowsky. Glaubt mir. Und was die Arbeit angeht, so erzähle ich euch, was Arbeiten in Amerika heißt. Das war für mich Teller waschen in einem der dreckigsten Lokale der Gegend, Kakerlaken und so. Zwölf Stunden am Tag. Davon wird man keine glückliche Familie, und man zieht auch nicht anderswo hin. Davon wird man nur müde. Davon wurde ich auch ein Dieb. Denn Toni wollte von mir ständig Geld haben, also trafen wir die Vereinbarung, dass ich aus dem Kühlschrank des Restaurants Lebensmittel stehle und wir zu Hause alle davon essen.«

»Zumindest zum Stehlen müsstest du doch eine Beziehung haben. Du hast aus der Fabrik schon alles Mögliche entwendet«, erwiderte Großmutter.

»Sicher, und nicht nur ich, alle, vom Arbeiter bis zum Direktor. Man trägt die Ware einfach so hinaus. Nur nicht so auffällig. Und ganz ohne Schuldgefühle. Es gehört zur Kultur. Zur Lebenshaltung. Ohne Angst. Wie ein persönliches Recht. Stehlen von Volksvermögen als persönliches Recht. Ihr wisst es genauso gut wie ich.«

Alle waren still und aßen Schokolade.

»Jawohl, Gemüse, das sind wir alle«, warf Onkel ein.

»Sei doch still, du, du ... Gemüse. Was weißt du schon?«, sagte die Tante.

»Ich weiß, dass, wenn du Gemüse wärst, ich dich mit dem größten Vergnügen zerdrücken würde, Frau, den Saft aus dir herauspressen.«

»Du willst mir den Saft herauspressen? Du Sünder! Schau

dich doch an! Du kannst beim Pissen kaum mehr deinen Schwanz mit der Hand halten, und du willst mich zerdrücken?«

»Sei still, Frau. Bruder, sag ihr, sie soll einfach still sein.«

»Sei doch still, Schwägerin. Das bringt doch nichts.«

Nach kurzer Zeit fuhr Vater fort.

»Wer so lange wie wir unter der Glasglocke gelebt hat, der kommt in Amerika nicht mehr zurecht. Der endet als Gemüse. Oder wird verspeist. So einfach ist es.«

»So einfach macht man es sich«, wiederholte Mutter.

»So einfach habe ich es mir nicht gemacht, sonst wäre ich nicht aufgebrochen. Mit dem Kleinen. Als wir auf dem römischen Bahnhof angekommen waren, als ich auf den großen, lärmigen Platz trat und in diese andere Welt schaute, die ich nur von den Fernsehfilmen und den verbotenen Radiosendern her kannte, da wurden in mir der Mut klein und die Angst groß. Ich stand mit dem Rücken zum Kleinen und zitterte. Ich schwitzte. Aber eines weiß ich: dass ich mutiger war als viele andere. Bestimmt auch verzweifelter als andere, wegen der Krankheit des Kleinen. Und Mut und Verzweiflung zwangen mich zu dieser Reise. Und ich möchte von dir nicht hören, dass ich feige bin und so weiter. Und ich möchte nicht hören, dass deine Träume nicht in Erfüllung gingen. Von Träumen war nie die Rede. Die Träume waren immer Beilage. Die Krankheit war Hauptsache. Und ich tat, was ich tun musste. Weil es sonst niemand getan hätte. Am wenigsten du. Ich tat es für ihn, damit er sich später für sein Bein nicht schämt, und ich tat es für dich, für deine Schuldgefühle. Ich weiß, du wirst lange brauchen, um den Stein zu zermahlen, dass ich zurückgekehrt bin.«

Mutters Augen waren feucht, und Großvater neben mir atmete schwer.

»Amerika. Amerika, das ist jenseits des Mondes«, fügte Vater hinzu.

»Und ich hatte bisher gedacht, wir seien dort. Jenseits von allem. Wir«, sagte Großvater.

Es wurde lange nichts gesagt. Dann aber traute sich die Tante.

»Marius, erzähl uns doch etwas über Italien. Vielleicht lässt es sich dort leichter leben.« Sorin, der inzwischen eingenickt war, erwachte beim Wort *Italien*.

»Ach, Italien, das ist eine andere Geschichte«, erwiderte Vater. Seine Augen glänzten. Sorin richtete sich auf einmal in seinem Sessel auf. »Ja, gut, alles in Ordnung, Leute«, warf er ein. »Aber die Miezen in Italien, die Miezen, sind die geil?«

Was folgte, weiß ich nicht mehr genau. Gelächter und einiges mehr. Es wurde laut.

März 1977. Wir waren wieder zu Hause.

Zehn Tage nach unserer Rückkehr aus Amerika war das große Erdbeben. Wenn Erdbeben kommen, geben sie zuvor keine Warnzeichen. Nicht so wie die Lehrer. Denen sieht man immer an, wenn die Ohrfeigen kommen. Der Erde sieht man nicht an, wenn sie Lust hat zu beben, und ignorieren hilft da nicht. Haustiere merken es im Voraus. Wer so ein Erdbeben erlebt hat, der erzählt es immer wieder weiter und bekommt dabei Gänsehaut.

Im Fernsehen war Theaterabend, die Balkontür war offen, und es war schon länger dunkel. Vater spülte in der Küche das Geschirr. Die Fernsehübertragung setzte plötzlich aus, und ich öffnete die Tür, um Vater zu rufen. Ich lag ausgestreckt auf dem Bett im Wohnzimmer, und um an den Türgriff heranzukommen, streckte ich mich nach hinten und schaute dabei zufällig zur Decke. Im gleichen Augenblick fing die Lampe an zu schwanken, eigentlich schwankte alles, sanft. Vater schrie aus der Küche heraus, ich solle mich nicht bewegen, es sei ein Erdbeben, ich solle warten, denn er könne sich auch nicht von der Stelle lösen. Ich hörte, wie Geschirr zerbrach. Ich weiß nicht mehr, wie viel Zeit verging, bis Vater die richtige Lauftechnik, die erdbebensichere, herausfand und auf der Türschwelle erschien. Aber das Erdbeben, das einige Sekunden gedauert hatte, war schon vorbei, als er mich auf den Arm nahm, hastig und mit Angst im Gesicht, die Schuhe anzog und in Eile die Wohnung verließ.

Auf dem Gang herrschte völliges Durcheinander. Das Licht brannte nicht, und die Nachbarn riefen sich gegenseitig laut zu. Laternen gingen an, und Kerzen wurden angezündet. Ich spürte von der Spannung so etwas wie Gänsehaut, aber das war bestimmt eine andere Spannung, als wenn man mit einem Mädchen Vokabelübungen macht. Die Stimmen klangen wie in den Kriegsfilmen, wenn die Deutschen oder die Russen einmarschierten.

Es gab einen Film mit Charlton Heston und Ava Gardner. Ganz Los Angeles war von einem Erdbeben verwüstet worden, und die Erde hatte sich einen Spaltbreit geöffnet so wie die Schenkel der Mädchen, wenn sie unentschlossen sind. Das sagten die Älteren. Ich hatte keine Erfahrung darin.

Vater lief in Rekordzeit acht Stockwerke hinunter. Er wäre mit dem Fahrstuhl schneller gewesen, aber Fahrstühle darf man bei Erdbeben nicht benützen. Auf den einzelnen Stockwerken bewegten sich unruhig kleine Lichter herum, und sie sprachen zueinander. Manchmal trat ein Gesicht ins Licht, und ich erkannte einen Nachbarn. In der Straßenmitte, wo tagsüber die Straßenbahn fuhr, versammelten wir uns alle. Manche schauten hinauf, ob was zu Boden stürzte, manche hinunter, ob sich die Erde öffnete. Viele trugen Hausmäntel, Pyjamas, Trainingsanzüge, Hausschuhe, Nachthemden. Eine Frau hatte noch die Lockenwickler im Haar. Radiogeräte wurden herumgereicht, hier eines, dort ein anderes, und unsere Nachbarn standen im Kreis und sagten *psst* zueinander. Vor jedem Wohnhaus bis zum Bahnhof hin hatten sich Menschengruppen gebildet, und alle hörten Radio.

Man rief sich die Nachrichten gegenseitig zu, sonst wurde nicht viel gesprochen. Manche Sender sendeten nicht, denn es gab sie nicht mehr, und derjenige, den wir empfangen konnten, sagte, dass wir uns ruhig verhalten und nicht in die Wohnungen zurückkehren sollten. Die Laternen wurden eine nach der anderen ausgeschaltet, und es wurde langsam still. Wir warteten alle im Dunkeln. Auf den Balkonen trocknete die Wäsche, der März war mild. Dann sagte die Stimme im Radio – und sie bebte –, die Hauptstadt sei zerstört worden und jede Verbindung dorthin abgebrochen. Ich hörte von vielen Seiten Rufe. Einige bekreuzigten sich. Es wurde kälter, und Mutter war immer noch nicht heimgekehrt. Die Wohnungen waren dunkel und still, als ob wir darin schliefen. Es kam eine sanfte Windböe, und irgendwo fiel eine Balkontür laut zu.

Plötzlich tauchte im siebten Stock Frau Petrea am Fenster auf. Herr Petrea war jener Nachbar, dessen Sohn einen starken Zeugungsdrang hatte, wie Vater sagte. Vater schmunzelte dabei, aber genau erklären, was er damit meinte, wollte er nicht. Petrea warf Flaschen aus dem Fenster auf die Straße hinunter, wenn unsere Stadtmannschaft gegen »die aus der Hauptstadt« gewonnen hatte.

»Du Arschloch, du impotenter Trottel, du Esel von einem Ehemann!«, rief Frau Petrea. »Ich schlafe, und du lässt mich schlafen, ich schlafe, und du vergisst mich. Bestimmt absichtlich. Dich soll der Teufel holen. Dass mir das Haus einstürzt und mich drunter begräbt.«

»Mein Gott, ich hab sie vergessen! Ich hab meine Frau tatsächlich vergessen«, murmelte Herr Petrea vor sich hin.

»Das geschieht mir recht. Einen Säufer zu heiraten, das

bleibt nicht ungestraft. Womit habe ich, Herr, gesündigt, so einen Mann zu haben? Ein Leben lang.«

»Frau, hör zu! Sei still, sonst bereust du später, was du jetzt sagst. Wir haben hier ein Erdbeben, und du sollst jetzt gleich runterkommen.«

»Klar haben wir hier ein Erdbeben, sonst wärt ihr alle kaum dort unten und ich alleine hier oben. Und alle Wohnungstüren offen, und ich hätte kaum den Schreck meines Lebens gehabt, als ich aufwachte und niemand da war. Der Alkohol hat wohl dein Hirn zersiebt, Ungeheuer von einem Mann, der du bist.«

Frau Petrea fuhr eine Zeit lang so fort, Herr Petrea versuchte sie vergeblich zu beruhigen, und alle anderen hörten zu. Manche unterhielten sich darüber, wie es geschehen könne, dass man in solch einer Situation jemanden vergisst, und versuchten abzuschätzen, wie gefährlich es für die Frau war, sich in der Wohnung aufzuhalten. Herr Petrea wandte sich an Vater. Von oben regnete es Beschimpfungen.

»Genosse Teodorescu, sind Sie unser Hausverwalter, oder sind Sie es nicht?«

Vater hüstelte, wie er es immer tat, wenn ihm etwas unangenehm war. Er setzte mich zögernd auf den Boden und ging auf Herrn Petrea zu.

»Was soll denn die Frage bedeuten? Sie wissen sehr wohl, wer ich bin.« Vater wirkte sicher. Ganz anders als im Wartezimmer der amerikanischen Botschaft. Bravo, Vater.

»Also, zeigen Sie uns, wie Sie diese Situation lösen.«

»Was für eine Situation, Genosse Petrea?«

»Nun ja, Sie sehen selber, dass meine Frau nicht mehr zu bremsen ist. Sie ist nicht mehr bei Sinnen. Ich schaffe es nicht. Tun Sie was. Sonst fällt dem Weib die Decke auf den Kopf, und Sie beschuldigen tatsächlich mich.«

»Tatsächlich«, wiederholte Vater, »Genosse Petrea, tatsächlich sind Sie zuständig für Ihre Frau. Tatsächlich sollten Sie etwas unternehmen. Ich wüsste nicht, weshalb ich diese Aufgabe übernehmen sollte.«

Bravo, Vater.

»Sie wüssten nicht, wieso? Soso, da steht also der Hausverwalter und weiß nicht, wieso. Aber es ist doch ganz erstaunlich, was unser Hausverwalter so alles weiß. Ganz erstaunlich, wie gut Sie Ihre Aufgabe kennen, wenn es darum geht, in unseren Leben herumzuspionieren. Um dann den Milizmann zu sich zu holen. Damit der Staat weiß, wie es uns geht. Der Staat kümmert sich. Aber jetzt, Genosse Teodorescu, jetzt ist es plötzlich nicht mehr Ihre Aufgabe. Verständlich, denn Ihre Aufgabe besteht darin, Mieten einzukassieren und zu rapportieren. Werden Sie auch rapportieren, was ich gerade sagte, Teodorescu?«

Vater und alle anderen um uns herum erstarrten, und es verging einige Zeit, bis sich überhaupt einer rührte. Inzwischen war die Frau verstummt und vom Fenster verschwunden. Einige Leute versuchten, Herrn Petrea zu beruhigen, sie klopften ihm auf die Schulter oder zogen ihn zur Seite. Andere beschimpften ihn, weil er mit einem ehrlichen und guten Mann wie meinem Vater so redete.

»Ehrlich? Gut? Was soll das? Dann soll er doch erklären, warum er aus Amerika zurückgekehrt ist, wenn er ehrlich und gut ist. Keiner kehrt aus Amerika zurück, der ehrlich und gut ist. Nur wer einen Auftrag hatte, kehrt zurück. Das sage ich euch.« Wieder erstarrten alle. Ich schaute nur Vater an. Er bebte. Er machte einen Schritt auf Petrea zu.

Komm, Vater, nur Mut. Zeig ihm, dass du im Reden so gut bist wie die Lehrer in der Schule, dachte ich.

»Reden Sie, Herr Teodorescu, sagen Sie was. Sonst behauptet der Säufer weiterhin Unsinn, und was behauptet wird, bleibt haften, auch wenn es Unsinn ist.« Das sagte eine Frau aus den hinteren Reihen. Vater hüstelte erneut.

»Genosse Petrea, ich rechne Ihre Niederträchtigkeit der

Anspannung zu. Es sind nicht gerade glückliche Umstände, die wir hier erleben. Aber Niedertracht bleibt Niedertracht, und man kann nicht alles auf die Anspannung oder auf den Alkohol schieben. Auch wenn Sie offensichtlich angetrunken sind. Was meine Reise nach Amerika und die Rückkehr angeht, so verbiete ich Ihnen jede Einmischung in mein Privatleben, und ich verbiete Ihnen auch, öffentlich darüber zu spekulieren, was die Gründe für mein Verhalten sein könnten. Das geht Sie, schlicht gesagt, nichts an. Wollen Sie hingegen etwas über Amerika erfahren, so können Sie mich aufsuchen. Sie können mich auch aufsuchen, um sich bei mir zu entschuldigen. Bis auf Weiteres jedoch bleibt mir nichts übrig, als mich in der Einschätzung Ihrer Person Ihrer Frau anzuschließen. Ich denke, sie hat genug gesagt. Und laut genug. Ich denke, das ist uns allen hier nicht entgangen.«

Bravo, Vater. Doppelbravo.

Vater kehrte ihm den Rücken zu, kam zu mir und nahm mich im richtigen Moment auf den Arm, denn ich hatte kaum noch Kraft, um mich mit meinem Gipsbein aufrecht zu halten. Was dann weiter gesagt wurde, weiß ich nicht mehr. Frau Petrea erschien später wieder am Fenster, alle redeten auf sie ein, bemühten sich darum, sie zu beruhigen und zum Verlassen der Wohnung zu bewegen. Herr Petrea war still. Irgendwann tauchte sie verstört vor dem Haus auf, und ihr Mann lief wütend auf sie los. Alle anwesenden Männer, außer Vater, der mit mir beladen war, rannten auch los, weil sie wussten, was kommen würde. Sie brauchten lange, um die zwei voneinander loszureißen. Das Ganze war irgendwie lustig anzuschauen.

»Sie kommt schon, sie kommt schon. Das Opernhaus ist sicher. Bestimmt.« Vater flüsterte und meinte Mutter. Ich hörte Vaters Herz. Die Stimme im Radio sagte, man solle nicht in die Häuser zurückkehren, es sei zu gefährlich. Man solle zu Freunden und Verwandten gehen, die in niedrigen Häusern wohnten. In den Hinterhöfen und in der Ferne bellten Hunde.

»Leute«, sagte Vater, »es bringt nichts, hierzubleiben. Wir erkälten uns nur, und in Sicherheit sind wir nicht, falls es wieder beben sollte. Ich schlage vor, dass einige hierbleiben, die ohne Kinder, um die Wohnungen vor Einbrechern zu schützen. Denn viele Wohnungstüren sind unverschlossen, und das wissen auch die Einbrecher. Die anderen sollen zu Freunden und Verwandten gehen, so wie sie es im Radio empfohlen haben. Wenigstens einmal sagen sie auch was Nützliches im Radio. Wer genug Platz hat, soll andere mitnehmen. Ich und mein Sohn gehen zu meinem Bruder. Jene, die hierbleiben, sollen es bitte meiner Frau ausrichten, wenn sie hier auftauchen wird.«

Nachdem der Vorschlag von Vater besprochen und angenommen worden war, stellten sich einige zur Verfügung, das Wohnhaus zu bewachen, und die anderen gingen in alle Richtungen weg. Die Stadt war voller Leute, die irgendwohin zogen, überall tauchten Gestalten auf und verschwanden wieder, es war dunkel und ungewohnt, wäre Vater nicht bei mir gewesen, so hätte ich mich bestimmt gefürchtet. Das ist so bei Erdbeben: Wenn die Erde einen Spalt kriegt, muss man sich aus dem Staub machen. Wenn die Mädchen ihn zeigen, bleibt man lieber bei der Sache. Abhauen darf man dann nicht, sonst hat sich die Mühe nicht gelohnt. Das sagten Ältere, die sich damit auskannten.

Manche Leute, die wir trafen, waren laut und aufgeregt, fluchten, schauten sich oft um. Manche waren still und ernsthaft, einige hielten ihre Hunde an der Leine, andere ihre Katzen auf den Armen. Kanarienvögel im Käfig. Wenig Gepäck. Kinder wurden an der Hand gehalten. Ich sah Freunde und Schulkollegen. Lehrer. Bekannte Gesichter.

Vater wurde da und dort gegrüßt, da und dort grüßte er. Da und dort hielt er kurz an, um sich mit jemandem zu unterhalten.

»Gott sei Dank ist euch nichts geschehen«, sagte die Tante. »Wir sitzen hier die ganze Zeit und fürchten das Schlimmste. Wenn man die Radioansagen hört, dann muss man das Schlimmste befürchten.«

»Die Hauptstadt steht nicht mehr«, rief der Onkel aus dem Hintergrund. »Da steht kein Stein mehr auf dem anderen. Tausende von Toten, so wird befürchtet. Die Zufahrten zur Hauptstadt sind verschüttet.«

»Na, bravo, das hat uns hier noch gefehlt.« Vater trug mich sanft zu einem Sessel und setzte sich neben dem Onkel beim Radiogerät. »Wir waren sonst so glücklich hier. So glücklich.«

Die Tante setzte Teewasser auf. Meine Cousins saßen auf ihrem Bett. Sie waren älter als ich und schienen keine Angst zu haben.

Vater hatte den Onkel vor Jahren aus dem Dorf in die Stadt geholt. Das geht schon, wenn man Beziehungen pflegt. Er hatte ihm und der Tante Fabrikarbeit beschafft und Matei und Sorin einen Schulplatz. Sie hatten vorläufig Unterkunft in einem feuchten, niedrigen Keller gefunden, wo sie aber nach Jahren immer noch wohnten. Eine Wohnung finden geht bei uns manchmal auch mit Beziehungen nicht. Der Keller hatte eine gewölbte Decke, und wenn wir sprachen, hörte man einen leichten Widerhall. Zum Keller, in die Tiefe, führten einige Stufen, dann war da der Eingang – eine Holztür mit großen Glasfenstern –, dahinter hatte die Tante Vorhänge, Decken und Teppiche aufgehängt, um den Eingang abzudichten. Im vorderen Teil lag die Küche, hier waren die Wände schwarz, und sie war vom übrigen Raum durch weitere Vorhänge und Decken abgetrennt. Hinter diesen Decken fand alles Platz, was es zum

Wohnen brauchte. An ein Badezimmer kann ich mich nicht erinnern. Im Sommer bauten sie im Hof des Hauses Gemüse an.

Wir saßen alle schweigend da, und wenn eines von uns Kindern etwas sagen wollte, machte ein Erwachsener *psst*. Mutter war kurz nach uns eingetroffen, und die Tante hatte sie mit ihrem »Gott sei Dank« begrüßt. Auch sie sagte »Gott sei Dank«, als sie mich sah, und umarmte mich fest. Sie nahm mein Gesicht in die Hände und schaute mich von allen Seiten an. Sie schien mit dem Ergebnis zufrieden zu sein; ich war wohl erdbebensicher. Sie zog ihre Schuhe aus, massierte ihre Füße und steckte sie unter eine Decke. Der Onkel wiederholte die Sätze von vorhin. Zeit verging, und es wurde warm um uns. Im Raum waren nur Radiogeräusche und Dampf. Manchmal wurde die Radiostimme schwächer, manchmal bloß das Zischen und Kreischen. Es war wie zu Hause um elf Uhr abends, wenn im Radio die politische Sendung übertragen wurde und Vaters Ohr am Lautsprecher klebte.

»Die Stille in der Stadt. Man sieht sehr wohl Menschen, aber alle haben Angst und irren umher«, sagte Mutter.

»Das Stadtzentrum steht noch?«, fragte Vater.

»Wir hatten Glück, alles scheint noch zu stehen in unserer Stadt. Im Opernhaus haben wir die Aufführung unterbrochen, die Lichter gingen aus, das Publikum schrie. Nach der ersten Angst kam die Angst um euch.«

»Ach, wir haben es gut überlebt. Im Kollektiv. Die ganze Mieterschaft auf der Straße versammelt. Alle. Und ihr Hausverwalter. Ich. Wir hatten Angst, die Erde würde uns verschlucken oder unsere Wohnungen uns erschlagen. Was ist besser?«

»Hier bei uns haben wir nichts gespürt«, sagte die Tante.

»Nichts. Es hätte der Jüngste Tag kommen können, wir hätten nichts gemerkt«, fügte der Onkel hinzu.

»Du meinst, mich und dich hätte Gott womöglich vergessen. Du und ich alleine. O Schreck!«, sagte die Tante. Der Onkel schluckte leer. »Aber zumindest das Bier hätte er dir lassen sollen.«

»Zuerst sind wir alle in den Keller gerannt, so schnell wir konnten«, beeilte sich Mutter zu sagen, »das hättet ihr erleben sollen, überall Requisiten, Instrumente, und dazwischen geschminkte Sänger, der Chor, die Musiker und das Publikum. So viele, wie halt Platz fanden. Dann hielt ich es vor Sorge um euch nicht mehr aus und lief los. Es war gespenstisch. Wie ein Grab, und wir alle drinnen. Ich schaute auch bei Großmutter und Großvater vorbei. Sie waren bei den Nachbarn und wirkten munterer als ich. Das Lustigste aber geschah vor unserem Haus. Ich kam dort an, sah, dass alle Häuser verlassen waren, und wollte gerade in unseren Hauseingang hineinlaufen, als unser Nachbar – der Säufer –, wie heißt er schon wieder, Petrea, mir entgegenkam. Er war in Begleitung einiger anderer Männer, die mich alle gleich erkannten. Petrea redete die ganze Zeit vor sich hin und erwähnte deinen Namen. Er meinte, du seist so schrecklich und feige und so weiter, und er werde es dir schon irgendwie heimzahlen, er könne niemanden so mit sich reden lassen. Dabei wirkte er wie ein kleines Kind, und ich hätte bestimmt gelacht, wenn es mir nicht eher nach Weinen gewesen wäre. Was ist denn geschehen?«

»Geschehen ist, dass der Idiot von Petrea mich vor allen anderen angegriffen hat, weil ich seine hysterische Frau nicht aus der Wohnung herausholen wollte. Sie stand am Fenster und schimpfte wie ein Wasserfall. Und der Trottel bezichtigte mich, ein Spitzel zu sein und ein Geheimdienstler, weil angeblich nur die aus Amerika zurückkehren.«

»Und?«, fragte die Tante.

»Und was?«

»Bist du es oder bist du es nicht?«

»Hör auf damit, verdammt! Ich sagte schon, ich bin zurückgekommen, weil ich es nicht mehr ausgehalten habe.«

»Der arme Ehemann, der sich an Amerika aufrieb. Da müssen wir doch glücklich sein, ihn noch lebendig zu sehen. Jetzt aber reibt er sich an Petrea auf und an vielen anderen Idioten in diesem Irrenhaus. Was nun, kluger Ehemann? Wohin bloß? Zurück nach Amerika? Wann denn? Vielleicht kommt die Chance nie wieder. Ich meine, so ein kleines Erdbeben. Da bewachen sie die Grenzen bestimmt nicht. Wenn wir jetzt losziehen, sind wir womöglich bald wieder dort.« Mutter schmunzelte, während sie das sagte. Vater nicht.

»Wenn ich euch so zuhöre, dann frage ich mich im Ernst, was einfacher auszuhalten ist: Amerika oder euer Gift.« An dieser Stelle wäre unter anderen Umständen der Streit ausgebrochen, Mutter antwortete aber nicht, und es wurde wieder still. Draußen wurde es langsam Tag.

Nach der Erdbebennacht kamen wir alle ans Tageslicht, aber nichts war mehr wie vorher. Das nennen Erwachsene *Schock*. An diesen Schock kann ich mich nicht mehr genau erinnern. Aber ich weiß, dass die Schule für mehrere Tage ausfiel und man Gänsehaut hatte, wenn im Fernsehen Trauermusik gespielt und Sondersendungen gezeigt wurden. In der Hauptstadt war vieles zerstört worden, und sogar die Schweizer hatten ihre Hilfe angeboten. Wir nahmen sie nicht an, weil die Partei und die Führung alles unter Kontrolle hatten. Der Obergenosse teilte es persönlich mit. Danach wurden die ersten Geschichten über wundersame Rettungen aus den Trümmern erzählt, und wie Menschen überlebt hatten, neben denen alles eingestürzt war. Es gab sogar Bücher dazu. Nach Wochen sendeten sie wieder *Columbo* und *Kojak*, auch die russischen Filme waren wieder da, und Vater meinte: »Willkommen in der Normalität.«

Zwei Monate später, Anfang Mai, wurde der Gips abgenommen. Dafür führte uns Doina, die beste Freundin meiner Mutter, durch einen Hintereingang in einen Saal des Kinderkrankenhauses. Wir umgingen so die Warteliste. Doina war Oberschwester, und gleich nach den Ärzten hatte sie das Sagen bei den weißen Kitteln.

Als meine Beine wieder etwas kräftiger wurden, fuhren Mutter und ich zu Doktor Horia Radu in die Berge. Mutter setzte auf ihn, wenn es um seltene Krankheiten wie meine ging.

Auf dem Weg dorthin machte der Zug viele Stunden lang *tadam-tadam*. Drinnen war es heiß. Draußen war es weit und flach, dann wieder hügelig. Mutter knöpfte mein Hemd auf und stellte die Mineralwasserflasche und einen Plastikbecher bereit. Sie zog meine Schuhe aus und legte die Füße auf ihren Schoß. Sie fragte: »Hast du Angst?« Ich konnte nicht darauf antworten, ich hatte Angst zu weinen. Ich nickte, sie streichelte mir über die Haare. »Du brauchst keine Angst zu haben, alles wird gut ausgehen.« Manchmal stand am Feldrand ein Bauer gegen den Ochsenkarren gelehnt und aß Brot und Speck.

Plötzlich gab es nur noch Wald, die Bäume kamen nahe an den Zug heran, und Äste streiften die Wagen. Es wurde kühl von den Bergen. Als wir in den ersten Tunnel hineinfuhren, schreckte ich auf. Da wurde plötzlich alles dunkel, dann wieder alles hell. Mutter saß weiterhin vor mir. Sie hatte im Dunkeln keine Angst gehabt.

Das war toll: dunkel, hell, dunkel, hell. Ich dachte: Vielleicht wird Mutter im nächsten Tunnel zu Micky Maus und später Micky Maus zum Obergenossen und dieser dann zum Hasen aus dem Wunderland und der Hase zu Winnetou und Winnetou zu Vater und Vater zu Mutter. Jedes Mal, wenn es wieder hell würde, würde einer von ihnen mir gegenübersitzen und meine Füße massieren. Ich hatte versucht, genau den Augenblick zu erwischen, wenn im Dunkeln Mutter zu Micky Maus wurde, aber ich war vorher eingeschlafen. Dann kam die Stadt Covasna.

In Covasna holte uns der Wagen der Klinik ab. Der Fahrer war nett, und er verstaute das Gepäck im Kofferraum. Im Wagen war mein Herz ganz klein, und es saß im Hals. Ich hielt lange Mutters Hand fest. Die Straße war kurvenreich, daneben flossen kleine Bäche, und es standen Schilder am Straßenrand, auf denen ein Reh abgebildet war. Auch hier gab es Tunnels, eng und dunkel, und von den Wänden tröpfelte es. Mutter kurbelte das Fenster hinunter, zog tief Luft ein und schien ganz zufrieden. Ich hingegen konnte kaum noch atmen.

Das Gebäude war sehr groß, mit mehreren Stockwerken, und es lag am Waldrand. Der Fahrer hupte, und ein Mann eilte herbei und öffnete das Haupttor. Ein hoher Zaun aus Eisenstäben trennte die Straße vom Sanatoriumsgelände. Dahinter lagen Gemüse- und Blumenbeete. Am linken Hausflügel vorbei ging die Straße in die Berge hinauf, rechts kam der Wald nah ans Haus heran.

Mir wurde ein Zimmer im Erdgeschoss zugeteilt. Es war kahl, mit Betten und Nachttischen aus Metall, und weiß. Die Gänge rochen nach Medizin und Desinfektionsmittel. Mutter blieb die erste Nacht bei mir und durfte im gleichen Zimmer wie ich schlafen. Sie zog ihren Hausmantel und ihre Hausschuhe an, und es war fast wie in unserem Wohnzimmer.

Am nächsten Morgen packte sie ihre Sachen wieder ein und wollte mich beruhigen. »Bloß anderthalb Wochen, mein Küken. Es ist notwendig«, sagte sie, doch es kam mir vor, als ob ich für immer dort bleiben musste. Als der Fahrer sie abholte, um sie in die Stadt zurückzufahren, sagte ich nichts.

Ich ging durch die Säle und die Gänge und mied die Labors und die Untersuchungszimmer. Ich hatte noch eine Stunde Zeit, bevor man mich zur Blutentnahme abholen würde. Später hatte ich einen Termin bei Doktor Radu.

Im Garten ging ich auf einem schmalen Kiesweg entlang dem Zaun bis zum äußersten Winkel der Anlage, und dort sah ich hinter einem Gartenhäuschen ein Mädchen. Sie gab einigen Blumen Wasser und war auch sonst sehr aufmerksam mit ihnen. Bis ich dicht hinter ihr stand, bemerkte sie mich nicht. Als sie sich umdrehte, tat ich so, als ob sie mich nicht interessierte. Ich setzte mich auf eine niedrige Holzbank und schielte zu ihr hinüber. Nach einiger Zeit fragte ich: »Sind das deine Blumen?«

Sie gab zuerst keine Antwort. Als ich bereits meinte, dass sie taub sei, hörte ich sie sagen: »Wer bist du? Bist du der schwarze Mann? Wenn nicht, dann kannst du mitgießen.«

»Zeigst du mir, wie?«, wollte ich wissen.

»Ist nichts Besonderes. Im Häuschen findest du einen Wasserschlauch. Wenig Wasser ist besser als mehr.«

»So.«

Wir begossen die Blumen einige Zeit nebeneinander, bevor sie fragte: »Wozu bist du hier?«

»Ich komme aus der Stadt«, antwortete ich, »ich habe was am Bein, und ich kenne Doktor Radu. Kennst du ihn auch?«

»Doktor Radu ist mein Vater, und ich heiße Nora.«

Ich war sehr überrascht, die Tochter des berühmten Doktors kennenzulernen, und wusste nicht, was sagen. Zum Glück rief mich eine Schwester zu sich. Blutentnahme.

Doktor Radu war klein und glatzköpfig. Er sah schlecht aus, als ob er selber krank sei. Er streifte mit einer Nadel über meine Beine und Fußsohlen und fragte mich, ob ich was dabei spüre. Er klopfte mit einem kleinen Hammer mit Gummienden an meine Knie und ließ mich vor ihm hin und her gehen. Er überprüfte, wie viel Kraft ich in den

Händen und den Beinen hatte, und er hörte sich mein Herz an. Mir kam alles ganz wie bei den amerikanischen Ärzten vor. Er schaute sich die Narbe der Operation an und las die Berichte aus Amerika. Immer wieder murmelte er: »Hm.«

»Hat dir Amerika gefallen?«, fragte er mich, ohne die Augen vom Blatt zu heben.

»Jawohl.«

»Was hat dir am meisten gefallen?«

»Die Freiheitsstatue, das Weiße Haus und Superman.«

»So, so.« Dann fragte er nicht weiter, sondern schloss nach einiger Zeit die Akte und rief die Schwester herein. »Die üblichen Untersuchungen«, verordnete er. »Herz, Muskel, Hirn. Und melden Sie ihn für nächste Woche im Allgemeinen Krankenhaus für eine Muskelbiopsie an. Ansonsten täglich Vitamin B_2 und B_{12}, gespritzt.« Dann wandte er sich wieder mir zu: »Nimm ein Bonbon, Junge. Du darfst das, ich nicht.«

Ich verbrachte die nächsten vier Tage mit Nora. Wenn ich nicht zur Visite oder zu Untersuchungen musste, ging ich in den Garten und fand sie bei den Blumenbeeten. Sie zeigte mir die entferntesten Winkel und die geheimen Ecken und brachte sogar einmal ihren Kanarienvogel mit, damit ich ihn begrüße. Ich erzählte viel von Rom, den Flumians und dem *campo sportivo*. Nur Anna ließ ich aus meinen Erzählungen raus. Ich erzählte so, wie ich dachte, dass es einem Mädchen gefallen könnte. Sie stellte nie Fragen, aber sie war sehr aufmerksam. Ich erzählte, dass Vater alles im Griff gehabt hatte.

Wenn man mich fürs Spritzen abholte, sagte sie immer: »Ich drücke dir die Daumen.« Die Schwester nahm die Spritze und die Nadel aus einer Spezialschachtel und zog zuerst *Novocain* in der Spritze hoch. Das war eine Art Schmerzmittel. Dann musste ich mich auf den Bauch legen und den Po frei machen. Sie gab drei kräftige Klapse drauf, und schon steckte die Nadel drin. Nachdem das *Novocain* gewirkt hatte, spritzte sie den Rest. Manchmal tat es sehr weh, denn Noras kleine Daumen kamen gegen eine sechs Zentimeter lange Nadel nicht an.

Nora hatte die Haare wie ein Junge geschnitten und trug gerne Hosen. Manchmal benahm sie sich auch wie ein Junge, und vorne unter dem Hemd wuchs noch nichts.

Am vierten Tag fanden wir das Haupttor offen, und wir gingen hinaus. Wir schauten nach links und nach rechts und überquerten die Straße. Nach einigen Metern hörte man nur noch den Wald. Ich dachte sofort an die Wildschweine von Rom und wollte nicht mehr weiter.

»Gibt es wilde Tiere hier?«, fragte ich leise.

»Klar. Alles, was du willst: Bären, Wölfe, Füchse, Hasen, Wildschweine, Adler. Aber im Sommer ziehen sie sich tief in den Wald zurück. Mein Onkel hat's mir gesagt, und der ist Jäger. Wenn wir noch hundert Meter gehen, kommen wir zu einer Wiese mit Blumen und Hasen.«

Alles schön und gut, aber Hasen interessierten mich nicht, und Blumen hatten wir auch im Sanatorium. Ich weigerte mich weiterzugehen, und sie nannte mich einen Feigling. Sie verschwand alleine im Dickicht.

Ich kehrte zurück zur Straße, und gerade als ich in den Hof kam, fuhr ein Krankenwagen vorbei. Drinnen saßen drei Kinder, und sie sahen aus, als ob sie Angst hätten. Den einen, Dragomir, erkannte ich, und er winkte mir zu.

Nach über einer Stunde kam Nora zurück, ihre Schuhe und ihre Hose waren verdreckt, aber das machte ihr nichts aus. Als sie wieder mit mir sprechen wollte, fragte ich: »Sag mal, wo bringen sie Dragomir und die anderen Kinder mit der Ambulanz hin?«

»Sie fahren sie ins Allgemeine Krankenhaus nach Covasna. Dort werden sie operiert oder so.«

Mein Herz schlug höher, denn das stand mir auch bevor.

Am nächsten Morgen erwachte ich ziemlich spät. Niemand war gekommen, um mich zu wecken. Regentropfen fielen von den Ästen auf den Fenstersims, und ich dachte, heute brauchen die Blumen kein Wasser. Keine Schwester zeigte sich, und niemand brachte das Frühstück.

Ich ging auf den Flur und dann in den Aufenthaltsraum. Ich schaute durch ein offenes Fenster. Die Luft war frisch. Am Himmel sah ich schwere graue Wolken. Man hörte kein anderes Geräusch außer dem Regen. Dann klopfte jemand auf meine Schulter. Die Schwester sagte: »Falls du es noch nicht weißt, Horia Radu ist letzte Nacht gestorben. Wir haben deine Eltern benachrichtigt, damit sie dich abholen. Das Sanatorium stellt vorläufig den Betrieb ein.«

Ich war am Anfang froh, dass er gestorben war. Das Allgemeine Krankenhaus würde lange auf mich warten müssen. Dann fiel mir Nora ein.

Bis zur Abreise sah ich sie nicht mehr. Man brachte mich auch nicht zu ihr, als ich es verlangte. Als Mutter ankam – diesmal mit dem Taxi –, schrieb ich einige Zeilen auf eine Postkarte mit Bergen drauf. Ich schrieb, dass mir der Tod ihres Vaters leidtat, und auch, dass ich nicht mit ihr zur Lichtung gegangen war. Ich gab die Karte der Schwester.

Auf der Rückfahrt erklärte mir Mutter, dass Doktor Radu Zucker gehabt hatte, und obwohl ich nicht verstand, wie man an so etwas Leckerem sterben konnte, stellte ich keine weiteren Fragen.

Im September ging der Schulunterricht wieder los. Wir kamen alle aufgeregt in der Schule an, weil wir neue Lehrer und Mitschüler bekamen. Wir wechselten das Schulzimmer und das Gebäude. Die Primarschule war Vergangenheit, und wir waren jetzt an einem Ort mit vielen Treppen und langen Gängen untergebracht. Entlang den Mauern waren in Glaskästen Insekten, Mineralien und Pflanzen ausgestellt und mit lateinischen Namen versehen. Einige Schüler verirrten sich, weil sie zum alten Schulhaus gegangen waren und dann den Weg nicht gefunden hatten. Einige verspäteten sich, um aufzufallen und um die Geduld der neuen Lehrer auf die Probe zu stellen. Wer rechtzeitig dagewesen war, hatte für sich und seine Freunde die besten Plätze besetzt. Wie im Kino, wenn man *Sandokan* zeigte und die Stärksten nach vorne drängten. In der Schule jedoch drängten alle nach hinten. Vor allem die Faulen und die Ruhestörer. Die Lehrer wussten es und stellten alles wieder um. Duma, Vuia, Ziglinde, Tarhuna, Bosca mussten umziehen.

Wir hatten acht neue Lehrer und mussten eine Menge über ihre Eigenheiten lernen. Es gab Pintea, den Klassenlehrer, dem schneller als John Wayne in *Rio Bravo* die Hand zuckte. Kaum sah er einen ungefragt reden, glühte schon dessen Wange. Ohrfeigen gab es für alles Mögliche: für schmutzige Hände, »weil die Katze ein Leck in der Wasserleitung verursacht hat«; für vergessene Hausaufgaben, »weil Mutter das Heft als Unterlage gebraucht hat, um sich die Zehen zu lackieren, was beim Klassentreffen von Vater unumgänglich war«; für Verspätungen, »weil eine Frau im Bus gebären wollte«; oder für aufgedecktes Schuleschwänzen, »weil man die Schlagsahne mit dem Rasierschaum von Vater verwechselt hat und Bauchweh bekam«. Ohrfeigen gab es für Lachen oder Reden während des Unterrichts. Pintea kam näher, man stand nicht einmal auf, er beugte die Knie, winkelte die rechte Hand an, versteifte die Schulter und den Oberarm, schaute einem in die Augen und sagte: »Halt mal die Wange hin, Bürschchen.« Dann zielte er ruhig, wenn es *platsch* machte, hatte sich nur das Handgelenk bewegt. Da war die Madame, unsere Geschichtslehrerin, die uns zweimal die Woche überzeugte, dass Geschichte etwas Großartiges war. Sie hatte viel Geduld und gab gerne Antworten, wenn einer von uns wieder einmal etwas über die glorreichen Kämpfe unserer Ahnen gegen Barbarenvölker wissen wollte. Wenn einem keine weiteren Fragen einfielen, übernahm ein anderer. Die Geografielehrerin war streng, und sie war eine falsche Blondine. Sie verstand keinen Spaß, und man war vor ihr nie sicher. Egal, wie viele Noten man in ihrem Fach bereits hatte, sie holte einen vor die Klasse und verlangte ganz schwierige Sachen. Zum Beispiel Afrika zeichnen, Länder, Hauptstädte, Flussläufe und alle anderen wichtigen geografischen Angaben inbegriffen. Die Lehrerin im Fach Verfassungskunde war einfach schön. Sie war jung, und noch nirgends war Speck zu sehen. Sie war sanft, und wenn wir zu acht den Unterricht schwänzten und direkt unter dem Fenster der Schulklasse, im Platanenhof, Lärm machten, rügte sie uns nur ein bisschen.

Es war auch neu, dass wir unsere Lehrer Professoren nannten. Abgekürzt: Prof. In ganzer Länge: Genosse Professor oder Genossin Professorin.

Unsere Klasse war auf neununddreißig Schülerinnen und Schüler angewachsen. Wir hatten eine Anorektikerin, die kam nur dann und wann in die Schule. »Anorektiker ist man, wenn man am Essen keinen Spaß hat«, hatte uns Pintea aufgeklärt. Ich würde nie Anorektiker werden. Sie ging frühmorgens von zu Hause los und kam selten in der Schule an. Sie ging in der Stadt verloren und tauchte wieder auf, wo es ihr gefiel. Manchmal gingen wir sie suchen. Wir liefen durch die Straßen rund um die Schule, lachten, schubsten uns und riefen alle im Chor: »Ziglindeee!« Ziglinde war nicht zu finden. Dann ging die Tür mitten im Unterricht auf, und Ziglinde kam herein. Sie war dünn und lang und hielt die Hände hinter dem Rücken gekreuzt, wenn sie vor der Klasse stand und sagen musste, wo sie den ganzen Tag lang gewesen war. Aber sie sagte nie etwas, manchmal bewegten sich die Lippen, und man verstand nichts. Sie schaute zu

Boden und hatte ein Lächeln, wie sonst nur Vuia eines hatte, wenn er vom Stoff keine Ahnung hatte. Die Lehrer verzweifelten jeder auf seine Art und drohten. Ziglinde wurde in die Bank geschickt.

Vuia war klein, und wenn er im Unterricht aufstand, um etwas zu sagen, wusste man in den hinteren Reihen nicht, ob er stand oder saß. Aber stumm war er wie Ziglinde, und das gleiche Lächeln hatte er auch. Man wusste nie, ob noch etwas kam oder nicht und ob man noch warten oder abbrechen sollte. »Mit solchen wie dir, da machen wir keinen Sozialismus«, sagte der Klassenlehrer. Vuia war oft ziellos. Planen konnte er nur das Schuleschwänzen. Er setzte ein seltsames Lächeln auf, wenn es Ohrfeigen hagelte. Vuia war neben Duma unser Lieblingseinkäufer. Es machte Vuia nichts aus, sich für den Unterricht zu verspäten, und das Restgeld stimmte immer. Wenn man sich über irgendetwas beklagte, verfluchte er einen.

Enăchescu war Anämikerin. Das habe mit dem Blut zu tun, erklärte wieder Pintea. Man habe irgendwie zu wenig davon. Deshalb war sie wohl immer weiß wie Kreide und weich und dünn, dass man sie hätte kneten können. Enăchescu ging so, wie eine Trauerweide wohl gehen würde, wenn sie es könnte. Sie war wunderschön und sprach leise, wahrscheinlich um das Blut zu schonen. Wenn sie Antwort geben musste, stand sie auf, obwohl die Profs ihr gleich nach der Frage vorschlugen, sitzen zu bleiben. Sie legte den Kopf zur Seite, und was sie sagte, war meistens falsch, aber das war allen nicht so wichtig. »Hauptsache, sie ist integriert im Klassenverband«, meinte Pintea. Meistens war sie nicht integriert, denn ihr Platz blieb drei von vier Wochen leer.

Duma wusste so wenig wie Vuia, aber er war geschwätziger und schnitt Grimassen, wenn die Lehrer sich von ihm abwandten. Wenn er aufstand, schnell und entschlossen, meinte man, da komme die Antwort gleich, und die Lehrer hielten den Atem an, und wir auch, und wenn er loslegte, gab es nur Gelächter, und die Lehrer drohten wieder. Er hatte immer die besten Ausreden, und man fragte immer bei ihm nach, wenn man etwas für das Absenzenheft brauchte. Einmal meinte er, sein Vater habe ihn früh auf den Kopf geschlagen, und deshalb könne er sich nur die Hälfte der mathematischen Formeln merken. Als Pintea, der Mathematik lehrte, ihn fragte, welche Hälfte denn, sagte er: »Die bessere.« Pintea zuckte die Hand.

Ein anderes Mal erklärte er in der Geschichtsstunde, sein Vater sei Alkoholiker und habe die Bücher für Schnaps verkauft, und deshalb habe er nichts lernen können.

»Wenn Erwachsene sich treffen, geben sie sich die Hand. Das will heißen: ›Ich habe keine Waffe bei mir und will dein Freund sein.‹« Das erwähnte einmal die Geschichtslehrerin. Sie sagte weiter: »Im Mittelalter herrschten schlimme Verhältnisse in Europa. Überall gab es Mord und Totschlag. Auf den Straßen war Gesindel, man ging nach dem Eindunkeln nicht mehr ins Freie. Da war das Schwert die Lebensversicherung der Ehrenmänner. Um sich gegenseitig zu zeigen, dass man Frieden wollte und in der Hand keine Waffe trug, erfand man den Händedruck.«

Dann setzte sie sich hin und schlug die Beine übereinander. Sie holte tief Luft, und die Brüste bewegten sich. Tarhuna schob Vuia den Ellbogen in die Rippen. Wir liebten alle die Beine der Madame. Was weiter oben kam, wussten wir nicht, aber Tarhuna meinte, es sei schwarz und könne sehr feucht werden. Das habe er von seinem Bruder gehört. Sie fuhr fort: »In unserem Land, da setzte Graf Ţepeş andere Mittel ein gegen das Banditentum. Er ließ alle Räuber und Wegelagerer pfählen. Da war überall Ruhe und Sicherheit, und man hätte Goldmünzen an den Straßenrand legen können, man hätte sie nicht gestohlen. Während also überall Angst herrschte, war bei uns Frieden. So wie heute.« Sie sprach das so schön aus, da hätten wir gerne geklatscht.

Duma hob die Hand, und noch bevor die Lehrerin ihm das Wort erteilte, sagte er: »Vater sagt, den Țepeș brauchen wir heute. Er wüsste schon, was zu tun wäre, mit all den Dieben.« Man hörte im Zimmer das Summen der Fliegen. Madame wollte etwas sagen, aber sie stockte.

Wir Kinder gaben uns nie die Hand. Wir hatten auch allen Grund dazu. Unsere Hände waren doch immer voller Waffen: kleine Messer, Steine, Nadeln, Glasscherben. Das Mittelalter hätte sich bestimmt vor uns gefürchtet.

Gegen Ende des Schuljahres kam Vater eines Tages ins Klassenzimmer. Er flüsterte dem Lehrer kurz etwas ins Ohr, danach durfte ich den Unterricht verlassen. Ich machte mir bereits Sorgen darüber, was ich wohl angestellt hatte, doch ich merkte schnell, dass Vater strahlte. Auf der Straße fiel mir sofort ein Geländewagen mit römischen Kennzeichen auf: ROMA. Da war alles klar, und im gleichen Moment sprangen Francesco, Paolo, Gianni, Maurizio und Massimo hinter dem Wagen hervor. Sie umarmten und küssten mich, und es war das reine Durcheinander. Ich wusste nicht, wen ich zuerst begrüßen und befragen sollte, doch Italienisch sprach ich von der ersten Minute an.

Wir stiegen schnell ins Auto, weil Vater kein unnötiges Aufsehen erregen wollte, und fuhren los. Unterwegs schauten uns die Leute auf der Straße an, und ich war stolz, in so einem großen Wagen aus Italien herumgefahren zu werden. Es war, als ob hinter der nächsten Ecke das Kolosseum oder die Piazza Venezia auftauchen würden.

Zu Hause deckte Mutter den Esstisch und stellte die allergrößten Töpfe aufs Feuer. Sie hatte inzwischen Süßkraut und Hackfleisch besorgt – »zu übertriebenen Preisen«, flüsterte sie Vater zu – und wollte *Sarmale* kochen. Doch Francesco widersetzte sich und auch alle anderen. Sie hatten entschieden, uns auf Italienisch zu verwöhnen. Sie hatten wunderbare Teigwaren und wunderbares Olivenöl mitgebracht, und Mutter musste nur alles Notwendige bereitstellen. Mutter ging in die Küche, Francesco, Massimo und Vater folgten ihr.

Vater kehrte nach kurzer Zeit mit den Tassen aus China und mit Kaffee zurück. Türkischer Kaffee mit Satz. Nichts, was man in einer italienischen Bar bekommen hätte, aber unsere Freunde lobten ihn. Sie erzählten, dass sie eine Reise durch Rumänien machten, und Vater wollte wissen, ob ihnen die Behörden bei der Einreise viele Probleme gemacht hätten. Ich übersetzte, ganz wie in alten Zeiten. Dann fragten sie, wie es uns in Amerika gegangen war und wie es um meine Krankheit stand. Ich sagte, dass es nicht so schön wie bei ihnen gewesen war, doch über die Krankheit wusste ich nichts zu sagen. Vater erwähnte die Operation und meinen Aufenthalt in Covasna. Dann war ich mit dem Fragen an der Reihe, und ich fragte sie über Signora Maria, Signore Giovanni und alle anderen aus. Nur nach Anna fragte ich nicht. Bevor das Essen hereingetragen wurde, musste ich schnell auf Römisch fluchen.

An jenem Abend lachten alle, und der Obergenosse war vergessen.

Am nächsten Tag zeigten wir unseren Gästen die Sehenswürdigkeiten der Stadt. Aber für mehr als einen Tag reichten sie nicht, und wir beschlossen, den nächsten Tag, einen Sonntag, gemeinsam am Fluss zu verbringen.

Der Fluss führte oft wenig Wasser, aber er zog viele Städter an. Auch wir fuhren regelmäßig hin. Sonntags war also für die Städter Badetag, die Bauern achteten darauf, ihre Kühe fernzuhalten und flussabwärts zu tränken. Am Dorfrand bog die Autokolonne links auf einen Feldweg ab, fuhr an zwei Bauernhäusern vorbei, und dann wurden die Motoren abgeschaltet. Die Männer schoben ihre Autos auf den letzten Metern, die Frauen klagten über die Hitze und über die lärmigen Kinder. Sie setzten den Kleinsten Sonnenhüte auf und nahmen sie an die Hand, die Männer fluchten über die Schwerfälligkeit der Autos, sie hatten vergessen, die Handbremse zu lösen, lösten sie schnell, die Kleinsten fingen zu weinen und zu schreien an. Die Männer schwitzten unter dem Hemd, die Hemden waren feucht am Rücken, manche zogen sie aus, die Bäuche waren rund und behaart, manchen rutschte die Hose hinunter, und man sah den weißen Hintern.

Es war wichtig, beim Autoschieben gut zu sein, denn die Parkplätze unter den wenigen Pappeln waren begehrt. Vater war jung, der Bauch war noch unterwegs, sein Schiebestil brachte uns stets unter die Ersten. Die vorderen Räder blieben regelmäßig im Sand stecken. Die Erwachsenen leerten die Autos und ließen sie stehen wie Walgerippe.

Die Innereien unseres Autos waren prall gefüllte Körbe, Decken, Sonnenschirme, Radiogeräte, Taschen mit unbekanntem Inhalt; die trugen dann die Frauen auf den Schultern. Diese Taschen waren wahre Wundertüten. Daraus zauberten die Frauen alles Mögliche hervor, und darin verschwand alles Mögliche. Eine Erfrischung, Süßigkeiten, Geld für ein Eis aus dem Dorfkaffeehaus, die Musikkassette, die man leider zu Hause vergessen hatte, Bücher, Kaugummi, Klopapier. Mutter zauberte es hervor, als wären wir in Las Vegas.

Zuerst zogen sich die Frauen und die Mädchen hinter den offenen Autotüren aus, wir Männer mussten verduften; manche unter ihnen hatten Mühe, die Hosen auszuziehen, doch enge Hosen machten schmaler. Inzwischen liefen die Väter zum Ufer hin und versuchten, so viel Platz wie möglich zu besetzen. Die Decke hier, die Schuhe dort, die Sonnenschirme anderswo, und irgendwann waren sie zufrieden. Männer dürfen sich im Freien ausziehen, das ist nicht anstößig. Manche ließen die Hosen, Unterhosen, Hemden, Leibchen, Schuhe achtlos herumliegen, andere falteten sie sorgfältig zusammen. Vater war ein Mann der zweiten Sorte, vielleicht hatte ihm die Reise nach Amerika geholfen, ordentlich zu werden.

Weil die Sonne am Vormittag kühler und angenehmer war, wollten Erwachsene zwischen zehn und zwölf nicht gestört werden. Da lagen sie wie tot im Sand, man konnte auf ihnen Hähnchen braten, manchmal rülpste der Onkel, der mit dem Alkoholproblem, manchmal rieben sie sich mit Sonnencreme ein, da waren sie zärtlich miteinander.

Oft kamen auch der Onkel und die Tante mit. Der Onkel hatte rote Backen von seinem Alkoholproblem, eine gelähmte Hand und die Sprache der Mongolen im Mund. Jedenfalls verstanden wir oft nichts, und es hieß, früher, vor seinem Problem, hätte man auch nichts verstanden, aber er hätte es wiederholen können. Ein Alkoholproblem war nicht so einfach zu lösen wie ein Algebraproblem. Algebra gab es nur in der Schule. Die Erwachsenen hatten die Schule hinter sich, die Algebra auch und auch die dummen Lehrer, die das Lineal nicht nur für die Geometrie benützten, sondern auch für die Handflächen der Kinder. Die Erwachsenen schlugen nie mit Linealen aufeinander ein, die wären zu kurz für ihr langes Geschwätz gewesen. Zu Hause warf zuerst Mutter Vater irgendetwas vor, etwas Kleines, dann warf er zurück, deftiger, dann kamen die bösen Blicke. Einmal sogar lief Vater hinter Mutter her, rund um den Wohnzimmertisch. Ich dachte, vielleicht würde es ihnen schwindelig, sie würden umfallen, und ich könnte weiter fernsehen.

Manchmal ging plötzlich das Licht aus – der Obergenosse muss wohl einen Schalter in der Hauptstadt gehabt haben –, und Vater und Mutter konnten ausatmen. Sie brauchten sich nicht mehr böse anzuschauen. Wir saßen dann alle drei im Dunkeln, wie die ganze Nachbarschaft auch. Die Gedanken aller Eltern drehten sich um den Obergenossen und wo man ihn hinwünschte. Dann schlossen sie alle Frieden.

Nachts jagten sich der Onkel und seine Frau im Wohnzimmer herum, zum Beispiel an Neujahr, aber das Licht ging nicht aus, und meine Cousins mussten sie auseinanderbringen. Das verdammte Alkoholproblem sei schuld daran, meinte meine Tante, er habe kein Problem, nur mit ihr, sagte der Onkel, dann stieß ihn Sorin aufs Bett. Er rührte sich nicht mehr, er tat gut daran, liegen zu bleiben, meine Cousins waren stärker als er.

Wir waren auch an jenem Sonntag beim Autoschieben schneller als alle anderen, denn unsere Freunde waren ganz schön kräftig. Paolo stellte mehrere Getränkeflaschen in den Fluss, und Mutter holte aus den Körben lauter Köstlichkeiten: belegte Brote mit Gurken, Tomaten, Salami und Radieschen, dazu mehrere Käsesorten, Fleischbällchen, Schnitzel, Würstchen aller Art, Kartoffelsalat, russischer Salat, Auberginensalat, gefüllte Eier und gefüllte Tomaten, scharfe und milde Peperoni, eine Quarktorte und Unmengen an anderen Kuchen und Knabberzeug. Wir saßen alle in einer Reihe, und Mutter führte uns alles vor. Danach verstaute sie das meiste im großen Reisekühlschrank unserer Freunde.

Gianni und Maurizio spannten ein Netz zwischen zwei Bäumen, und sie spielten alle den ganzen Vormittag Volleyball. Die vielen Frauen am Strand schauten sie an, sie redeten halblaut und kicherten. Einige hatten mitgekriegt, dass sie Italiener waren, und Italiener waren bei uns sehr beliebt. Wenn jemand *Italien* sagte, ging der Blick in die Ferne, und man seufzte.

Nach einiger Zeit bildete sich um sie herum eine kleine Menschenmenge: nackte kleine Kinder, die einen Finger in die Nase steckten und, wenn Massimo versuchte, ihnen seine Sonnenbrille aufzusetzen, schreiend davonliefen; Jungs, die Zigaretten verlangten und alles über den Geländewagen wissen wollten; alte Männer, die sagten, dass Italien eine große Kultur hatte, und so wie sie *Kultur* betonten, merkte man, dass sie gerne dort gewesen wären. Und da gab es die Mädchen. Die hielten sich zuerst im Hintergrund, doch irgendwann schlugen einige von ihnen vor, gemeinsam Volleyball zu spielen. Die Leute gingen auseinander, und weil ich nicht mehr dolmetschen musste, setzte ich mich unter einen Baum.

Francesco sah mich, hörte auf zu spielen, ging zum Wagen und holte aus einer Tasche ein Papierstück hervor. Dann kam er zu mir und setzte sich neben mich.

»Hör mal, Alin, mein Vater und meine Mutter lassen dich herzlich grüßen«, sagte er.

»Wirklich?«, fragte ich.

»Signora Maria hat geweint, als sie mir diesen Brief für dich gab. Sie sagte, ich solle gut darauf aufpassen und ihn dir persönlich geben. Und mein Vater möchte dir seinen Heimtrainer schenken. Er sagt, er sei gut für deine Beinmuskeln.«

»Aber er braucht ihn doch für sein Herz.«

»Er hat nicht mehr die Kraft, um in die Pedale zu treten«, erwiderte Francesco, und seine Augen wurden feucht. »Er wird schnell müde und kommt außer Atem. Der Arzt hat es ihm sogar verboten. Jetzt muss er sich nur noch schonen.«

Ich wusste nicht, was sagen, aber ich fühlte mich traurig. Wir schwiegen beide, bis Francesco mir den Brief hinstreckte und sagte: »Wir haben eine Überraschung für dich, aber du musst zum Auto kommen.« Ich folgte ihm.

Als wir beim Auto ankamen, öffnete er die hintere Klappe und schob einige Decken und Schlafsäcke zur Seite. Drunter lag der Heimtrainer von Signore Giovanni. Francesco zog ihn heraus und stellte ihn einige Meter vom Wagen auf den Boden. »Sie wollten ihn am Zoll konfiszieren, aber wir haben alle dafür gekämpft. So, er gehört jetzt dir. Du musst aber fleißig sein und viel trainieren, denn sonst ist alles für die Katz. Klar?«

Ich nickte und setzte mich drauf. Nach wenigen Minuten waren wieder Leute um mich versammelt – denn kaum einer hatte so was gesehen –, und sie alle wollten einmal draufsteigen und drauftreten. Ich stellte das Lenkrad so ein, dass es sich bei jedem Pedaltritt senkte und dann wieder hob. Das war sozusagen extra, und die Menschen lachten und waren jedes Mal überrascht, wenn sie sich tief nach vorne beugen mussten.

Irgendwann verloren sie das Interesse, und ich blieb alleine. Links von mir war ein Sonnenblumenfeld, und einige Kühe grasten. Rechts waren etwa hundert Meter bis zu den anderen. Ich setzte mich wieder aufs Fahrrad und las die Zeilen von Signora Maria.

Lieber Alin
Giovanni und ich denken oft an Dich und Deinen Vater. Wir haben auch Euren Brief aus Rumänien erhalten und wissen also, dass Ihr aus Amerika heimgekehrt seid. Vielleicht ist das besser so, damit Du auch bei Deiner Mutter bist. Viele fragen, wie es Euch geht, und auch wir würden gerne wissen, wie es Dir gesundheitlich geht. Ich hoffe, Du bist glücklich, wieder bei Deinen Freunden zu sein. Ich hoffe, dass wir Euch wiedersehen werden.
Maria

Ich hörte, wie Mutter uns alle zum Essen rief. Ich stieg vom Fahrrad und lief zum Strand. Während ich aß, konnte ich meinen Blick nicht vom Heimtrainer wenden. Er stand ganz alleine neben dem Blumenfeld, und ich wollte nicht, dass irgendwer auf schlechte Gedanken kam.

Francesco, Paolo und die anderen fuhren am nächsten

Tag weiter. Nach zwei Wochen kamen sie zurück, erzählten uns von ihrer Reise und übernachteten in unserer Stadt. Am Morgen begleiteten wir sie bis zum letzten Dorf vor der Grenze. Es gab Abschied mit Umarmungen und Küssen. Ich steckte Francesco einen Brief für zu Hause zu.

Im Herbst starb Mihaela. Sie war in den Zentralpark gegangen, und als sie die Fahrbahn überqueren wollte, wurde sie von einem Auto angefahren. Sie flog zwanzig Meter durch die Luft und prallte gegen eine Straßenlampe, direkt gegenüber der Tribüne, vor der jedes Jahr am Nationalfeiertag der festliche Umzug stattfand.

Wir Kinder haben an ihrem Begräbnis die Schule geschwänzt. Wir standen auf dem Dach und lauschten. Alles war sehr unheimlich. Wir stellten Vermutungen an, wo der Trauerzug sich gerade befand. Zuerst zog er am Zentralpark vorbei, dann an der leeren Tribüne und später am Haupttor des Betriebs meines Vaters, der Elektromotor-Werke. Alle paar hundert Meter blieb der Trauerzug für kurze Zeit stehen. Das wussten wir, weil sich auch die Musik nicht bewegte. Dann erschien er plötzlich weit hinten, beim Bahnhof. Alles hielt an. Einige Leute nahmen ihre Hüte ab, und die Fahrer waren seltsam geduldig. Vor dem Bahnhof bog der Trauerzug in unsere Straße ein. Die Musik war laut und traurig, anders traurig als bei den *Fahrraddieben*. Der Mann dort hatte schließlich nur sein Fahrrad verloren, nicht sein Leben. Der Zug zog ganz langsam am Wohnblock neben dem unsrigen vorbei. Auf den Balkonen waren Menschen, manche bekreuzigten sich. Einige warfen Blumen hinunter.

Vor unserem Wohnhaus blieb er stehen, und einige Bewohner liefen auf die Straße. Turi, der neben mir stand, nahm seine Mütze ab. Ich fragte ihn, warum, und er meinte, das mache man so, das gehöre dazu. Ich wunderte mich, wieso das dazugehörte, aber das Spucken in der Wohnung erlaubt war. Nun ja, Zigeuner sollte man mit solchen Fragen nicht belästigen, sonst verwünschen sie einen, und dann gelingt nichts mehr im Leben.

Wir konnten aus der Entfernung das Gesicht Mihaelas nicht sehen. Sie lag im offenen Sarg, umgeben von Blumenkränzen. Der Sarg stand auf einem Wagen, der mit Blumen und mit schwarzen Bändern geschmückt war. Die Pferde waren auch schwarz. Wir redeten darüber, ob sie die Augen offen oder geschlossen hatte und ob die Haut wirklich so blass war, wie wir es von oben sahen. Um uns zu erschrecken, behauptete Dorin, sie habe uns angeschaut und uns zugezwinkert. Zuvorderst marschierte die Musikkapelle in dunkelblauen Anzügen.

Als der Trauerzug hinter der Brücke verschwunden war, setzte sich wieder alles in Bewegung. Wir erzählten uns den ganzen Tag lang Geistergeschichten.

Am Abend sagte Vater, dass die Seele der Toten weiterlebe und dass er es einmal in seiner Jugend erlebt habe. Sie hatten seinen toten Großvater im Haus aufgebahrt, und in der Nacht hatte man deutlich Klopfgeräusche gehört.

Einige Tage später brachte mir Vater ein Buch über Außerirdische mit.

»Du bist bestimmt überrascht. Ich bin heute zufällig an der städtischen Bibliothek vorbeigekommen, und ich dachte, dass sie vielleicht etwas über das Leben nach dem Tod hätten. Der Bibliothekar belehrte mich und meinte, das Leben nach dem Tod sei zu wenig materialistisch und deshalb kein Thema für die sozialistische Bildung. Er drückte mir aber dieses Buch in die Hand. Ich habe keine Ahnung, weshalb die Außerirdischen materialistischer sein sollten als der Tod. Aber vielleicht kannst du damit etwas anfangen.«

Ich konnte. Seitdem las ich immer weniger russische Märchen oder Abenteuer der Musketiere und immer öfter

Ufo-Berichte. Mit der Zeit wusste ich alles über unidentifizierte Flugobjekte. Dass sie schnell bremsen oder beschleunigen konnten. Dass sie geräuschlos waren und, wenn sie auftauchten, alle Geräusche in der Umgebung verstummten. Dass sie viele Formen hatten und metallisch waren. Wenn meine Freunde etwas darüber wissen wollten, gab ich gerne Auskunft.

Wir saßen oft abends im Hof, und während die ganz Kleinen weiterspielten, erzählte ich den anderen, wie gerne Außerirdische Leute entführten und an ihnen herumfummelten, bevor sie die Erinnerungen daran aus ihrem Gedächnis löschten. Spätestens an dieser Stelle hörten die Kleinen zu spielen auf, und die Älteren hörten gespannt zu. Ich wartete einige Sekunden, bis einer ungeduldig rief: »Bist du stumm geworden? Erzähl doch weiter, was diese Leute von anderen Planeten tun.« Dann schaute ich ihn an und sagte: »Vielleicht haben sie schon an dir herumgefummelt. Man weiß es nie. Deinen Willi haben sie gemessen und dir kleine Abhörgeräte ins Hirn eingepflanzt.« Alle schüttelten sich vor Lachen und wiederholten: »Den Willi haben sie ihm ausgemessen, und sie waren so enttäuscht, dass sie nie wieder zurückkommen werden.«

Noch mehr als die Außerirdischen interessierte mich die Zauberei. Ich liebte Samantha, die gute Hexe aus einer amerikanischen Fernsehserie, die immer sonntags um vierzehn Uhr gesendet wurde. Samantha war mit einem gewöhnlichen Amerikaner verheiratet und konnte alleine mit Nasewackeln Objekte von hier nach dort verschieben oder sie zum Verschwinden bringen. Ich schloss mich ganze Nachmittage im Wohnzimmer ein, lag auf dem Doppelbett unterm Fernseher, Marke Grundig, und schaute abwechslungsweise das eine oder das andere von Mutters Büchern auf den Regalen an. *Professor Unrat* von Heinrich Mann, den siebten Band von Proust oder den dritten von Hemingway. Wenn ich bereit war, wackelte ich mit der Nase, aber so gut wie Samantha konnte ich es nicht. Ich musste den Mund mitbewegen. Daran lag es wahrscheinlich, dass ich keinen Erfolg hatte und sich keines der Bücher auch nur einen Zentimeter aus der Reihe bewegte.

An anderen Tagen versuchte ich es mit Gläsern und Flaschen. Ich räumte den Tisch leer, stellte ein Glas an das eine Ende und zog mit dem Kopf durch die Luft eine Linie zum anderen Tischende. Ich hoffte, dass das Glas folgen würde, aber auch das scheiterte. Als ich enttäuscht bereit war aufzugeben, sah ich Uri Geller. Er verbog im Fernsehen mit Leichtigkeit Teelöffel und brachte kaputte Uhren zum Laufen. Sie hatten es in der Sendung *TELEENCICLOPEDIA* gezeigt. Mutter und ich nahmen zwei kaputte Uhren in die Hand, als Uri das von allen Zuschauern verlangte, und warteten gespannt auf das Wunder. Wir mussten uns alle sehr konzentrieren, am meisten aber Uri. Tatsächlich ging die Uhr, die Mutter hielt, für etwa drei Minuten wieder. Das überzeugte mich von Uris Zauberkünsten. Dass die Uhr nur so kurz gelaufen war, schob ich auf Mutters Unkonzentriertheit.

In den folgenden Monaten verbog ich unser ganzes Besteck: Teelöffel, Suppenlöffel und Gabeln. Ich vergaß kein einziges Stück. Weil es mir nie so einfach wie Uri gelang, half ich durch Drehen, Ziehen oder Drücken nach. Bis Mutter das Besteck ersetzen konnte, verging ein halbes Jahr, denn es gab wieder eine Kartoffelflut, aber keine Haushalts- und Küchenartikel.

»Im Winter wird es früher dunkel«, hatte Vater vor Jahren schmunzelnd erzählt, »weil die Erde durch den Schnee mehr Anziehungskraft hat und das Licht schneller herabfällt. Wenn die vorgesehene Tagesmenge Licht ausgeschöpft ist, ist es mit dem Tag vorbei. Dann ist Nacht.« So hatte er mir den Tag und die Nacht erklärt, und ich hatte es ihm geglaubt, denn was sprach schon dagegen, dass das Licht fallen konnte. Aber das waren im Winter 1980 bereits alte Geschichten, und ich glaubte nicht mehr dran.

Irgendwas im Verhältnis zu den Mädchen fing an, sich zu verändern. Es war nicht mehr so wie bei Anna oder Nora, die bloß interessant waren. Sie wurden auf einen Schlag auch anziehend, und man wusste nicht recht, welche zuerst anschauen. In der Schule sonderten sich die Mädchen in Gruppen ab, um Wichtiges zu besprechen. Das Wichtige hatte fast immer mit älteren Jungs zu tun. Die hatten bereits tiefere Stimmen und große Adamsäpfel. Sie rauchten öffentlich.

Eigentlich wurden die meisten Mädchen seltsam. Während die Jungen in den Pausen schnell und lärmig aufs Fußballfeld liefen, um ein paar neue Kunststücke auszuprobieren, rauchten die Mädchen auf der Toilette, redeten leise, und wenn man sie störte, konnten sie ziemlich böse werden. Sie kicherten hin und wieder, und deshalb hörte man immer, wo sie waren. Am Ende schlugen sie kräftig mit den Händen durch die Luft, um den Rauch zu vertreiben. Es gab aber auch solche, die in den Pausen ihre Liebesbriefe schrieben, mit Zeichnungen schmückten und dann für einige Minuten verschwanden. Wenn sie zurückkehrten, hatten sie ein breites Grinsen auf den Lippen, und ihre Augen sahen durch die Dinge hindurch.

Auch einige Jungs wurden anders. Sie legten die Pionierskrawatte ab und trugen das Hemd oben offen. Sie lehnten an den Wänden und sprachen nur noch über Fußball, schnelle ausländische Wagen und Frauen.

Bloß Duma war noch der Gleiche geblieben. In den Pausen sammelte er Geld bei allen Hungrigen und schlich sich am Hausmeister vorbei. Wenn er zurückkam, hatte die Schulstunde bereits angefangen. Auf der Uniform trug er

Spuren von Puderzucker. Kleine, gelbe Blätterteigkrümel klebten in seinen Mundwinkeln. Wenn der Professor ihn nach vorne rief, wählte er immer die Verzögerungstaktik und sagte mehrmals »Hm, hm«, bis er alles hinuntergeschluckt hatte. Dann setzte er sein sympathisches Grinsen auf und stellte sich dumm. Man habe ihn doch nur dazu gezwungen, wieder einmal dazu überredet, dabei habe er doch gar nicht gewollt. Die Verkehrsampel sei dann zu lange rot gewesen, und er habe nicht bei Rot über die Straße gehen wollen, der Herr Professor begreife es doch, dass es nicht ginge. Auch die Schlange sei zu lang gewesen, bis auf die Straße und bis zum Laden des Hutmachers, zweispurig, denn die neue Verkäuferin habe alles durcheinandergebracht, die Semmeln mit den Hörnchen und die Schokoladenkuchen mit den Kastanienschnitten verwechselt.

Am Ende bekam jeder von uns das Bestellte unter den Pulten hindurch.

Zuhinterst tauschten Adina und Dan Liebesworte auf kleinen Papierstücken aus. Solche Liebesworte heißen: »Liebst du mich?«, »Wie sehr liebst du mich?«, »Was liebst du am meisten an mir?«, »Was würdest du aus Liebe für mich tun?«, »Was würdest du zuerst an mir küssen?« Adina stellte so viele Fragen, da kam Dan mit dem Antworten nicht nach.

Im nächsten Juli kam Lea mit an den Fluss. Sie wohnte in einem alten Stadtteil jenseits des Gemüsemarktes und kannte sich bereits mit älteren Jungs aus, obwohl sie wie ein Engel wirkte. Sie hatte lange, glatte blonde Haare, breite Hüften und kleine Äpfel unter dem Hemd. Sie trug enge, kürzer-als-kurze Jeanshosen, und Dorin, der im Wagen neben mir saß, brach mir fast die Rippen mit seinem Ellbogen. Er erstarrte gleich, als sie ihn begrüßte, und blieb den ganzen Tag so. Er hatte nur noch Augen für sie, und man hätte ihm Dreck zu essen geben können, er hätte es nicht gemerkt. Als wir beide aus dem Auto stiegen, schwärmten wir aus und versteckten uns im nahen Kornfeld in der Hoffnung, Lea beim Umziehen zu sehen. Männer schoben die Autos, so gut sie konnten, wir sahen einige fette Hintern, einige Frauen spannten die Sonnenschirme auf, die Kleinen und die Hunde gingen schnell zu den Pappeln pissen, einige Mädchen liefen kichernd zum Wasser, prüften die Wassertemperatur, bliesen große Strandbälle auf, und Lea enttäuschte uns arg, weil sie den Bikini schon zu Hause angezogen hatte.

Die Erwachsenen legten sich nach alter Gewohnheit in den Sand. Mutter und Doina, ihre beste Freundin, auf den Bauch, die Tante auf den Rücken, der Onkel seitlich, weil es sich so besser schlafen ließ. Deshalb wurde er auch immer seitlich rot, zusammen mit den Wangen ergab das eine witzige Kombination. Vater stellte die Wasserflaschen ins kühle Wasser und kehrte zum Wagen zurück, wo er zur Hälfte im Motorraum verschwand. So konnte er mehrere Stunden verbringen, und er fand immer wieder neue Aufgaben und Probleme rund ums Auto, die er gleich lösen musste. Deshalb wurde Vater immer nur auf dem Rücken rot. Der Fluss führte wenig Wasser. Es gab jedoch in der Mitte einige Stellen, wo ich und Dorin bis zur Nase eintauchen konnten. Dort standen wir auch die meiste Zeit, vom Wunsch getrieben, endlich nackte Brüste zu sehen. Die Älteren hatten uns so viel davon erzählt – über ihre Farbe, Schwere und Form –, dass wir meinten, längst welche gesehen zu haben. Natürlich kannten wir die Sexzeitschriften vom Vater und die Filme der Jugoslawen, aber für mehr als einmal masturbieren eigneten sie sich nicht. Sie waren nicht wirklich. Im letzten Jahr hatten die Brüste unserer Schulkameradinnen zu wachsen begonnen, aber auch das genügte nicht.

Und so standen wir, mit dem Kopf zur Hälfte im Wasser, und suchten mit den Augen das Ufer nach Frauen ab. Wir hofften, dass irgendeiner von ihnen ein Missgeschick passieren würde, und wir, wenn auch nur für einen kurzen Moment, das sehen würden, was sonst sorgfältig verhüllt war. Um uns im Wasser das Warten zu verkürzen, erzählten wir uns zuerst Schauer-, dann Außerirdischengeschichten. Doch mit der Zeit zählten die Außerirdischen immer weniger und die Brüste immer mehr. Sie nahmen in unserer Fantasie riesige Dimensionen an. Dann wechselten wir das Thema und redeten nur noch über Frauenkörper. So wie wir es von anderen gehört hatten. Dorin war im Vorteil, denn er hatte einen älteren Bruder. Der wusste Bescheid. Uns gefiel das Ganze so sehr, dass wir bald einen Steifen bekamen. Dann geschah es.

Lea, die sich etwas nach links unter einen Baum zurückgezogen hatte, schrie plötzlich auf. Wir erschraken wie alle anderen, und als wir hinschauten, entdeckten wir sie auf den obersten Ästen der Baumkrone. Unter ihr waren eine Menge Kühe, die friedlich muhten und sie gar nicht zur Kenntnis nahmen. An einem dünnen Ast hing etwas. Als wir genauer hinschauten, wurde uns klar, dass ihr Büstenhalter sich dort verfangen hatte, und wenn er dort hing, dann trug sie keinen.

Wir sprangen auf und wollten zum Ufer laufen, um das zu sehen, worauf wir gewartet hatten. Doch im selben Augenblick spürten wir unsere Schwellungen zwischen den Beinen und duckten uns wieder. Das war's dann. Irgendwer reichte Lea den Büstenhalter, ein anderer vertrieb die Kühe, und wir blieben fluchend im Wasser. Wie viele Jahre würden vergehen, bis es so weit war? Bis die Brüste im Kopf wirkliche Brüste würden und man nur die Hand auszustrecken brauchte?

Als wir aus dem Wasser herauskamen, war die Haut ganz

aufgeweicht, und Mutter ermahnte uns, das sei ungesund, und wir sollten doch kürzer baden.

Dann war plötzlich der Onkel verschwunden. Nirgends zu finden. Im allgemeinen Durcheinander war er einfach verduftet. Und man fragte sich, wie er das wohl geschafft hatte, da er sonst nur schleppend vorankam. »Wenn er Durst hat, ist er schneller als der Wind, der Sünder«, sagte die Tante. Sie musste es wissen. »Ich glaube, ich weiß, wo ich ihn finde«, sagte sie und zog los, gefolgt von uns allen. Wir fanden den Onkel schließlich im Dorf, in einem Privatgarten, er schlief friedlich im Gras und war so besoffen, dass wir ihn zuerst ausschlafen lassen mussten, bevor er aufstehen und zurück zum Strand gehen konnte. Dorin und ich mussten ihn bewachen, dafür durften wir so viele Erfrischungsgetränke trinken, wie wir wollten. Aber mit dem Spaß am Strand und mit den Aussichten auf nackte Brüste war es vorbei. Wir setzten uns an den Straßenrand.

Nachdem Vater den Bauern, dem der Garten gehörte, beruhigt hatte und die Tante den Biergartenbesitzer, der dem Onkel das viele Bier verkauft hatte, beschimpft hatte, zogen sich die Erwachsenen zurück. Auch Lea schickten wir mit ihnen weg, und Dorin und ich blieben alleine an der Dorfstraße zurück. Wir setzten uns also an den Straßenrand, und während der Onkel hinter uns halblaut schnarchte, schauten wir den Gänse- und Entenscharen zu, wie sie lärmig die Straße überquerten.

»Die lachen uns doch nur aus«, meinte Dorin und warf ein Steinchen irgendwohin.

»Gänse können nicht lachen.«

»Trotzdem.«

»Hmm.«

Das war unser Sonntag am Fluss.

Es war ein heißer Sommer. In der Stadt war mehr Staub als sonst, und alle gingen langsamer. Das Opernhaus war geschlossen, und Mutter übte zu Hause für die nächste Saison. Ihre Geigenmusik hörte man im ganzen Treppenhaus und oben auf dem Hausdach.

Die Geige stand immer in einer Ecke des Wohnzimmers an die Wand gelehnt, sie steckte in einer Hülle aus Leder, und das Berühren war verboten. Ich hatte immer Angst, dass sie umkippte. Sie war immerhin etwas Altes, Italienisches. Wenn wir einmal im Westen sein würden, würde Mutter sie Experten zeigen. Dann würde sie noch viel besser klingen.

Wenn Mutter übte, war das Wohnzimmer gesperrt. Es war schlimmer, als wenn Vater den fremden Radiosender hörte, aber nicht so schlimm, wie wenn der Milizmann vorbeikam. Mal war die Küche gesperrt, mal das Wohnzimmer, mal hatte man sich ganz still zu verhalten.

Mutter legte die Hülle zuerst auf das Bett, dann setzte sie sich daneben, streifte mit den Handflächen über die Oberfläche und suchte nach dem Reißverschluss auf der Rückseite. Der ging einmal rundherum, und ich dachte: »Jetzt zieht sie das Gewehr heraus, so wie bei den *Unberührbaren*.« Die Unberührbaren brachten Al Capones Leute zur Strecke. Gleich würde Mutter damit anfangen, doch zuvor spannte sie den Notenständer auf. Der war aus schmalen, dünnen Metallstäben zusammengesetzt und so wacklig, dass ich mich fragte, wieso er bei so einer schweren Musik nicht umkippte. Mutter rieb den Bogen mit einem milchigen Stein ein. Nachdem sie die Töne so zusammengeleimt hatte, nahm sie die Geige unter das Kinn. Sie konnte die Geige halten, ohne die Hände zu gebrauchen. Eigentlich hätte Mutter gleichzeitig kochen und die Geige unter dem Kinn halten können. Mutter hatte einen roten Fleck, dort, wo die Geige immer hinkam. Der Knutschfleck der Geiger hat nichts mit einem Saugkuss zu tun. Den geben die Mädchen.

Die Geige war sehr leicht. Ein Rätsel, dass sie so schwer zu spielen war. Mutter stimmte sie. Wenn Mutter im Wohnzimmer Tschaikowsky spielte, dann dachte ich: »Jetzt tanzt Mutter den Schwanensee um den Wohnzimmertisch herum.« Tschaikowsky war manchmal so traurig, dass man ihn besser in die Bar geschickt hätte, ganz so wie Pietro, wenn er Streit mit seiner Frau hatte. Dann hätte Tschaikowsky höchstens ein Alkoholproblem wie mein Onkel bekommen und wäre nicht verrückt geworden. Bei Verdi und Puccini war das anders. Die schrieben ihre Musik, als sie von der Bar heimgingen. Die Musik war auch weich, aber leicht und angeregt.

Ich wurde melancholisch. Das hat etwas mit Sehnsucht zu tun, und es gibt wenig Ausstiegsmöglichkeiten. Die Bilder im Kopf nehmen überhand, und die Hauptfarbe ist Blau. So war es, als ich wegen Mutter melancholisch war, drüben in Amerika. Und so war es auch, wenn ich mich an Signora Maria und Rom erinnerte.

Das lag dreieinhalb Jahre und ein Erdbeben zurück. Mutter und Vater hatten sich inzwischen alles Mögliche vorgeworfen, und der verbotene Radiosender hatte täglich in unserem Wohnzimmer die Freiheit des Volkes gefordert. Sommer für Sommer waren die Raben abends in der Dämmerung von den Feldern in die Stadt zurückgekehrt, und der feine Staub hatte sich über die Baumblätter gelegt. Jahr für Jahr roch es in der Stadt im August nach Braten, und kleine Papierfahnen wurden bis vor unseren Hauseingang gewirbelt. Am Anfang hatten Vater und ich oft über Toni und Pietro gesprochen, da hatten wir den Geruch von Toni noch in der Nase, und sonntags roch der Zentralpark nach dem *campo sportivo*. Blaue Augen hatten etwas von Pietros Augen und jedes Hochzeitsbild etwas vom Foto im Wohnzimmer der Flumians.

Meine Melancholie hatte mit Lea zu tun. Seit dem gemeinsamen Sonntag sahen wir uns oft. Wir gingen nebeneinander durch die ausgestorbenen Viertel, oder ich lud sie zu einem Eis im Kaffeehaus Flora ein. Bei ihr hatte ich das Gefühl, bereits ein Mann zu sein, obwohl sie ihre Sätze mit »Na, Brüderchen« anfing. Ihr Rücken war schlank und breit, und wenn sie ging, hob sie sich leicht auf die Zehenspitzen. Unter dem Hemd waren die Brüste fest und erzählten von Welten, die nicht Amerika hießen. Sie waren bestimmt so schön, dass ich eine Reise dorthin auch ohne Vater gewagt hätte. Ich wusste nicht, wer Leas Liebling war.

Eines Tages läutete das Telefon. Lea lud mich ins Kino ein.

Im Kino geschah nichts. Meine Handflächen waren feucht, und ich kriegte einen schlimmen Schweißausbruch. Inzwischen waren ihre Beine ganz nah bei meinen, doch es schien sie nicht weiter zu interessieren. Sie genoss den Film. Später ging das Licht an, und dann waren wir wieder auf der Straße.

Wir redeten kurz darüber, wie wir den Film gefunden hatten, und gaben uns zum Abschied die Hand. Ich schaute ihr nach, als sie sich entfernte, und alles an ihr schaukelte hin und her, sie kam mir vor wie ein Schiff auf dem Wasser, und ich schluckte zuerst mehrmals leer, dann rief ich ihr hinterher, ob ich sie heimbegleiten dürfe. Ich durfte.

Ihre Eltern waren abwesend, und meine Lust war groß. Wenn sie redete, war ihre Stimme so reizend und der Tonfall so verspielt, dass ich an die italienische Anna dachte. Aber Anna war anders, irgendwie so wie Fastfrauen sein müssen, während Lea noch Puppen in ihrem Zimmer hatte. Sie sagte, dass ich neben ihr Platz nehmen solle, und streckte die Beine aus. Ihre Fußsohlen berührten mein linkes Bein. Sie schaute mich direkt an, und ihre Stimme klang wie eine Melodie aus Mutters Geige. Wir sprachen über irgendetwas, aber ich vergaß es schnell wieder. Jedenfalls liebte ich ihre kurzen, weißen Socken und wie man oberhalb davon die Haut sah. Mein Herz war so laut wie Glockengeläut an Ostern.

Sie drückte ihre Sohlen immer stärker gegen meine Oberschenkel, und meine Schwellung nahm zu, irgendwann hatte ich ihre Füße auf dem Schoß und streichelte sie scheu. Ihr gefiel es sichtlich, denn sie schwieg und öffnete leicht den Mund. Irgendwann waren die Socken ausgezogen und meine Finger nicht mehr scheu. Sie atmete tief und war angespannt. Ich küsste ihren Fuß. Sie starrte mich mit großen Augen an. Das war der aufregendste Moment. Würde sie den Fuß zurückziehen? Auf jeden Fall hielt ich jetzt ihren Fuß fest, und so schnell würde ich ihn nicht mehr hergeben. Wenn das Sex war, dann konnte man mit mir immer rechnen.

Sie zog das Bein zurück und kicherte. Sie stand auf und sagte erneut: »Na, Brüderchen«, danach lief sie davon, und ich lief hinter ihr her. So lernte ich die Küche kennen, den Flur, das Wohnzimmer und das Schlafzimmer. Wir liefen an den Bildern der Eltern und Großeltern vorbei, bei der Vitrine mit den Porzellanfiguren packte ich sie an den Hüften, und wir stürzten gemeinsam auf den Lehnsessel. Ich rutschte langsam zu Boden, sie blieb im Sessel sitzen, meine Hände wurden wahnsinnig und suchten. Ich wusste nicht, wie man es richtig machte, und die Ohrfeige kam nicht. Sie drückte sich an mir vorbei und stand auf. Das Radiogerät daneben war auf die Frequenz des Senders Freies Europa eingestellt. Sie versuchte, ihre Bluse wieder zuzuknöpfen, ich versuchte ihren Rock hochzuschieben, dann ging die Jagd von vorne los. Wir ließen uns aufs Bett fallen, ich war über ihr, ich rieb mich an ihr, wie man ein Stück Holz an ein zweites reibt, um Feuer zu machen. Dann kam Mutter ins Spiel, und das ging so:

Mutter hatte den kaputten Reißverschluss oben mit einer Sicherheitsnadel befestigt. In der Hose fing das Feuer zu glühen an, und mit einer Hand versuchte ich, den Reißverschluss an meiner Hose zu öffnen, die andere war bei den Brüsten, und währenddessen küsste ich sie, wie ich dachte, dass es richtig sei. Sie ließ es geschehen oder machte mit, so genau begriff ich es nicht. Und alles war egal, und was nicht egal war, zuckte und brannte unter dem Stoff. Die Nadel kriegte ich nicht rechtzeitig auf, und drinnen wurde es nass, und plötzlich war die Lust verschwunden. Ich hörte auf, mich an ihr zu reiben, und sie war überrascht, doch ich konnte unmöglich erzählen, dass bei mir alles in die Hose gegangen war. Als sie die Tür hinter mir schloss, war es mir wie nach einer Prüfung zumute, leicht und mulmig. Zu Hause bat ich Vater, den Reißverschluss zu flicken. An jenem Tag hatte ich entdeckt, dass Füße, Arme und Bauch einer Frau den Brüsten in nichts nachstehen.

In den nächsten Tagen war ich ganz unruhig und suchte Lea in der Stadt. Ich ging über den Markt, roch den Fisch und die Erdbeeren, und lieber hätte ich Lea gerochen und ihre Waden angeschaut und die Fersen, wie sie sich beim Gehen plötzlich wie gefedert hoben und wie das ganze Gewicht auf die Zehen überging. Und ich hätte gerne endlich Brustwarzen im Mund gespürt, denn Ältere sagten, dass es sich ganz angenehm anfühlte. Es hieß, dass eine Brustwarze sich verhärten könne.

Ich ging den Kanal entlang, in Richtung des Wasserturms und dann in den Markt hinein. An manchen Stellen war die Erde mit Wasser besprtzt worden, und überall lagen Gemüsereste herum. Bäuerinnen und Zigeuner aßen Sonnenblumenkerne, sie stellten den Kern zwischen die vorderen Zähne und knackten die Schale, die wurde dann auf den Boden gespuckt. Eine Zigeunerin gab einem Kleinkind die Brust, die Brust hing aus dem Kleid heraus, ich sah die blauen Adern, wie ein verzweigter Fluss, und der Kleine schloss die Augen beim Saugen. Die Fersen der Bäuerinnen waren kräftig und schwarz von der Erde und die Knie rund und fleischig wie die Tomaten und die Melonen, die sie verkauften. Manchmal griff eine zu einer Tomate, dann sah ich die breiten Hände mit der aufgerissenen Haut und der Schwärze an den Fingerkuppen, und wenn sie in die Tomate biss, wurde der Mund rund, und an den Mundwinkeln blieben Samen und Flüssigkeit zurück. Die wischte sie sich mit dem Handrücken ab.

Ich ging bis dicht vors Haustor von Lea, aber zu klopfen traute ich mich nicht. Ich machte kehrt, ging zur Schule und in den Schulhof hinein. Alles war still wegen der Sommerferien. Manchmal kamen Kinder und spielten. Danach gingen sie wieder. Dann kamen Raben, Spatzen und Tauben und pickten um mich herum Körner vom Boden auf. Sie flogen davon. Unter dem Platanenbaum spürte man einen leichten Wind, das machte das Denken angenehmer.

Ich schrieb Lea einen Brief, doch sie antwortete nicht. Das kommt davon, wenn man nicht Bogart oder Belmondo heißt. Die brauchen nur ihre Frauen anzufassen und sie an sich zu ziehen. Briefe müssen sie keine schreiben.

Nach einiger Zeit gab ich das Warten auf.

Es war gerade wieder Frühling geworden, als Vater eines Abends früher als sonst heimkam. Es regnete, aber die Luft war warm. Ich saß auf einem Stuhl auf dem Balkon und beobachtete unsere Nachbarn. Die einen hängten Wäsche zum Trocknen auf, die anderen bastelten an irgendwas. Vater schob die Vorhänge zur Seite und rief aus: »Wir haben sie!« Ich wusste sofort, dass er unsere Pässe meinte, denn sie waren seit Wochen sein einziges Gesprächsthema gewesen. Im Radio sendeten sie ausländische Popmusik. Suzi Quatro und Adriano Celentano.

»Wann reisen wir aus?«, fragte ich.

»Im August«, antwortete er, holte sich einen Stuhl aus der Küche und setzte sich neben mich.

»So.«

»Was soll das heißen: ›So‹? Übrigens lass dich nicht von anderen ausquetschen. Sag, dass wir im Urlaub in die Berge fahren, um die schönen Klosteranlagen zu besichtigen, und danach vielleicht ans Meer.« Vater holte die Pässe aus der Innentasche seiner Jacke und schaute sie an.

»Wann kommt Mutter von der Orchesterprobe heim?«, fragte er.

»Um elf.«

»Da haben wir noch eine Menge Zeit, oder?« Er ging in die Wohnung und kam mit einer Weinflasche und zwei Gläsern wieder. »Ein bisschen trinken wird dir nicht schaden. Zur Feier des Tages sozusagen.« Er schenkte uns beiden etwas Wein ein, mir nur wenig.

Er trank einen Schluck und schwieg.

»Das war's also. Noch ein paar Monate, und wir sind in der Freiheit. Wer hätte gedacht, als ich vor zwanzig Jahren nach Timişoara einzog, dass es so ein Ende nehmen würde…«

»Wie kamst du überhaupt hierher?«, wollte ich wissen.

»Nun, damit du das verstehst, muss ich ein bisschen ausholen. Ich wurde also Anfang der Fünfzigerjahre in die Fliegerschule aufgenommen und zog nach Mediaş um. Mediaş war eine kleine Provinzstadt nicht weit vom Karpatenbogen entfernt, und die Langeweile setzte uns Offizierskadetten zu. Wir waren wie junge, unbändige Stiere, junge Männer aus dem ganzen Land, viele Bauernsöhne darunter. Wir waren stolz, dort zu sein und eine sichere Zukunft vor uns zu haben. Du wirst nie in den Armeedienst gehen, aber du kannst froh darüber sein, denn die Armee tötet oft den Stier in einem. Und wenn der Stier tot ist, dann bist du erwachsen, sagst Sätze wie ›Der Sinn des Lebens ist ...‹ oder ›Ich bin für diese oder jene Partei‹, du fährst jährlich zwei Wochen in Urlaub und hast Angst, deinen Arbeitsplatz zu verlieren. Aber lassen wir das, du wirst früh genug darauf kommen.

Wir waren täglich viele Stunden auf dem Flugfeld. Wir hatten einige der neuesten Flugzeuge gesehen – auch russische MIG 15 –, und wichtig ist, dass ich kein Pilot war, sondern als Funktechniker ausgebildet wurde. Bei den Mädchen kam ich genauso gut an wie die Piloten, was mich tröstete. Die Piloten hatten meistens die besseren Karten bei den erstklassigen Mädchen der Stadt. Die Mädchen saßen am Rand des Flugfeldes, hinter den Absperrungen, zu zweit, zu dritt, sie hielten die Beine eng zusammengepresst und trugen Sommerröcke. Wenn die Piloten landeten, machten sie manchmal riskante Manöver, um sie zu beeindrucken, und du wirst es nicht glauben, sie ließen sich beeindrucken. Natürlich zogen die Funktechniker den Kürzeren, denn wie kannst du ein Mädchen, das zu Hause kocht und näht, mit Schaltschemen und Kabeln beeindrucken. Und doch gab es da einen, den sogar die Piloten beneideten, und ich frage dich jetzt, wer könnte das denn gewesen sein? Also, sag schon.«

»Das warst doch du, Vater«, antwortete ich.

»Natürlich war das dein Alter, denn gegen das gute Aussehen kommt sogar das Pilotsein nicht an. Dein Alter war damals schmaler und gerader als heute, und an den Hüften war nichts zu sehen. Die Uniform passte wie angegossen. Im Sommer arbeiteten wir oft im Freien, unter der glühenden Sonne, irgendwo in einer Ecke des Feldes. Wenn sich die Mädchen jenseits der Sperrzone auf einem schmalen Feldweg näherten, dann war es Zeit für mich, mich umzukleiden. Das war so unter uns Kompaniekollegen ausgemacht, und sie spornten mich jedes Mal an, die Uniform anzuziehen, um den Mädchen zu gefallen, denn wenn ich den Mädchen gefiel, dann wurde daraus ein Treffen, und ein Mädchen kam niemals alleine zu einem Treffen, und für ihre Begleitung brauchte dann auch ich eine Begleitung.

Ich lief also aufgeregt zu den Umkleideräumen, wo die Uniform bereitlag, zog mich aus, wusch mich, zog mich an, prüfte alle Knöpfe, prüfte, ob die Krawatte richtig saß, machte einen Probelauf durch den Raum, und wenn ich mich sicher fühlte, zeigte ich mich. Ich ging langsam und stolz über das ganze Flugfeld, zurück zu den Flugzeugen, und wenn ich dort eintraf, spielte sich jedes Mal Folgendes ab:

Die Mädchen setzten sich auf einen Baumstamm, schauten erwartungsvoll herüber, die Kadetten krochen aus dem Flugzeug, standen stramm, schmunzelten, aber die Mädchen waren zu weit entfernt, um das Schmunzeln zu sehen. Wenn das alles vorbei war, trat ich in Aktion. Ich ging mit ernsthafter Miene an den aufgereihten Jungs entlang, ständig hinauf und hinunter, inspizierte zuerst ihre Kleidung, erteilte dann laut Befehle, die sie in großer Eile ausführten. Ich ging so, wie ich mir vorstellte, dass junge Mädchen es gerne hatten. Ich kniff den Hintern zusammen und drückte die Brust nach außen. Natürlich verbesserte ich ständig meinen Gang und war froh um die Anregungen, die mir meine Kameraden nach Dienstschluss gaben.«

»Du musst lustig ausgesehen haben. Kommt das bei den Frauen immer gut an: Hintern zusammenkneifen und Brust herausdrücken?«, fragte ich.

»Natürlich. Das ist wie das bunte Federrad beim Pfau. Ich sehe, du lachst, und das ist gut so, denn es war zum Lachen und filmreif, aber in erster Linie war es wirksam. Es verschaffte mir in jener Zeit viele sexuelle Erfahrungen, und auch die anderen kamen nicht zu kurz. Immer wenn ich genug hin- und hergegangen war und den Kameraden, die zu laut kicherten, mit dem Entzug der Begleiterrolle gedroht hatte, tat ich so, als ob ich erst jetzt die Mädchen entdeckte, und ging zu ihnen rüber. Auch sie kicherten, und je lauter sie es taten, umso besser gefiel es mir. Und so lernte ich die eine kennen, sie war erstklassig, und mit ihr hatte ich solche Erfahrungen. Wir trafen uns immer bei den Bahngleisen, am Weizenfeldrand. Nachts kroch ich durch ein Loch im Zaun, die Wachen wussten Bescheid. Ich machte meine Erfahrungen direkt neben den Gleisen. Weil es lange dauerte, fuhren Züge vorbei, und die Reisenden sahen uns immer dann, wenn das Licht der Abteile auf uns fiel. Dann hörten wir spöttische und schmutzige Ausrufe. Ans Aufhören dachten wir deshalb aber nicht.

Aber du wolltest doch wissen, wie ich nach Timişoara kam. Das hat etwas mit diesem Mädchen zu tun, das ich bei den Bahngleisen traf. Sie hieß Ileana, und sie hatte einen Körper wie eine Feder. Aber sie war sehr eifersüchtig. Wenn sie dachte, dass mir andere Frauen gefielen, machte sie mir das Leben zur Hölle und riss mir Haarbüschel vom Kopf. Denn du musst wissen, ich sah verdammt gut aus, so in Uniform, und die Frauen scheuten sich nicht, mich anzuschauen. Das merkt eine Frau. Die haben einen teuflischen Blick für so etwas. Aber ich, das kannst du mir glauben, ich machte mir nichts daraus. Ich war sparsam und ruhig und schickte Geld nach Hause, wenn ich konnte, denn wenn nicht ich, wer denn sonst? Ich war doch die Hoffnung der Familie und der Einzige, der Schulen besuchen durfte, und die Eltern hatten es sich vom Mund abgespart. Also war ich sparsam und drehte den Groschen zweimal um, bevor ich ihn ausgab. Aber mit so einer Freundin, da war der Ausgang teuer. Der Ausgang war am Samstagabend und am Sonntag, und nach dem Eis kam dann der Kaffee und danach die Limonade, und etwas zu essen durfte auch nicht fehlen. Aber verzichten wollte ich auch nicht, denn eine schöne Frau erkennst du an den schmalen Fußgelenken und daran, wie sie aussieht, wenn sie gerade aufgestanden ist. Und jenes Mädchen war schön, das sage ich dir. Sie hatte Gelenke, da ging die Hand zweimal rum.«

Langsam wurde es dunkel, und in den Wohnungen ging das Licht an. Man sah darin Menschen von einem Zimmer ins andere gehen, sich ausziehen oder anziehen, kochen, fernsehen, lesen.

»Ihre Anfälle waren gefürchtet«, fuhr Vater fort. »Sie schrie mich auf der Straße an, zerkratzte mich überall und trat mir gegen das Schienbein. Ich sage dir, schlimmer als der Krieg. Als sich die Angelegenheit genug in die Länge gezogen hatte und ich nachts kaum noch einschlafen konnte und deshalb den Unterricht und die Übungen verpasste, da rief mich Oberst Mededovic zu sich, ein großer Säufer und Frauenheld. Vielleicht wäre mein Leben anders verlaufen, wenn ich ihm nicht vertraut hätte, zum Glück oder nicht, es ist jetzt zu spät, das zu entscheiden. Vielleicht wäre ich jetzt ein hohes Tier in der Armee, einer von denen, die das Parteibuch unter der Haut tragen und den Sozialismus jederzeit verteidigen würden.

Nun, beim Oberst platzte es aus mir heraus wie der Eiter aus der Beule, denn wenn man so weit weg von zu Hause ist, würde man sich auch einem Esel anvertrauen, wenn er bloß fragen würde: ›Wie geht es dir, Mensch?‹ Also erzählte ich, wie verzweifelt ich und wie verrückt die Frau war und wie schlecht mir ging, bis mich der Oberst unterbrach. Er meinte, er wisse jetzt genug, um mir helfen zu können, und ich solle zurück in die Kaserne gehen und mich beruhigen. Ich solle ihm ihre Adresse und Telefonnummer hinterlassen, und er werde sich persönlich darum kümmern. Das tat er dann auch, mit beachtlichen Folgen. Denn der Oberst, aus welchem Grund auch immer, ging tatsächlich persönlich zum Mädchen nach Hause, und als er sie sah und mit ihr sprach, verliebte er sich auf der Stelle in sie.

Er rief sie täglich an, machte ihr und den Eltern, bei denen sie wohnte, Geschenke und verhielt sich, der Arme, so, wie sich halt Männer verhalten, wenn die Hormone durch die Blutbahn jagen. Den Eltern war es recht, denn ich war ein Habenichts und er Oberst. Und bei uns war es immer so, dass der Status und die Ausbildung zählten. Man heiratete nicht einen jungen Mann, der Charakter hatte, sondern einen jungen Mann, der zum Beispiel Ingenieur war und gerade seinen Doktortitel geholt hatte und drei Fremdsprachen sprach und gut aussah und unter anderem auch Charakter hatte. Wie auch immer. Das Mädchen wies ihn ständig ab, und als er sie eines Tages fragte, ob er überhaupt eine Chance bei ihr habe, erwiderte sie, er habe keine, solange ich mich in der Stadt aufhielte. Seit jenem Tag war ich wie eine Nadel in seinem Herzen, und er wollte mich nur noch weghaben. Was dann auch geschah.

Da war ich also seit kurzer Zeit junger Offizier und hatte mich gut erholt von dem hysterischen Mädchen, das jetzt Ruhe gab und mich nicht mehr aufsuchte, als dann irgendwann im Sommer Meldung aus der Hauptstadt kam, wer befördert und wer in den Reservedienst versetzt wurde. Reservedienst, musst du wissen, ist das Ende.

Es war also ein schöner, warmer Nachmittag, und wir waren länger bei den Flugzeugen auf dem Feld gewesen. Der Offizierssaal war schon voll, und wir lagen im Gras unter den Fenstern, als dann die Namensliste der Reservisten verlesen wurde. Mein Herz war leicht und offen, denn es war Sommer, und ich war jung. Aber als dann mein Name genannt wurde, zuckten alle um mich herum zusammen, und niemand wollte es wahrhaben, dass wir ihn gehört hatten. Aber es war mein Name gewesen, und damit war meine Karriere noch vor ihrem Anfang beendet. Und ich konnte nur noch zusammenpacken und gehen, anderswo neu anfangen, was ich auch tat. Das war also die Rache des Obersts.

Und ich sage dir: Wenn jemand dich auffordert, Vertrauen zu ihm zu haben, überlege zweimal, bevor du ihm etwas anvertraust, was er damit anrichten kann und ob es nicht besser ist, das Anvertrauen auf später zu verschieben.

So kam ich jedenfalls in diese Stadt, in der ich einer der ersten Fernseherbesitzer wurde und einer der gesuchtesten Junggesellen.

Ich sage dir, da war ich zu Festen eingeladen, und alle hatten es auf mich abgesehen. Wenn ich loslegte, ging das Tanzen bis in die Morgenstunden, und um mich herum tanzten Weiber, das war nicht zu glauben. Ihre Freunde nahmen es mir übel, also hatte ich wenig Freunde, und das ging so weit, dass sie sich vorher erkundigten, ob ich auf dem Fest sein würde. Sie sagten lieber ab, als dass ich die Hüften ihrer Frauen anfasste. Denn Tanzen, hörst du, hatte damals was mit Hüften und Blicken und Halten und An-sich-Ziehen und mehr zu tun. Danach war man erschöpft, nicht weil man getanzt, sondern weil man mit *dieser* oder *jener* Frau getanzt hatte, und jeder Tanz des Abends trug den Namen einer Frau. Man erinnerte sich auch nach Wochen, wenn man sie erneut traf, ob der Rücken gerade war und die Hüften schlank, und auch daran, wie die Brüste sich auf der eigenen Brust angefühlt hatten. Jetzt bist du ja groß, und man kann die Dinge beim Namen nennen. Jedenfalls war es anders als heute. Ihr tanzt ja wie die Wahnsinnigen, jeder starrt vor sich hin, und alles, was ihr am nächsten Morgen kennt, ist Müdigkeit.«

Für einen Augenblick fiel mir Annas Großvater ein. Doch es gefiel mir, wenn Vater so sprach, er kam mir wichtig vor, und ich versuchte mir vorzustellen, wie toll er gewesen war. Vater trank den letzten Schluck Wein aus seinem Glas, dann schenkte er sich wieder ein.

»Vielleicht möchtest du aber eine weitere Geschichte hören, bevor Mutter kommt. Das Tanzen hat mich nämlich an einen Fernsehabend erinnert, den ich in meiner kleinen Wohnung organisierte. Möchtest du sie hören?«

»Gerne. Aber wieso hat dich das Tanzen an einen Fernsehabend erinnert?«

»Weil an jenem Abend ein Film mit mehreren, wie soll ich sagen, speziellen Tanzszenen ausgestrahlt wurde. Also, in den Sechzigerjahren hatte ich genug Geld gespart, um mir einen Fernseher zu kaufen. Ich sage dir, der bringt die Welt ins Haus. Dieses Gerät war mein ganzer Stolz und hatte den besten Platz im Wohnzimmer bekommen. Ich war einer der Ersten in unserer Stadt, der so etwas besaß, und das sprach sich schnell herum. Bald waren Abend für Abend Freunde bei mir, und wir saßen alle in einer Reihe auf dem Sofa, und vor uns flimmerte der Kasten. Wir verstanden kein Wort, denn es gab noch keinen Sender in unserer Sprache, und die Bilder kamen aus Jugoslawien. Wir schauten wie Dummköpfe hinein, manchmal vergaßen wir vor lauter Aufregung für Stunden zu sprechen.

Dann, irgendwann im Frühherbst – man ließ in der Nacht die Fenster offen, um die Hitze zu vertreiben –, da brachten die Serben – denn du musst wissen, die waren uns schon immer eine Spur voraus, die hatten ja den Tito –, sie brachten diesen Film, den italienischen, jenen mit Mastroianni. Sie haben ihn viele Jahre später auch auf unserem Sender gezeigt. Das war, als ich dich schlafend hinter der Glastür fand. Kannst du dich erinnern?«

Ich erinnerte mich gut daran, aber ich spielte den Unschuldigen. Ich gab keine Antwort und starrte geradeaus. Ich machte ein Gesicht, als ob ich nicht wüsste, wovon er sprach. Vater redete weiter.

»Ich mochte Fellini nie. Aber dieser Film sollte ein Sexfilm sein, so hieß es, und großzügig mit der Haut. Welcher Mann mag sie nicht, diese Art von Großzügigkeit! Also sprach sich das herum, man stellte schon Wochen vorher hinter vorgehaltener Hand Vermutungen an, was wohl ein Sexfilm sei und welche Hüllen fallen würden. Wir wünschten uns alle, *La dolce vita* auf Italienisch zu hören, so hätten wir zumindest einige Worte verstanden und uns das Übrige dazugedacht. Und überhaupt, was machte es für einen Sinn, *La dolce vita* auf Serbisch zu hören? Denen konnten wir so oder so nicht abnehmen, dass sie das süße Leben hatten. Das süße Leben gab es schon in den Sechzigern nirgends mehr, wo die Kommunisten waren. Hingegen war es bis zu uns gedrungen, dass die Italiener dieses süße Leben erfunden hatten und dass es dort zu Hause war. Ich verschickte Einladungen und machte die Wohnung für den Ansturm bereit.

Schon Stunden vorher trafen die Ersten ein, gewisse Frauen hatten sich blond gefärbt, weil sie gehört hatten, dass die Hauptdarstellerin blond war, aber an den Brüsten, dort ließ sich nichts machen, die ließen sich nicht von heute auf morgen vergrößern. Und deshalb verhüllten die Frauen ihre Brüste, denn der Ruf der Brüste von Ekberg war dem Film vorausgeeilt. Sie aßen alle Häppchen, die waren, wie halt Häppchen sind, die ein Junggeselle vorbereitet hat. Als der Film losging, spätabends, da war das kleine Wohnzimmer bis auf den letzten Platz gefüllt, denn unsere sozialistischen Architekten hatten nicht mit den Italienern und ihren Filmen gerechnet und auch nicht mit großbusigen, blonden Darstellerinnen. Die meisten Besucher saßen auf dem Boden, einige harrten auf dem Balkon aus, stützten sich auf den Fenstersims und schauten durch die offenen Fenster zu. Ein *psst* ging durch die Reihen.

Der Film hielt nicht, was er versprochen hatte, der Abend jedoch schon. Ich stand auf der Türschwelle, versorgte alle mit Getränken und versuchte zwischendurch, die Handlung zu begreifen, als ich hinter mir Brüste spürte, ich sage dir, wie beim Tanzen, aber diesmal im Rücken. Nun, um es kurz zu machen, der Lärm im Wohnzimmer wurde immer größer, denn jeder fragte den anderen, um was es überhaupt ginge, und jeder hatte eine Vermutung oder eine Idee. Aber ich und diese Frau hatten einen lustigen Abend zusammen, ich sage dir nicht wo und wie, wisse jedoch, dass ein Mädchen mit kleinen Brüsten in deinen Armen besser ist als eines mit großen Brüsten im Fernsehen. Der einzige Wermutstropfen in der Geschichte ist, dass sie mich dauernd Marcello nannte.

Aber jetzt geh schlafen, sonst kommt Mutter heim, und wir müssen Lügen erfinden, warum du um diese Zeit noch wach bist. Wir können ihr doch nicht sagen, dass es wegen der Ekberg ist. Später wirst du so oder so oft wegen einer Frau wach bleiben, sei es, weil sie dich liebt oder weil sie dich nicht liebt. Und auch die Lügen werden kommen. Aber die wirst du nicht der Frau erzählen, das zwar auch, sondern dir selbst.«

Wenn Vater so sprach, verstand ich nur die Hälfte. Die schönere. Aber das machte nichts. Vater wusste, wie man mit Frauen umgeht, nur mit Mutter, da wusste er es nicht. Inzwischen war es ganz dunkel geworden, und es regnete nicht mehr.

»Vielleicht sollten wir für heute aufhören. Du musst langsam ins Bett gehen.«

»Erzähl doch weiter, Vater, es ist so schön, hier zu sitzen. Und Mutter macht es bestimmt nichts aus.«

»Doch, doch. Du aber kriegst nur die bösen Blicke mit, ich muss mir alles andere anhören.«

Da ich wusste, dass Vater beim zweiten Anlauf meistens aufgab, sagte ich: »Wenn Mutter von den Pässen erfährt, wird sie alles andere vergessen. Bestimmt.«

Das überzeugte auch Vater, und er nahm den Erzählfaden wieder auf.

»Also gut. Möchtest du lachen? Na, sag schon.«

»Ja.«

»Dann höre dir diese andere Geschichte an: Da wohnt doch im zweiten Stock Frau Ianu. Direkt gegenüber von Edi Marghidan, deinem Freund. Und sie hatte einmal einen Anfall von Paranoia. Paranoia, verstehst du?«

»Paranoia?«

»Na ja, Verfolgungswahn. Will heißen: sich verfolgt fühlen, obwohl da eigentlich gar nichts ist ... Sie kam in der Nacht zu uns hoch, und sie rollte die Augen wie eine Wahnsinnige. Man wolle sie vergiften, das Gift liefe bereits die Wände hinunter, ich solle mitgehen und nachschauen. Ich musste alle Wände in allen Zimmern genau überprüfen, in den Ecken und hinter den Möbeln schauen, und als ich vor Müdigkeit fast umfiel und nichts gefunden hatte außer einer Kakerlake hinter dem Ofen, beruhigte ich die Frau, so gut ich konnte, und ging schlafen. Am nächsten Morgen wiederholte sich die Szene. Und siehe da, ich fand Schaum am oberen Ende der Heizungsröhren, die sich durch die Decke hindurchziehen, von der oberen Wohnung nach unten. Aber das war kein Gift, sondern Reinigungsmittel, nur überzeugen ließ sich Frau Ianu nicht. ›Die Hure, die Hure, die will mich vergiften!‹, rief sie dauernd.

›Frau Ianu, wieso soll Sie Ihre Nachbarin vergiften wollen? Sie sind doch gute Freundinnen, wenn ich mich nicht täusche‹, versuchte ich zu schlichten.

›Freundinnen? Dass ich nicht lache. Oder können Sie Freund einer Schlange sein? Eine Schlange, sage ich! Die hat mir den knackigen Burschen weggeschnappt. Na, tut man das als gute Freundin?‹

Und sie redete so weiter, und ich verstand nichts mehr, außer dass diese Frau schon über vierzig war und ihr Ehemann Universitätsprofessor und dass sie mir, einem fremden Mann, um sieben Uhr früh irgendetwas über einen knackigen Burschen erzählte. Denn jetzt bist du groß, und ich kann die Dinge beim Namen nennen.

Als sie dann Luft holte und sich vor Erschöpfung in den Lehnstuhl fallen ließ, meinte ich: ›Frau Ianu, worüber reden Sie überhaupt? Welchen knackigen Burschen meinen Sie denn?‹ Ihr Gesicht entspannte sich, und sie lehnte sich zurück.

›Eh, Herr Teodorescu, Sie meine ich bestimmt nicht damit. Denn Sie sehen gut aus, das ist wahr, aber jung sind Sie nicht mehr. Nein, ich meine diesen jungen Teufelskerl mit den schönen schwarzen Locken, der gegenüber wohnt, im dritten. Alles fing vor zwei Wochen an. Sie erinnern sich, da war diese Hitze, die trieb am Abend die Menschen auf die Balkone, also stand ich draußen und wartete auf einen frischen Windstoß. Ich schaute mehr zufällig auf die gegenüberliegende Straßenseite. Denn Sie sollen wissen, und ich bitte Sie, mir zu glauben, ich bin sehr moralisch und pflege sonst nicht in die Wohnungen der Menschen hineinzuschauen. Auch wenn man sich in diesen Wohnhäusern langsam wie auf einem Jahrmarkt vorkommt, wo jeder den anderen anstarrt. An jenem frühen Abend, mein Mann war noch in der Hochschule, ging die Sonne gerade unter, und das Wohnhaus gegenüber färbte sich rot. Das war so schön, sage ich Ihnen. Und als ich *ihn* sah, passte das genau zum Ganzen. Er war dort drüben, im dritten Stock, ich konnte sein Gesicht nicht genau erkennen. Aber der Oberkörper, der war nackt und schlank. Wissen Sie, nicht so wie bei uns, die wir schon ein gewisses Alter erreicht und Speck angesetzt haben. Er schaute auch herüber, und ich wusste sofort, dass er zu mir herüberschaute, und ich zog mich zuerst in den Schatten zurück. Ich errötete wie ein kleines Mädchen, stellen Sie sich vor, einen Augenblick lang sorgte ich mich, er könnte es erkennen. Dann plötzlich fing er an, Zeichen zu machen, ich verstand nichts, aber ich fasste Mut und erwiderte die Zeichen, und so ging die Sache mehrere Tage lang weiter. Ich machte Zeichen, er machte Zeichen, alles lief wunderbar. Bis ich eines Tages misstrauisch wurde, denn irgendwas schien mit unserer Kommunikation nicht zu klappen. Er machte Zeichen zum falschen Zeitpunkt oder reagierte überhaupt nicht auf meine eigenen. Und als ich ihn einmal beobachtete, wie er Zeichen machte, ohne dass ich überhaupt auf dem Balkon war, da hatte ich endgültig genug. Ich kroch auf allen vieren ins Freie – stellen Sie sich vor, eine Frau in meinem Alter –, und ich schaute vom Balkonrand vorsichtig hinauf, und was sah ich da? Also, Herr Teodorescu, was sah ich da?‹

›Was sahen Sie da, Frau Ianu?‹

›Ich sah diese Hexe von einer Freundin, die ein Stockwerk höher wohnt. Und was machte sie denn, Herr Teodorescu, was machte sie?‹

›Ja, was machte sie, Frau Ianu, was machte sie denn?‹

›Sie machte Zeichen, das machte sie. Sie war fleißig am Flirten, in der Zeichensprache. Mit meiner Eroberung, Herr Teodorescu, war sie am Flirten. Und sie hatte Erfolg offenbar, denn er antwortete. Und das alles nur, weil sie drei, vier Jahre jünger ist als ich und die Haare blond gefärbt hat. Eine falsche Blondine, Herr Teodorescu, hat mir den schönen Mann weggeschnappt. Im gleichen Moment fiel es mir wie Schuppen von den Augen. Deshalb also hatte sie mich darüber ausgefragt, was ich von jungen Männern halte und ob ich ihr bei Bedarf meine Wohnung überlassen könnte. In meiner Wohnung wollte sie es treiben, die Unverschämte. Und als ich dann am selben Abend sah, wie er die Lichter in seiner Wohnung löschte und sich über die Straße und an unserem Wohnblock entlangschlich, und dann seine Schritte im Treppenhaus hörte und hörte, wie sich die Tür im dritten Stock öffnete und schnell wieder schloss, wusste ich, dass ich ihn verloren hatte. Mich packte der Schmerz und kurz darauf auch der Verdacht, dass sie mich bestimmt entfernen wollte, um gar kein Risiko einzugehen. Als ich dann den Schaum sah, war ich mir sicher. Jetzt, Herr Teodorescu, tun Sie, was Sie für nötig halten. Mein Leben liegt in Ihren Händen.‹

So redete sie, mein Junge, und ich hielt es für nötig aufzustehen und zu gehen. Im Fahrstuhl brüllte ich vor Lachen. Als ich wieder zu mir kam, fuhr ich ein Stockwerk höher, läutete bei der Nachbarin und bat sie, ihren Teppich nicht mehr um sieben Uhr morgens zu reinigen und beim Heizkörper mit der Flüssigkeit aufzupassen. Dann kroch ich wieder ins Bett.

Einige Tage später, als sich die Spannung schon gelegt hatte, sprach ich die falsche Blondine vorsichtig darauf an. Sie brach in Lachen aus und lachte einige Minuten lang, bevor sie antwortete. Er war tatsächlich ihr Liebhaber, schon seit Monaten, und sie trafen sich regelmäßig, meistens bei ihr und meistens, wenn ihr Mann Nachtschicht hatte. Sie hatten auch bemerkt, dass sich Frau Ianu in ihre Gespräche auf Distanz eingeschaltet hatte. Und eines Tages habe er sie gefragt, wer die Verrückte sei, die unter ihr wohne. Die gebe immer Zeichen, wahrscheinlich meine sie, er wolle mit ihr Verbindung aufnehmen. Aber mit Frau Ianu zu reden, das hatte sie sich noch nicht getraut.«

Nun lachte auch ich, denn Vater erzählte so, dass man gar nicht anders konnte. Vater gab mir sanft eine Kopfnuss und fuhr fort: »Siehst du, Menschen so eng beieinander zu halten, wie die Kommunisten es tun, ist keine einfache Angelegenheit. Da entstehen die seltsamsten Ideen. Manchmal frage ich mich, ob die Bronx besser ist als unser Viertel. Dort zumindest weißt du, dass keiner was von dir will, und jeder ist überrascht, wenn du was von ihm willst. Niemand kennt seinen Nachbarn, und wenn man ihn kennt, kann es ganz böse enden.«

»Meinst du, dass, wenn wir hier nicht so eng wohnten, alles anders wäre? Zum Beispiel gäbe es weniger von dieser Paranoia?«

»Nein, das glaube ich nicht. Aber die Kommunisten sind die reinste Lachnummer, wenn sie meinen, dass so zu leben gesünder sei. Eine weitere Geschichte ereignete sich an einem dieser heißen Sommertage, wenn keiner an Arbeit denkt und die Fabrikhallen leer stehen und die Biergläser unter den Bäumen immer wieder voll sind. Da kehrte ich gegen drei Uhr nachmittags heim und achtete darauf, langsam zu gehen und wenig zu atmen, denn die Luft war stickig und unangenehm in der Nase. Gerade als ich am Hauseingang C vorbeikam, hörte ich ein Pfeifen, als ob mich jemand rief, aber ich sah niemanden. Ich wollte gerade weitergehen, als das Pfeifen erneut zu hören war. Als ich den Kopf hob und hinaufschaute, bemerkte ich im fünften Stock eine Gestalt, die sich mal zeigte, mal zurückzog. Ich schaute länger zu und wunderte mich. Gerade als ich laut fragen wollte, was das Ganze sollte, zeigte sich die Gestalt wieder und legte den Zeigefinger auf die Lippen und winkte mich nach oben. Ich erkannte die hübsche junge Frau, die zusammen mit ihrem Mann seit drei Jahren dort wohnte.

Die Frau war verwirrt und unruhig, als ob ein neues großes Erdbeben über sie hereingebrochen wäre. Ich musste sie die Geschichte mehrmals erzählen lassen, bevor ich sie verstand. Um es nicht in die Länge zu ziehen, kann ich dazu sagen, dass auch diese Frau einen Liebhaber hatte, nein, es war mehr ein Seitensprung gewesen, denn sie liebte ihn nicht, und sie hatte überhaupt keine Ahnung, wieso sie es getan hatte. Jedenfalls war es geschehen, mehrmals, und ihr Ehemann, der in der Hauptstadt weilte, hatte Wind davon bekommen, bestimmt war es eine Arbeitskollegin gewesen, die ihrem Mann nachstellte und ihre glückliche Ehe zerstören wollte. Aber sie ließ sich die Ehe nicht kaputt machen, und der Ehemann – wahrscheinlich wutentbrannt – war auf dem Rückweg, und ich musste ihm unbedingt entgegenfahren, ihn abfangen und von der Treue seiner Frau überzeugen. Mir blieb die Spucke weg, dann hätte ich gerne gelacht, wenn ich nicht genau gewusst hätte, dass der Ehemann ein Choleriker war, einer mit schwachen Nerven. Und ich wusste, dass, falls ich nichts unternahm, genau das eintreffen würde, was schon mehrmals eingetroffen war. Die Frau würde nachts in unsere Wohnung kommen und blaue Flecken zählen. Und dass ich mich dann anziehen und in ihre Wohnung gehen würde, um den entfesselten Mann zu überzeugen, er solle doch so lieb sein und nicht das ganze Mobiliar zertrümmern. Die früheren Male hatte er dauernd gerufen: ›Herr Teodorescu, sehen Sie, was von der Ehe kommt, sehen Sie? Das kommt davon‹, und er hatte gegen alles, was ihm in den Weg kam, getreten, bis er müde war. Dann hatte er sich hingesetzt und geweint, und ich hatte seine Frau reingelassen, denn wenn ein Mann weint, dann braucht er eine Frauenhand, die ihn tröstet und mit einem lauwarmen Tuch die Tränen wegwischt. So findet man wieder zueinander.

Als mich die Frau mehrmals gebeten hatte, ihr zu helfen, wurde ich weich, und ich versprach ihr, in den nächsten Zug nach Arad zu steigen und dort den Zug aus der Hauptstadt abzufangen. Gesagt, getan. Aber als ich auf dem Gleis auf den Zug nach Arad wartete, kam der Milizmann unseres Viertels auf mich zu und fragte mich freundlich, wo ich denn hinfahre. Der Teufel weiß, wie er Wind davon bekommen hatte, jedenfalls erzählte ich ihm, ich müsse dringend nach Arad.

Da wartete ich in Arad seit einer Stunde auf den Schnellzug aus der Hauptstadt, als mich plötzlich ein unscheinbarer Kerl laut begrüßte und mir kräftig die Hand schüttelte. Er stellte sich vor, und es war ein flüchtiger Bekannter aus der Militärschule. Er lud mich zu einem Kaffee ein, und weil ich sowieso nichts Besseres zu tun hatte und mich vor der Ankunft des Zuges ablenken wollte, willigte ich ein. Nun, alles, was dieser Mann im Sinn hatte, war, mich über den Zweck meiner Reise und meines Aufenthaltes in Arad auszufragen, sodass er mir bald lästig wurde. Nachdem ich zuerst gedacht hatte, ihn vielleicht einzuweihen und seinen Rat einzuholen, entschied ich mich, ihn mit erfundenen Antworten abzuwimmeln und mich schnell zu verabschieden. Das tat ich dann auch.

Ich sage dir, als ich den Zug in den Bahnhof einfahren sah, fühlte ich mich wie am ersten Schultag, und mein Herz klopfte vor Aufregung. Ich wünschte mir, der Mann sitze gar nicht drinnen und meine Mission sei schon erledigt. Aber er saß drinnen, und ich fand ihn nach langem Suchen, nachdem ich mich durch ein Dutzend Waggons gezwängt hatte. Überall in den Gängen standen oder saßen Menschen, dicht auf dicht, und eine Unmenge von Gepäck war da. Hier musste ich einen Kartoffelsack überspringen, dort auf die Hühneraugen einer alten Bäuerin achten, und wir schwitzten alle wie in der Sauna. Manchmal musste ich die Luft anhalten, so sehr rochen die Bauern.

Als ich ihn fand, saß er in einem vollen Abteil, und ich gab mich überrascht über unsere Begegnung, im Sinne von: ›Na, das ist aber ein Zufall!‹ Als die anderen sahen, dass wir uns kannten, wurde mir Platz gemacht. Jetzt fing das Schwierigste an, denn nach einigen Minuten hatten wir uns alles gesagt, und wir wurden still. Ich war still, er war still, und ich hatte den Eindruck, dass wir beide im Inneren kochten. Aber wie zum Teufel sollte ich seine Frau ins Spiel bringen, ohne dass es besonders auffiel? Und was zum Teufel sollte ich danach anfangen, um die Angelegenheit zu regeln? Ich hatte knapp eine Stunde Zeit bis zur Ankunft, und der Mann wäre nicht mehr aufzuhalten gewesen. Ich schluckte leer und sagte so etwas wie: ›Ich habe gestern Ihre Frau gesehen. Wie geht es ihr überhaupt?‹

Wie auf ein Signal brüllte der Mann los, und was er brüllte, kann ich dir nicht sagen, so alt bist du wiederum auch nicht. Es reichte dafür, dass die meisten Reisenden das Abteil verließen. Ich hörte zu, wie er seine Frau beschimpfte, ich sage dir, ich wusste, dass unsere Sprache reich an Schimpfwörtern ist, aber was ich hörte, übertraf alles. Und er rief laut, seine Frau würde ihn betrügen, er habe einen anonymen Anruf erhalten. Und zu Hause sei sie in der Nacht davor auch nicht gewesen, er habe das Telefon lange läuten lassen, damit sie nicht sagen könne, sie habe tief geschlafen. Ich schluckte mehrmals leer, und ich wusste überhaupt nicht, wo ansetzen, als ich plötzlich diesen Geistesblitz hatte, ich sag dir, ich bin heute noch stolz darauf. Was ich ihm dann sagte, traf ihn wie ein Donnerschlag, ihm blieb der Mund offen, und die Augen wurden groß wie Zwiebeln. Und weißt du, was ich ihm sagte? Nun, sag schon, weißt du es? Natürlich nicht, wie denn auch, solch ein Schachzug kommt nicht alle Tage vor. Möchtest du wissen, wie dein Vater die ganze Affäre zu seinen Gunsten drehte? Sag schon.

Ich sagte: ›Herr Soundso – an den Familiennamen erinnere ich mich nicht mehr –, also, Herr Soundso, halten Sie schnell den Mund, und hören Sie mir zu. Sie haben ein Problem, ein großes Problem sogar. Weil Sie mir sympathisch sind und ich Sie nun seit einiger Zeit kenne und weil wir unter Männern zusammenhalten sollten, will ich Sie warnen. Glauben Sie mir, Herr Soundso, das Problem ist größer, als Sie meinen, und Sie müssen sich sofort gute Argumente ausdenken, denn bald sind wir zu Hause, und dann ist es für Sie zu spät.‹

Als er es nicht wahrhaben wollte, dass er wirklich ein Problem hatte, und unsicher schwieg, versetzte ich ihm den

Dolchstoß. ›Also, hören Sie, das mit den Vorwürfen an Ihre Frau würde ich ganz schnell vergessen, und das mit gestern Abend auch, denn wissen Sie, wo die arme Frau war? Wissen Sie?‹ Er verneinte zahm mit dem Kopf.

›Bei uns war sie, völlig in Tränen aufgelöst war sie. Meine Frau musste ihr Valium geben, und wir mussten stundenlang auf sie einreden, bis sie sich beruhigte und einschlafen konnte. Sie schlief wie ein Kind auf unserem Sofa. Und wissen Sie, wieso Ihre Frau bei uns war und Valium brauchte? Weil ein anonymer Anrufer gesagt hatte, Sie würden sie mit einer Ihrer Kolleginnen betrügen und vieles mehr. Ich glaube, das war bestimmt jemand, der Ihre Ehe zerstören möchte. Also, nehmen Sie sich in Acht, wenn Sie heimkommen, und überlegen Sie sich was Vernünftiges.‹

Der Mann wurde auf der Stelle stumm wie ein Fisch und zahm wie ein Lamm. Als wir auf dem Bahnhof ankamen, bedankte er sich ununterbrochen bei mir, ich hätte seine Ehe gerettet, und Männer wie mich müsse es mehr geben. Als wir dann bei ihnen zu Hause waren, machte sie die Tür auf, und sie fielen sich in die Arme. In einem günstigen Moment weihte ich die Frau in meine Strategie ein und ging dann nach Hause.

Aber für mich hörte die Geschichte hier nicht auf, denn kaum waren einige Tage vergangen, erhielt ich eine Einladung vom Kommissariat. Ich musste mich dort sofort zwecks Befragung einfinden, was ich mit einigen Befürchtungen tat, denn ich hatte gerade Pässe für Italien beantragt. Ich erfuhr, dass ich mich mit meiner überstürzten Abreise nach Arad verdächtig gemacht hatte und dass man die Geheimdienstsektion in ebendieser Stadt benachrichtigt und diese wiederum einen Mitarbeiter zum Bahnhof geschickt hatte. Alles sollte wie Zufall aussehen. Der Mitarbeiter war dieser Trottel, der mich ausfragte, und der einzige Zufall in der Geschichte war, dass wir die Militärschule zur gleichen Zeit besucht hatten, wo wir ein wenig befreundet waren, was aber diesen Judas nicht davon abhielt, seinen Kameraden auszuquetschen.

Also wurde ich ausgefragt, und hin und her und dies und jenes, alles mit Anstand, denn schließlich bin ich ja nicht irgendwer, und wie du weißt, bin ich der Hausverwalter des Polizeikommandanten. Am Schluss konnte ich mit Beziehungen und russischem Wodka die Wogen glätten. Es war nicht einfach, Erklärungen zu finden, denn wer hätte geglaubt, dass ich dabei gewesen war, den guten Engel zu spielen. Und wenn sie sich bei dem Ehepaar erkundigt hätten, so wäre womöglich die Ehe doch noch in die Brüche gegangen und alle Mühe umsonst gewesen.

So, jetzt siehst du, was uns der Sozialismus für Geschichten beschert. Und die Liebe. Aber für die Liebe bist du noch zu jung und für den Sozialismus auch. Lass dich nur nicht verwirren. Jetzt geh und putz dir die Zähne, und dann ab ins Bett.«

Als Mutter heimkam, hörte ich die beiden noch lange leise miteinander reden. Dann ging das Licht im Wohnzimmer aus, und Vater kam schlafen.

Abschied

Großmutter kam wieder aus der Küche. Als sie mich sah, kam sie mit ausgebreiteten Armen auf mich zu. Sie trug eine Brille mit dicken Gläsern. Ihre Finger hatten Knoten, und ihre Haut war überall runzelig. Sie strahlte mich an. Während sie mich umarmte, schaute ich auf die kleine Uhr, die Großvater in den Dreißigerjahren von seiner Reise in die Schweiz mitgebracht hatte. Er hatte bei den Schweizern Hilfe gesucht gegen seine Erblindung. Aber auch in der Schweiz erblindete man wie überall, und er kehrte heim.

Bis ich Ariana treffen würde, hatte ich noch genug Zeit.

»Na also, Enkel, du warst so ruhig, dass ich dachte, dich hätte Großmutter gelangweilt, und du wärst weggelaufen. Ach, da ist sie ja, die Schreibmaschine. Diese Schreibmaschine bekommst du, falls du Schriftsteller wirst. Als Glücksbringer.«

»Großmutter, mir ist wieder eingefallen, wie mir Großvater gleich nach unserer Ankunft aus Amerika das Schreibmaschineschreiben beigebracht hat. Genau an diesem Ort.«

»Amerika. Ich wusste, dass er zurückkehren würde, dein Vater. Ohne deine Mutter kommt er nicht durch. Da ist er verloren.« Großmutter wurde irgendwie traurig. Sie setzte sich vor mir auf einen Stuhl. Sie seufzte mehrmals.

»Weißt du noch, Großmutter, wie es war, als wir aus Amerika zurückkehrten? Kannst du dich erinnern?«

»Natürlich. So vergesslich bin ich noch nicht. Das liegt erst vier, fünf Jahre zurück. Gleich danach kam das große Erdbeben. Das verschluckte die Menschen wie der Zyklop die Freunde von Odysseus. Odysseus, den musst du doch kennen.«

»Natürlich.«

»Also, als ihr aus Amerika zurückgekehrt seid, war es dramatisch. Deine Mutter konnte es kaum fassen. Alle anderen auch nicht, ehrlich gesagt. Deine Mutter hatte sich tapfer geschlagen, alle Behörden hingehalten und um den Finger gewickelt, denn alle meinten, Marius habe sich mit dir definitiv abgesetzt. Cornelia hatte sich schön angezogen, hatte sich parfümiert und war von einem Amt zum anderen gezogen. Sie erreichte jedes Mal, was sie sich vornahm. Eine Teufelsfrau. Aber am Tag nach eurer Rückkehr, als wir zu euch eingeladen wurden, da war deine Mutter eine gebrochene Frau. Gebrochen wie ein Ast vom Baum. Sie hatte oft vom Flugzeug gesprochen, das sie nach Amerika bringen würde. An jenem Tag sah sie aus, als ob das Flugzeug gerade an der Freiheitsstatue zerschellt wäre und die Trümmerteile bei euch im Wohnzimmer lägen.«

»Großmutter, hättest du gedacht, dass wir jemals wieder ausreisen würden?«

»Natürlich. Und dass es morgen ist, macht mich traurig. Und zwar meinetwegen, denn ein alter Mensch wie ich braucht Begleitung, um nicht zu sterben. Alleine und sinnlos, da vergeht einem die Lust. Das merkt der Tod.«

»Du hast doch deine Schüler und Nachbarn.«

»Nicht aus dem gleichen Holz, Süßer. Nicht aus dem gleichen Holz. Gewiss, auch wir sind nicht aus dem gleichen Holz. Doch ich lebe schon so lange bei euch, dass ich euch wie meine Familie kenne. Eine andere habe ich nicht, schon alleine deshalb seid ihr doch meine Familie. Und zurück kommt ihr nicht. Diesmal ist es anders als damals, als Amerika. Diesmal stimmt alles, und wenn ich übermorgen aufstehe, gibt es dieses Gefühl nicht mehr, dass da sonst noch jemand ist. Das muss man zuerst einmal verdauen. Du weißt, alte Leute haben eine schlechte Verdauung.«

»Großmutter, ich muss gehen.«

»Ich weiß.«

Wir aßen noch Knödel zusammen. Zum Abschied umarmte mich Großmutter ganz fest und wollte mich kaum noch loslassen. Ich versprach zu schreiben. Sie setzte die Brille ab, um sie nicht nass zu machen.

Es war August, und über der Stadt lag jene Art von Ruhe, die herrscht, wenn überall Hitze ist. Ich war in letzter Zeit täglich am Kanal entlanggegangen, bis hin zum Zentralpark. Oft hatte ich kaum jemanden getroffen. Manchmal schliefen Soldaten oder Arbeiter am Ufer, und Zigeuner ruhten vom Betteln aus. Studenten und Schüler waren aufs Land oder ans Meer gefahren, und alle anderen hielten sich dort auf, wo es kühler war. Die Hinterhöfe waren leer, und der Asphalt war erhitzt.

Nach dem Besuch bei der Großmutter nahm ich den Weg über den Hauptplatz – an der einen Seite das Opernhaus, wo Mutter Geige spielte, und an der anderen die Kathedrale. Ich überquerte den Platz und ging in den Zentralpark hinein. Es blieb genug Zeit, bis ich Ariana treffen würde.

Vom Haupteingang aus führt eine breite Allee mit weißen Steinplatten zum Vaterlandsmonument. In der Alleemitte waren Blumenbeete, am Rand in regelmäßigen Abständen grüne Bänke. Die Farbe blätterte an vielen Stellen ab. Gleich dahinter führten Wege durch die Bäume hindurch, zwischen den Bäumen ruhten und schliefen Menschen. Liebespaare. Säufer. Bauern. Auf den schmalen Bänken saßen junge Soldaten und ihre Eltern, dazwischen ein kleines Tuch ausgebreitet, Eier, Fleisch, Tomaten vom Bauernhof. Sie redeten selten miteinander.

Es waren mehr Soldatenfamilien da als sonst. Dienstfrei.

Alte saßen neben ihren braunen Gehstöcken, manche fütterten Tauben. Tauben hatten wir genug. Die Hitze war groß, und alles wirkte heller. Ich ging langsam, blieb vor dem Monument stehen und schaute nach allen Seiten. Links, hinter den Stufen und der Fahrbahn, lagen der Kanal und der Ruderklub. Wenn ich dem Ufer gefolgt wäre, dann wären die Trauerweiden gekommen, das hohe Gras, die Sportanlagen am anderen Ufer und die schwarze Metallbrücke, bei der ich später Ariana treffen sollte. Und gleich dahinter unser Wohnviertel.

Auch nach rechts führte eine Allee. Die interessierte mich nicht. Hinter dem Monument fing der eigentliche Park an, mein Revier. Dort waren die Steinplatten spärlich und mit Gras und Moos überwachsen. Es war viel Platz für flach getretene, dunkle Erde. Die Baumkronen überdeckten alles, auch die Schachspieler, die sich über die Betontische beugten, und all die anderen, die sich um sie scharten. Die Schachspieler waren dem Park treuer als ich. Alte Männer, die hatten Zeit.

Ich traute mich nicht in die Nähe der Spieler, ich war zu jung dafür. Ich ging an ihnen vorbei, schaute sie aus der Entfernung an und bog nach rechts auf einen Trampelpfad ab. Nach dem Dickicht der Bäume kam der große Spielplatz, der wie in eine Grube gesenkt war und auf der anderen Seite von der Autostraße begrenzt wurde. Dort hinten, bei der hohen Straßenlampe, wurde Mihaela überfahren, direkt gegenüber der Tribüne, an der in knapp zwei Wochen meine Freunde und alle anderen vorbeimarschieren würden.

Das Blech der Rutschbahn war heiß von der Sonne, wie immer um diese Tageszeit. An ihrem unteren Ende bildeten sich nach Regentagen kleine Schlammgruben, früher mussten wir aufpassen, um mit dem Hintern nicht hineinzufallen, und beim Landen die Beine spreizen, um die Schuhe zu schonen. Sonst gab es zu Hause Ärger. Ich bemerkte am anderen Ende des Spielplatzes einen Mann in Uniform, der zwei Dobermannhunde dressierte. Er gab ihnen kurze, laute Befehle, sie liefen um ihn herum, setzten sich hin, warteten, packten zu, ließen los, sprangen auf. Ganz wie er es wollte. Vielleicht waren es Hunde, die sie an unserer Landesgrenze einsetzten. Man hörte darüber Gerüchte. Morgen würden wir's wissen. Morgen. Ich schaute eine Weile zu.

Ich überquerte die Straße und stieg die Treppe zur Haupttribüne hoch. Überall lagen Äste und Dreck herum. Bald würden sie mit der Reinigung und dem Beflaggen beginnen. Nicht nur hier, in der ganzen Stadt würden an jedem Strommast, an jeder Straßenlampe Stoffflaggen und an vielen Gebäuden lange Spruchbänder hängen. Ich setzte mich oben hin, wo normalerweise der Parteisekretär der Stadt steht, und schaute durch eine kleine Öffnung im Geländer auf die Straße.

Sie würden von links kommen. Ganz so, wie ich sie gerne hatte. Saubere Uniformen, Anzüge, Trachten. Die Arbeiter würden Gruppen bilden, je nach Fabrik, einige von ihnen würden kurze Szenen aus ihrem Arbeitsalltag vorspielen, die Maschinen würden auf kleinen Fahrzeugen getragen und die Werkzeuge funkeln. Die Sportler würden in improvisierten kleinen Ringen gegeneinander antreten. Tennis, Fußball, Boxen, Fechten, Volleyball. Hunderte von Papierfahnen. Die vielen Schüler und Studenten würden lockerer gehen als die anderen, auch Tarhuna würde dabei sein, er war immer dabei, damit ihn seine Freundin im Fernsehen sah. Manche Schülerinnen würden sich am Arm halten, viele würden mit Blumensträußen winken. Bei dieser Gelegenheit waren die Blumenläden und -märkte der Stadt immer zum Bersten voll. Danach gab es ein Jahr lang nichts, und wenn ich Mutter am Tag der Frau welche schenken wollte, hatte ich ein Problem. Hier vorne, vor mir, würden alle zur Tribüne schauen, Fahnen und Blumen schwenken, lauter jubeln als zuvor, weiterziehen, bald das Schwenken abbrechen, dann das Jubeln, und zum Schluss würde sich die Menge auflösen, die Männer in die Biergärten verschwinden, die Frauen irgendwohin und die Jungen in den Park eintauchen, Paar für Paar. Sie würden zuerst die Pionierskrawatte lockern, und die Mädchen würden sich schminken.

Ich ging erneut in den Park hinein, durch den Park hindurch, an den Dobermannhunden und an der Schaukel vorbei, unter den Baumkronen hindurch bis zum Kanalufer. Noch eine Stunde Zeit. Bei der Metallbrücke legte ich mich ins hohe Gras. Das Ufer war steil, ich musste aufpassen, nicht hinunterzurutschen. Mein Muskelproblem machte Vorkehrungen nötig. Ich legte die Arme unter den Kopf und schaute zu. Auf der Brücke war ein Fischer dabei, geduldig zu sein. Immer derselbe. Er rauchte eine Zigarette nach der anderen und hatte in einem kleinen Köfferchen eine tolle Fischerausrüstung. Das Köfferchen presste er immer an sich, als ob er Angst hätte, es könne ihm gestohlen werden. Vielleicht war es deutscher Herkunft, wie unser Fernsehgerät. Er starrte ins Wasser.

Ariana. Wie hätte sie mich gern? Wie sollte ich liegen, um ihr zu gefallen? Wie bloß? Was ausstrahlen, denn Ausstrahlung macht Männer stark. Das sagen sie alle, die Frauen.

Ariana war eine Frau wie die BB. Brigitte Bardot. Sie hatte von allem viel, und sie war vierzehn. Ariana war mein Flirt seit drei Wochen. Einen Flirt hat man, wenn man jeden Abend dasselbe Mädchen trifft und man vor lauter Schauen rot wird. Die Blicke, die ich Ariana zuwarf, flossen hinab wie das geschmolzene Eis am kurzärmligen Hemd meines Onkels, wenn er es in der lahmen Hand hielt. Die Tante wischte es mit einem nassen Lappen und hastigen Bewegungen weg. Er könne nichts dafür, sagte sie, er halte sonst ja nur Schnapsgläser damit. Die schmelzen nicht.

Meine Blicke waren warm und gingen unter die Bluse. Ich musste aufpassen, nicht zu viele dorthin gleiten zu lassen. Die Dächer dampften von der Hitze, der Teer löste sich auf und klebte an den Schuhen. Die Hitze war auch in unseren Körpern, ich sah einmal Rot auf ihrer Haut, auf dem Brustbein. Von der Sonne war es nicht.

Ariana war eine optische Verlockung, wenn sie in unsere Straße einbog. Der blasse Schichtarbeiter im dritten Stock und der kahlköpfige Professor im fünften standen auf ihren Balkonen und warfen ihr Blicke zu. Ob man von solchen Blicken rot wurde?

In solchen Momenten hätte ich gerne die Schwerkraft geprüft. Ich hätte auf die Glatze des Professors spucken können. Die schaute unter unserem Balkon hervor. Turi zum Beispiel prüfte die Schwerkraft anders. Er ließ Wasserbeutel vom Dach fallen, die vor den Füßen der Erwachsenen zerplatzten. Mit den Haaren verlieren Erwachsene auch den Humor. Sie standen in der Wasserlache und fluchten laut. Turi machte das Fluchen nichts aus, er tat es selber gerne. Auch spucken. Bei ihm zu Hause spuckten alle in alle Richtungen. Turi war ein Zigeunerkind und ein schwieriges Element. Das verstand ich nicht, in der Chemie waren wir erst beim zehnten Element angelangt. Aber der Milizmann unseres Viertels sagte es.

Wenn der Milizmann an unserer Haustür läutete, schloss sich die Küchentür hinter ihm und Vater. Eine Stunde später ging sie wieder auf. So lange durfte ich nicht aus dem Wohnzimmer. Der Milizmann steckte sein Notizheft in die Hosentasche und wischte sich mit dem Handrücken Schweißperlen ab. Seine feuchte Hand glitt über meine Haare, seine dicken Finger waren wie Samt. Ob er auch schwierige Elemente so anfasste? In der Küche hinter ihnen wusch Mutter zwei Kaffeetassen ab. Den türkischen Kaffee servierte sie in Porzellantassen, es waren jene, die ich nicht berühren durfte. Mutter las manchmal im Kaffeesatz, wie es uns gehen würde, aber sie war nicht sehr gut darin. Vater sagte, der Obergenosse sollte sie anstellen, dann könnte dieser den Fünfjahresplan nach dem Kaffeesatz erstellen. Wenn Vater das sagte, war der Milizmann schon weg. Wenn der Milizmann kam, erzählte ihm Vater aus dem Leben unserer Nachbarn. Er erzählte ihm nichts von Wichtigkeit, der Milizmann wusste es, und Vater wusste, dass der Milizmann es wusste. Dann schüttelten sie sich die Hand und gingen auseinander.

Auch Erwachsene prüften die Schwerkraft. Dann zerbrachen Flaschen auf dem Asphalt, und unsere Fußballmannschaft hatte gewonnen. Oder es war Neujahr. Herr Petrea vom Hauseingang B, der mit dem schweren Bein, das er beim Gehen komisch hob, war sehr fleißig darin. Wenn er Flaschen hinunterwarf, dann hatte sein Sohn wieder eine Frau geschwängert. Ich wollte Ariana unter keinen Umständen schwängern. Ich hatte in einem Aufklärungsbuch mit Bildern gelesen, wie es gemacht wurde. Ich hatte auf dem Sofa im Wohnzimmer gelegen, dort, wo unsere Gäste saßen, der Fernseher aus Deutschland, aus dem die Sexfilme kamen, vor mir, und hatte den Willi zwischen den Seiten des sozialistischen Aufklärungsbuches gerieben. Nicolaescu, dem das Buch gehörte, nahm mir die fehlenden Seiten übel, die ich mit der Gillette-Klinge meines Vaters säuberlich herausgeschnitten hatte, noch mehr jedoch die Ohrfeigen seines Vaters, dem die Bibliothek gehörte. Seine Wangen waren rot, wie das Brustbein von Ariana, wenn meine Blicke es trafen. Rot kann für vieles stehen, fand ich so heraus.

Ich dachte wieder daran, wie ich Ariana gefallen könnte. Wie würde John Wayne hier im Gras liegen? Wie Marlon? Wie Clark oder Humphrey? Zugegeben, die hatten kein Muskelproblem, und sie mussten nie aufpassen, nicht wegzurutschen. Irgendwelche Tipps könnten sie mir aber allemal geben. Lieber Paul Newman, dachte ich, wie hast du in den Filmen die Frauen verführt? Man sieht oft nur, wie du sie kennenlernst, die Blicke kreuzen sich, und dann küsst du sie schon. Aber irgendwas scheint dazwischen immer zu fehlen, so am Ufer zu sitzen zum Beispiel und auf sie zu warten und das Herz pochen zu hören. Es scheint, dass du das nie brauchst, auf eine Frau warten, und dass von den Blicken bis zum Kuss nur fünf Minuten vergehen.

Würdest du die Arme unter dem Kopf verschränken? Würdest du deinen Kopf leicht hochheben und dein Bein anwinkeln? Achtung, nicht wegrutschen! Würdest du dich leicht nach rechts, zu ihr hin-, oder leicht nach links, von ihr abwenden? Wie würdest du das, was in der Hose geschieht, verstecken? Würdest du einen Grashalm in den Mund nehmen oder Steinchen ins Wasser werfen? Und was wären deine ersten Worte? ›*Hello, my darling*‹, ›*Baby, sit down*‹. Nein, wahrscheinlich würdest du nichts sagen. Den Grashalm im Mund, den linken Arm unter dem Kopf, das rechte Bein angewinkelt, siehst du sie im Augenwinkel kommen und drehst dich nicht einmal um. Du sagst nichts. Du schaust dem Fischer zu, dem stummen, der ins Wasser starrt. Sie soll kommen. Sie soll wollen. Dann sehen wir weiter.

Richtig so, dachte ich weiter. Denn wenn ich von Anfang an weich wie Butter bin, dann schmelze ich vor der Zeit, und Ariana wird denken, dass ich ein Weicharsch bin, und mich heimschicken. Die richtige Zeit hat auch mit ihr zu tun. Dann können beide weich werden, und es ist gut so.

Bestimmt. Jetzt aber, jetzt aber bin ich Paul Newman. Ich bin Paul Newman. Wie lange noch, bis sie kommt? Eine halbe Stunde.

Ich wartete weiter.

Am Kanal war alles still. Der Fischer war weggegangen, am anderen Ufer schliefen Soldaten im Gras, sie benützten die Mütze als Kissen. Am Himmel tauchten die Raben auf. Im Sommer zogen sie jeden Morgen aufs Land, in die Kornfelder, wo sie sich abseits der Straßen lärmig und gereizt vollfraßen. Bei Sonnenuntergang kehrten sie genauso lärmig in die Stadt zurück. Der Himmel war voll von ihnen, wie eine Militärparade der Raben. Sie kamen zu Hunderten und wellenweise. So muss es im Krieg ausgesehen haben, wenn die Bomber heranflogen, dachte ich. Ariana war noch nicht aufgetaucht, und Paul Newman hatte keine Antworten auf meine Fragen gefunden. Ich schätzte, dass ich mich nur auf mich verlassen konnte.

Plötzlich stand sie hinter mir, und ich konnte meine Paul-Newman-Stellung nicht mehr rechtzeitig einnehmen. Sie erwischte mich unvorbereitet, und ich lag da, breit wie ein Kuhfladen. Es schien ihr nichts auszumachen.

Ich schaute ihre Brüste an. Ich konnte gar nicht anders, sosehr ich mich bemühte. Sie waren prall und schön, und manchmal meinte ich, die Form der Brustwarzen zu erkennen. Der Bauch darunter war flach und der Bauchnabel wie eine kleine Münze aus meiner Sammlung. Sie trug Mittelscheitel, und die Haare, die ins Gesicht fielen, hatten etwas Rebellisches und etwas von einer Frau. Und alles in allem war es für mich wie ein perfekter Kreis, wenn wir zusammen waren. So ein Kreis wie derjenige, den unser Mathematiklehrer von Hand zeichnen konnte und den man nicht mehr aufhören konnte anzuschauen.

Sie legte sich neben mich. Sie legte ihre Arme unter den

Kopf. Taten das Frauen in den Hollywoodfilmen auch? Ava Gardner? Marilyn? Brigitte?

In den Achselhöhlen wuchsen schwarze Haare. Am Himmel die Rabenkompanie.

»Die Raben«, sagte sie.

»Die Raben. Mein Vater sagt, die seien wie die Partei. Unnü …« Ich stockte. Falscher Anfang, dachte ich.

»Mein Vater sagt dasselbe.« Wir lachten. Ich war erleichtert.

»Weißt du, auf diese Raben ist Verlass«, meinte sie.

»Was meinst du damit?«

»Auf sie ist einfach Verlass. Sie kommen und gehen immer zur gleichen Zeit. Ist auf Menschen auch Verlass?«

»Auf Menschen ist kein Verlass, denke ich. Mehr auf Tiere, aber nicht auf Menschen.«

»Dann ist auf dich kein Verlass. Dann darf ich mich nicht auf dich verlassen. Dass du zurückkommst und wir zusammen sind. Weißt du, Mädchen werden oft von Jungs verarscht und verletzt.«

»Ich verarsche dich nie. Nie. Und natürlich ist auf mich Verlass, uns hatte ich nicht gemeint. Und natürlich sitzen wir zusammen in der gleichen Bank im neuen Schuljahr, und keiner kann uns was anhaben. Und unsere Liebesbriefe werden anders sein als alle anderen Liebesbriefe. Als alle anderen. Versprochen.«

Es war einfach aus mir herausgeplatzt, und es fehlte nicht viel, und ich hätte geweint und zugegeben, dass wir uns nie wiedersehen würden und dass auf mich doch kein Verlass war. Sie schmunzelte und griff nach meiner Hand.

»Gut so.«

Ich spürte, dass ich am liebsten mit einem Wort alle ihre Verletzungen weggemacht hätte, damit es vorbei war mit dem Verletztsein, aber so etwas zu denken und auszusprechen war schwerer als die Sonne und fremder als die Außerirdischen. Ich bekam Angst, weil ich nicht verstand. Und ich wollte sie fragen, was sie genau meinte und was sie genau erlebt hatte, aber ich kannte die richtigen Worte nicht, und die falschen lässt man lieber ungesagt. Das hatte ich irgendwo aufgeschnappt.

Wir blieben still nebeneinander. Sie atmete, und die Kirschen gingen rauf und runter. Sie lagen unter dem Hemd, fünfzig Zentimeter von mir entfernt, und die Haut war überall glatt und weiß. Frauenhaut. Frauenhaut am Sonntag, am Wasserkanal, im Gras, kleine weiße Blumen. Als mir die Abreise vom nächsten Tag einfiel, kam es mir wie ein Erdbeben vor.

»Es ist angenehm hier mit dir«, sagte sie.

»Es ist angenehm hier mit dir«, erwiderte ich.

Wir schwiegen, und es war, als ob ich nicht atmete und alles stillstand. Wie der große Stein neben uns. Der stand am gleichen Ort seit unserer Kindheit und ein bisschen länger. Sie schaute mich seitlich an.

»Alin.«

»Ja.«

»Es gibt ein Gedicht über dich.«

»Von Eminescu. Mutter hat Eminescu als Mädchen gelesen.«

»Als Mädchen so wie ich?«

»Als Mädchen so wie du. Vielleicht etwas älter. *Der Morgenstern* heißt das Gedicht.«

»Berühmt, was? Dann müsste ich es kennen. Warte mal.«

Sie streckte den Hals nach hinten, hob das Kinn nach oben, schloss die Augen zur Hälfte. In solchen Momenten landen Küsse, dachte ich, und richtete mich leicht auf. Aber sie suchte bloß nach den Verszeilen.

»Ich hab's: *Und währenddessen Alin/So listig dieser Lausbub/Bringt Wein in Bechern voll/Den Gästen am Königshofe*. So oder ähnlich geht das. Zufrieden, Majestät?«

Sie schmunzelte.

»Schön. Hast du das extra für mich gelernt?«

»Extra für jetzt.«

»Schön. Liest du viele Gedichte?«

»Gedichte? Nein. Romane, aber nicht Gedichte. Liest du Gedichte? Mit so einem Namen wäre es kein Wunder.«

»Siehst du? So schnell kann man sich täuschen. Gedichte sind für mich vielleicht etwas für später, aber nicht für jetzt. Wenn ich sie lese, dann habe ich manchmal das Gefühl, da ist was Schönes dran, aber ich verstehe es nicht.«

»Was liest du denn? Was lesen Jungs so?«

»Hmm, Karl May. Kennst du? Winnetou und so. Old Shatterhand. Die Prärie. Also, Old Shatterhand hat eine starke Faust. Und Winnetou ist sehr edel, ein Apache, und er ist sein Freund, was nicht gewöhnlich ist zwischen Rothäuten und Weißen. Sie erleben viele Abenteuer im Wilden Westen. Sie kämpfen gegen schlimme, ungerechte Kerle und gegen andere böse Indianer. Sie erleben die große, weite Prärie, die Bisons. Hmm, Jules Verne. Ich habe die weiße Gesamtausgabe, gebunden. Wusstest du, dass er so was wie ein Prophet war? Also einer, der vieles voraussah. Das U-Boot, die Reise zum Mond, die Elektrizität und so Sachen? Robinson, Copperfield, Jack London, auch schon Shakespeare-Jugendausgabe. Dumas, die *Musketiere*. Schon mal gelesen?«

»Klar. Mylady, Richelieu. *En garde*. Mylady hätte fast alles zerstört.«

»Ja, fast hätte sie's geschafft. Diese Kardinäle, das waren alles Schurken.«

»Alle. Wie sie nur versucht haben, die Musketiere zur Strecke zu bringen.«

»Die Musketiere des Königs.«

»Aber zu viert waren sie unschlagbar.«

»Unschlagbar. Weißt du, ich habe mich schon immer gefragt, weshalb Dumas es *Die drei Musketiere* nannte, wenn es eigentlich vier gab.«

»Wer weiß, weshalb.« Wir schwiegen.

»Und die Raben fliegen noch«, sagte sie.

»Weißt du, wo die Raben für die Nacht hinfliegen? Ich habe nie gesehen, wo sie landen. Hast du das?«

»Nein. Vielleicht jenseits des Bahnhofs. Aber ich habe eine Idee. Wenn du zurückkommst, dann gehen wir schauen, wo sie landen. Abgemacht?«

»Na, klar. Abgemacht.«

»Wann kommst du genau zurück?«

»Ah, das werden wir sehen. Ich meine, Vater und Mutter ... Ich meine, Tom Sawyer und Huckleberry Finn sind auch klasse. Weißt du, die sind von zu Hause ausgerissen und sind auf dem Mississippi mit einem Floß gefahren. Dem langen, wilden Mississippi. Das wäre was. Manchmal möchte ich wie Huck sein und tun, was ich möchte, und die Lehrer zum Verzweifeln bringen. Stell dir vor, Pintea, unser Klassenlehrer, wie der sein Maul aufreißen würde, wenn ich während des Unterrichts, vor seinen Augen, durchs Fenster hinaussteigen würde. Stell's dir vor. Oder die Rumänischlehrerin, sie würde aber zappeln, wenn ich einen Frosch in ihrer Handtasche verstecken würde. So war Huck. Verrückter Kerl.«

Ariana lachte, die Augen lachten auch. Seltsam, um zu lachen, hob sie wieder das Kinn nach oben und schloss zur Hälfte die Augen. Wie zuvor, als sie an das Gedicht dachte. Wie es Frauen in Filmen tun, wenn sie geküsst werden möchten. Das erschwert natürlich einiges. Man kann nie wissen, was sie genau möchten. Küssen, lachen, Gedichte aufsagen. Und in welcher Reihenfolge.

»Vielleicht wirst du mal wie Huck. Ein Huck aus Rumänien. Und du wirst dich im Donaudelta verstecken. Das ist bestimmt nicht so groß wie das Mississippidelta, aber groß genug. Ich war dort im Urlaub. Da findet dich bestimmt niemand, wenn du nicht willst, und du kannst von Fisch, Wasser und Vogeleiern leben. Was sagst du dazu?«

Ich schmunzelte, aber ich war verlegen. Denn ich wusste, dass ich nie wie Huck sein würde. Laufen mit orthopädischen Schuhen war mühsam genug. Springen und Klettern kam nicht infrage. Ich sagte nichts und bekam Angst, sie könnte selber darauf kommen, dass ich einen schlechten Huck abgeben würde. Sie lächelte mich weiterhin an.

»Was mich eigentlich in der letzten Zeit fasziniert, sind diese Außerirdischen«, fuhr ich fort.

»Außerirdische?«

»Jawohl. Diese Ufo-Berichte sind ernst zu nehmen. Ganz bestimmt. Hast du gewusst, dass in Kentucky eine Farmerfamilie eine ganze Nacht lang von grünen Männchen geplagt wurde, und die Leute haben sogar auf sie geschossen und eins getroffen? Und als die Polizei kam, da war keine Spur mehr von ihnen. Als die Polizei wieder weg war, tauchten sie wieder auf. Man fand auch Landungsspuren. Oder da gibt es dieses Paar, er schwarz, sie weiß, die wurden in der Nacht auf einer einsamen Straße aus ihrem Auto heraus von seltsamen Wesen entführt. Die sprachen telepathisch mit ihnen – also Gedankenübertragung oder so ähnlich –, und die zwei konnten sich später nur unter Hypnose daran erinnern, dass man sie medizinisch untersucht hatte. Am anderen Morgen erwachten sie viele Kilometer von dem Ort entfernt, wo sie am Abend zuvor gewesen waren. Und es gibt eine berühmte Geschichte von einer Missionsstelle in Papua-Neuguinea. Sie haben dort tagelang Ufos beobachtet, die über dem Sportplatz schwebten, und am Schluss haben sie und die Ufonauten – so heißen die Marsmenschen – sich gegenseitig zugewunken. Oder kennst du diesen Film von Spielberg, *Begegnung der dritten Art*? Also, siehst du, viele dieser Geschichten geschehen in Amerika.

Amerika, da ist das Land so weit und leer, da haben auch Außerirdische Platz. Das sagt Vater, weißt du, wenn er über mich witzelt.«

»Glaubst du an Außerirdische?«

»Klar. Und du?«

»Ich nicht.«

Es war still für einige Momente.

»Alin?«

»Ja, Ariana.«

»Gehen wir spazieren?«

Verdammt. Spazieren mit Ariana, das hatte ich mir doch gewünscht, aber wie stand ich auf, ohne dass sie merkte, dass ich weder Paul Newman noch Huckleberry Finn war. Wenn man Charcot-Marie hat, fällt das Aufstehen schwer. Ich schwitzte und hüstelte wie Vater, wenn er sich unsicher fühlte. Er hüstelte, wenn er unter Menschen oder in die amerikanische Botschaft musste oder wenn er mir sagte, dass ich ins Columbia University Hospital gehen würde. Bei unserer Rückkehr aus Amerika hüstelte er ununterbrochen, bevor der Zug auf unserem Bahnhof zum Stillstand kam und wir Mutter auf dem Gleis warten sahen.

Ariana war inzwischen aufgestanden und ein wenig in Richtung Metallbrücke gegangen. Ich stand auf. Sie kam mir entgegen und nahm mich an der Hand.

»Sag mal, Alin, diese Krankheit, die du hast, was ist das?«

Ich sagte nichts, aber ich atmete fast nicht mehr. Am liebsten hätte ich sie ins Wasser gestoßen und wäre heimgelaufen und hätte geweint. Am liebsten hätte ich vieles getan, aber ich tat nichts. Und was ich erwartet hatte, nämlich dass sie ihre Hand aus der meinen zurückzieht, trat nicht ein.

Viertes Wunder.

Sie fragte erneut, und ich gab keine Antwort. Das war wie zuvor: Die falschen Worte lässt man lieber ungesagt. Wir gingen nebeneinander, und bei der Metallbrücke wechselten wir die Seite, damit ich mich beim Treppensteigen am Geländer halten konnte. Dann gingen wir in ein Viertel hinein, wo die Häuser niedrig waren und rote Ziegeldächer hatten. Hinter den Eingängen lagen kleine Innenhöfe, und die Wege waren zum Teil ungepflastert.

»Alin?«

»Ja.«

»Alin, erzähl mir was von Amerika.«

Wir gingen nebeneinander, Hand in Hand, und die Hand, die ich hielt, war nicht diejenige meines Vaters. Wie damals in Venedig. Oder in Rom. Oder in New York. Das tat gut.

Man hört die Grillen, und Mutter sagt, dass ich nicht aussteigen soll, denn sie wisse nicht, ob es erlaubt sei. Mutter und ich schwitzen, und Vater ist seit einigen Minuten fort. Er hat den Wagen auf dem Parkplatz neben dem Zollamt geparkt und uns gesagt, dass er Ilie suchen gehe. Dann ist er ausgestiegen und vor unseren Augen immer kleiner geworden. Ich weiß Bescheid: Wenn jetzt etwas in die Hose geht, dann ist es anders als bei Lea. Dann hilft auch kein Hosenflicken mehr.

Heute früh hat mich Vater geweckt. Hastig. Die Koffer waren gepackt, standen bereit vor der Wohnungstür, nur ein paar Koffer, alles andere hatte er nachts weggetragen. Wir haben schnell in der Küche gefrühstückt, keiner hat etwas gesagt, neben der Tür lehnten die Taschen mit dem Proviant. Mutter hat überall die Vorhänge zugezogen, alle Möbel trugen Zettel mit Namen drauf, damit die Tante wusste, wer was bekommen würde. Vater hat die Türen verschlossen, wir sind in den Fahrstuhl gestiegen und acht Stockwerke hinuntergefahren. Im Treppenhaus haben wir Nachbarn getroffen, die wünschten uns einen schönen Urlaub. An der Straße habe ich Dorin die Hand gegeben. Er sagte: »Also, in einem Monat wieder.«

»Klar. In einem Monat. Also, dann.«

Im Auto hat Mutters Stimme gezittert: »Furchtbar, sich so zu verabschieden.«

»Was bleibt uns übrig? Oder sollen die am Zoll lieber einen anonymen Anruf erhalten, dass wir uns absetzen wollen?«, hat Vater geantwortet.

Dann ist der Motor angesprungen.

Im Auto wird es immer heißer, und Mutter kurbelt die Fenster herunter. Die Straße zur Grenzstelle wirkt verlassen, links und rechts Felder.

Beim ersten Kontrollpunkt haben unsere Herzen schneller geschlagen, und ich wusste, dass es eine heikle Situation war, denn Vater hatte es zuvor gesagt. Wir haben uns kurz angeschaut, und Mutter hat meine Hand fest gedrückt. Man hat nach den Pässen gefragt und sich unsere Gesichter genau angesehen. Vater schwitzte an den Schläfen, und Mutters Händedruck tat weh. Die Soldaten haben die Gewehre vor der Brust getragen so wie die Armee im Fernsehen, wenn Nationalfeiertag ist. Das heißt in weniger als zwei Wochen. Die Soldaten sind um den Wagen herumgegangen und haben lange den Pass angeschaut, als ob sie noch nie einen gesehen hätten. Dann durften wir weiterfahren.

Vor jenem Kontrollpunkt war lange kein Dorf mehr gewesen. Grenzland. Die Felder waren so, wie sie halt sind, wenn niemand sich darum kümmert. Überall standen Schilder: *Aussteigen verboten, Betreten verboten.* Vater hat Erfahrung mit solchen Feldern. Vor Jahren ist er »irgendwo dort rechts«, wie er uns erklärt hat, mit dem Auto stehen geblieben.

»Etwas weiter als der Dorfausgang dort hinten. Weiter traute ich mich nicht. Die Scheinwerfer hatte ich schon ausgeschaltet. Wir hatten Glück. In Grenznähe dürfen sich ortsfremde Autos nicht aufhalten. Suspekt. Eine Kontrolle, und wir wären aufgeflogen. Auch die Jungs sind vor Angst fast gestorben. Niemand sagte was, und zuerst kurbelten wir die Fenster herunter, um zu horchen. Da war nichts zu hören, außer Grillen. Aber die Grenzwächter geben sich ja auch nicht zu erkennen, sie sagen nicht: ›Hier sind wir, wir kommen jetzt.‹ Also mussten wir entscheiden, und das Auto stank nach Zigarettenrauch, die rauchten wie verrückt, und ihr wisst, was ich vom Rauchen halte. Mich hatten Kopfschmerzen gepackt, und wir mussten entscheiden. Sie entschieden zu gehen, denn wenn wir zurückgefahren wären, wäre das ein schlechtes Omen für die Zukunft gewesen. Die Nacht war hell. Aber wahrscheinlich ist sie nie dunkel genug, wenn man so was vorhat. Sie haben alle auf einmal die Türen leise geöffnet, und ein Ohr war immer bei der Nacht. Dann stiegen sie gebückt aus, gebückt gaben sie mir die Hand, und das Gras verschluckte sie. Ich wartete zwei, drei Minuten und hatte Angst, den Motor anzulassen. Auf dem Rückweg ließ ich alle Fenster offen, denn das Auto war so verraucht, das hätte man bestimmt nicht mir alleine zuschreiben können. Ich dachte die ganze Zeit: Falls sie mich anhalten, was sage ich? Falls sie mich anhalten, was sage ich? Ob ich wirklich jemanden besucht hatte, hätte sich schnell überprüfen lassen, und andere Gründe, sich dort aufzuhalten, gab es nicht, außer illegale.«

Als Vater damals am frühen Morgen heimgekommen war, hatte ich schon die Pioniersuniform für die Schule angezogen. Er und Mutter gingen in die Küche, ich durfte nicht. Aber sie vergaßen, die Tür zu schließen. Vater flüsterte fast. Wenn man aber seit vielen Jahren denselben Vater hat, versteht man auch sein Flüstern. An jenem Tag waren wir alle drei sehr aufgeregt, und ich wartete in der Schule darauf, dass die Tür aufgehen und ich abgeführt werden würde. Das mit dem Dissidententum würde nun doch noch wahr werden. Mit dem einzigen Unterschied, dass wir alle drei Steine tragen würden. Gut, mich würden sie wegen des Alters und der Krankheit schonen und beim Steinezählen einsetzen.

Niemand kam.

Am zweiten Kontrollpunkt hat man uns nur von Weitem angeschaut. Wir durften durchfahren. Dann wurde die Straße breiter. Ich habe nach hinten geschaut und den niedrigen Anhänger gesehen. Ich wusste, dass der Anhänger der Schwachpunkt war. In seinem doppelten Boden sind Ikonen, Schmuck und Geld versteckt. Ich habe immer wieder zurückgeschaut, wie Vater auch, als ob er auch Angst hätte, dass wir den Anhänger verlieren könnten.

»Die drüben sind sehr interessiert an Ikonen. Da habe ich mich erkundigt, in Italien. Schade, dass einige wirklich in schlechtem Zustand sind, aber andere waren nicht aufzutreiben. Wichtig ist, niemand erfährt was darüber, klar?« Nachdem er »klar« gesagt hatte, schaute er mich länger an. Offenbar bin ich ein Sicherheitsrisiko. Ich habe eilig genickt. Schon seit Wochen hat Vater uns eingetrichtert: »Falls man euch fragt: Wir fahren in die Berge. Eine Rundfahrt, Klöster anschauen oder so. Oder ans Meer zu Verwandten. Verstanden?« Wir saßen alle drei im Wohnzimmer und redeten leise. Mutter und ich nickten.

Wir sitzen an der Grenze fest. Vater ist seit zehn Minuten verschwunden. Er hat gesagt: »Ich gehe Ilie suchen.« Ilie ist ein Zöllner, dem Vater Geld gegeben hat, damit er den doppelten Boden an unserem Anhänger nicht entdeckt. Mit Ilie hatten Vater und Mutter sich nachts getroffen, und ich hatte mich gefürchtet, denn alleine zu Hause zu sein, das ist bestimmt nicht meine Stärke.

Mutter ist unruhig. Sie dreht ständig ein Papierstück, zuerst von links nach rechts, dann umgekehrt. Das hat etwas mit Angst zu tun, und in Filmen tun sie es auch. Aber hier kann man den Film nicht neu drehen, und die Regisseure sind andere.

Eine Fliege fliegt durch das offene Fenster herein, das ist das einzige Geräusch, das wir hören. Die Grillen schweigen. Mutter schweigt auch und schaut geradeaus, sie kennt keine Geschichten, sonst würde sie sich jetzt zu mir drehen, »Mamas Liebling« sagen und loslegen.

Vorne auf dem dunklen Kunststoff liegt dicker Staub, und auf der Windschutzscheibe sind weiße Flecken. Das waren einmal Mücken, und jeden Sommer zerschellen Tausende an Windschutzscheiben. Ich frage Mutter, ob ich Wasser darauf spritzen darf, um dann das Glas mit den Scheibenwischern zu säubern, aber sie sagt knapp »Nein«, lauter als sonst, und nach einiger Zeit fügt sie hinzu, wir sollten uns gar nicht bewegen, gar nichts tun, um nicht aufzufallen. Auf Mutters Stirn bilden sich Schweißperlen, ich frage mich, ob auch Frauen in den Achselhöhlen Schweiß haben, so wie Vater. Wenn bei Männern der Schweiß ausbricht, riecht es manchmal unangenehm. Bei Frauen habe ich noch nie etwas gerochen.

Ich lehne mich zurück, und der Schmerz im Schuh nimmt zu. Der orthopädische Schuh sitzt wie eine Zange um den Fuß. In Venedig hätte Vater die Schnürsenkel gelockert, die Hand hineingeschoben und den Fuß massiert. Aber jetzt darf ich mich nicht bewegen, und Mutter ist weiterhin mit dem Papierchen beschäftigt. Wenn Vater jetzt schon verhaftet worden ist, dann ist er bereits seit einigen Minuten Dissident, und schlimmer kann es nicht kommen. Außer sie vergessen uns hier, und wir sterben, weil sich keiner von uns beiden rühren wird, und die Briefe aus dem Arbeitslager werden Vater zurückgeschickt.

Da bewegt sich etwas am Zollhaus. Eine Tür geht auf, und Vater tritt heraus, ganz klein. Auf dem Weg zu uns wird er immer größer, er geht langsam. Hinter ihm tritt ein Offizier mit Mütze und Uniform und Waffe an der Hüfte auf die Türschwelle. Er hat die Arme im Rücken gekreuzt und schaut Vater hinterher. Von Zeit zu Zeit hebt er sich auf die Fußspitzen.

Vater hat Angst im Gesicht. Das kenne ich von unserer Rundreise durch die Welt. Die Tür macht *knack*. Mutter hört auf, mit dem Zeigefinger auf den Oberschenkel zu tippen. Vater sagt nichts. Er atmet tief durch und wischt sich den Schweiß von den Handflächen an der Hose ab. Er wendet sich zu uns um.

»Sie haben ihn verhaftet«, sagt er leise.

Mutter wiederholt: »Sie haben ihn verhaftet.«

»Sie haben Ilie vor zwei Stunden verhaftet. Offenbar ist man dahintergekommen, dass er sich auf Geschäfte mit Ausreisenden eingelassen hat. Verdammt.«

»Das heißt, sie wissen Bescheid.«

»Was weiß ich, was sie wissen. Aber wir sitzen hier in der Falle. Zurück können wir nicht. Der Kontrollposten lässt uns gleich überprüfen. Und vorwärts …«

Vater und Mutter schweigen, und ich merke, das hier ist nicht wie beim Filmeschauen. Beim Filmeschauen kann man den Kopf wegdrehen, wenn das Unangenehme kommt. Oder umschalten. Jetzt würde ich gerne umschalten.

»Was tun wir jetzt?«, fragt Mutter.

»Wenn ich es wüsste.«

»Wer ist der Offizier dort, der uns zuschaut?«

»Der hat mir die Geschichte mit Ilie erzählt. Er heißt Moldovan und meint, er sei ein Freund von ihm. Er sagt, er übernehme die Abfertigung und die Passkontrolle. Wir sollen zur Schleuse drei fahren.« Vater und Mutter schweigen.

»Dann fahren wir«, sagt Mutter.

»Wir fahren«, sagt Vater.

Auf dem Rücksitz drücke ich die Daumen.

Das Auto rollt langsam an.

»Mein Junge«, sagt Vater, »falls es für uns schwierig wird, gebe ich dir ein Zeichen. Steig dann aus und geh ein bisschen herum, damit sie sehen, wie ernst es um uns steht. Und dass wir Gründe haben. Es geht nicht anders. Es geht nicht anders.«

Vater schaut geradeaus. Er hält mit beiden Händen das Steuerrad fest. Das Auto fährt langsam in die Schleuse drei hinein. Vater bremst und stellt den Motor ab. Die Türen gehen auf, ein Soldat stellt sich vor das Auto, Gewehr auf dem Rücken. Er wirft den Zigarettenstummel zu Boden und zerdrückt ihn mit der Fußspitze. Er trägt schwere lederne Stiefel, bestimmt schwitzt er darin, und er kriegt Blasen davon. Der Offizier kommt näher und legt zum Gruß die Hand an die Mütze. Vater räuspert sich und wartet hinter dem Wagen. Er lehnt sich an eine Ecke des Anhängers. Die Stimme des Offiziers ist tief und ruhig. Er blättert die Pässe durch.

»Italien, das ist ein schönes Land«, sagt er, »Michelangelo, Leonardo und so. Darüber habe ich zu Hause ein Buch.«

Vater und Mutter schauen sich kurz an.

»Ja, das ist bestimmt schön«, meint Mutter, »aber wir werden bestimmt gar keine Zeit dafür haben. Wir gehen eigentlich wegen des Jungen hin.« Mutter zeigt bei *Jungen* zu mir hinüber.

»Eigentlich wegen des Jungen«, wiederholt der Offizier vor sich hin murmelnd und überprüft weiter die Pässe. Sein Kinn berührt die Brust. Auf dem Hemd sieht man Schweißspuren.

»Diese Hitze«, fügt er hinzu und schiebt sich die Mütze weiter nach hinten. Die Haare darunter sind auch verschwitzt.

»Na, was hat denn euer Junge?«, fragt er nach kurzer Zeit.

»Alin, komm doch heraus und begrüße den Herrn.«

Das ist der Augenblick, wo ich in Aktion trete. Wie im Film. Ich mache die Tür auf und schiebe die Beine nach draußen. In den Werbefilmen, in Italien, tun das Frauen mit tollen Beinen, und dann wird die Marke der Seidenstrümpfe eingeblendet. Ich weiß, dass bei mir vor allem die Schuhe auffallen müssen, also lasse ich mir viel Zeit mit dem Aussteigen. Als ich dann neben dem Auto stehe, mache ich auf mühsam und schwer. Der Offizier schaut mich von oben bis unten an, kommt nah an mich heran. Als er ganz nahe ist, muss ich zu ihm hinaufschauen, so groß ist er. Er legt die Hand auf meine Wange und lächelt mich an.

Er dreht sich zum Soldaten um. »Vasile, schau mal unter dem Wagen nach.« Der Soldat legt die Waffe ab und legt sich auf den Rücken. Dann zieht er eine kleine Taschenlampe aus der Hose und verschwindet bis zu den Knien unter dem Wagen. Man hört Klopfgeräusche.

»Alles in Ordnung, Genosse Offizier.«

»Also, gut. Macht doch jetzt, bitte, den Anhänger auf.«

Der Offizier legt den Arm auf meine Schulter und geht langsam nach hinten. Ich muss mit ihm gehen. Vater öffnet das Dach des Anhängers, der Offizier lässt mich los und tritt heran.

»Was ist da drin?«

»Kleider. Für mich. Röcke, Blusen und so weiter. Und die Geschenke für die befreundete Familie in Italien, die uns aufnimmt. Nichts Besonderes. Was wir halt fanden und was wir uns leisten konnten. Möchten Sie hineinschauen?«

»Nein, schon gut. Vielleicht in den Koffer dort.«

Mutter macht die Reißverschlüsse auf. Die Arme des Offiziers tauchen hinein, die Hände prüfen hier und dort die Kleiderstücke, sie drücken sie leicht zusammen. Am Mittelfinger trägt er einen breiten Ehering.

»Gut. Und was ist dort in den Plastiktaschen?«

»Nahrungsmittel. Konserven. Thermosflaschen. Gemüse, Obst. Für mindestens vier Tage. Die Waren drüben sind für uns unerschwinglich. Das wissen Sie doch.«

»Ich weiß es. Herr Teodorescu, heben Sie, bitte, den großen Koffer dort hoch. So, das reicht.« Der Offizier steckt einen Stock zwischen dem Gepäck hindurch und klopft damit auf den Boden des Anhängers. An einer Stelle klopft er zwei-, dreimal. Keiner sagt etwas. Inzwischen klopft sich der Soldat den Staub von der Hose und zieht sich die Uniform straff. Er hängt sich das Gewehr um. Der Offizier legt den Stock beiseite.

»Herr Ingenieur, ich wünsche gute Reise und dass der Sohn gesund wird. Mein Name ist Moldovan. Vielleicht vergessen Sie uns nicht, wenn Sie zurückkehren.« Der Offizier und Vater schütteln sich die Hand.

»Bestimmt nicht.«

»Frau Teodorescu, alles Gute.«

»Alles Gute, Herr Moldovan.« Mutter gibt ihm die Hand.

»Vasile, heb die Schranke hoch.«

Herr Moldovan tritt auf mich zu. »Junge, kannst du wie ein Soldat salutieren? Also, das ist nicht anders als bei euch, den Pionieren. Strammstehen und die Hand zur Stirn führen.«

Ich salutiere, und die Erwachsenen lachen. Wir steigen ins Auto, der Motor springt an. Aus einem Lautsprecher kommt die Stimme des Obergenossen. Es ist der 10. August, zwei Wochen vor dem Nationalfeiertag. Der Obergenosse hält im Radio eine Rede. Der Wagen setzt sich in Bewegung und passiert die Schranken. Die Stimme im Radio sagt: »Wir werden alles tun, um uns von Kapitalismus und Imperialismus zu befreien!«

»Jawohl, wir werden alles tun!«, rufen wir. Wir brechen alle drei in Lachen aus.

Fünftes Wunder.

Wunderzeit.